rowohlt
BERLIN

Tobias Geigenmüller

Das ziemlich lebendige Leben des vermeintlich toten Elvis

Roman

Rowohlt · Berlin

1. Auflage Juni 2017

Satz Newzald OTF (InDesign) bei
Dörlemann Satz, Lemförde
Druck und Bindung CPI books GmbH, Leck, Germany
ISBN 978 3 87134 181 6

Das ziemlich
lebendige
Leben des
vermeintlich
toten Elvis

Der vorletzte Vorhang

Viel ungewöhnlicher als das dreieckige Zifferblatt dieser weißgoldenen *Hamilton Ventura* war die Tatsache, dass jene Uhr am 17. August 1977 um 16.02 Uhr überhaupt noch getragen wurde. Dass ihr Träger dazu selbst zu dieser Tageszeit einen dunkelblauen Seidenpyjama mit hellblauen Streifen anhatte, war hingegen halbwegs normal. Sofern sich an diesem Tag irgendetwas als normal einstufen ließ. Schließlich handelte es sich um niemand Geringeren als Elvis Presley, der hier in einem brandneuen, dunkelbraunen Ohrensessel saß und fernsah. Und das bemerkenswerterweise rund vierundzwanzig Stunden nach seinem Tod. Allerdings wirkte der King für einen Toten immer noch ziemlich lebendig. Aufgedunsen zwar, aber dafür war das Grinsen in seinem Gesicht mindestens so fett wie der Rest seines Körpers.

Nie im Leben hätte Elvis gedacht, dass es sich so gut anfühlen würde, tot zu sein. Und auch wenn der Fernseher schon bis zum Anschlag aufgedreht war, versuchte der King immer noch mit seinem dicken Finger die Plus-Taste zu drücken. Denn seit gestern Abend lief beinahe ununterbrochen sein Lieblingsprogramm: er selbst. Und Elvis war sich sicher, dass sein Abtritt ironischerweise mit aller Wahrscheinlichkeit das größte Comeback aller Zeiten einläuten würde. Einen derartigen Coup hatte ihm nach all den Jahren wohl absolut niemand mehr zugetraut.

Fleetwood Mac, die *Eagles* und all die anderen langhaarigen Grasbirnen dürften gestern Abend jedenfalls ziemlich dumm aus der Wäsche geguckt haben, als ABC und NBC die Abendnachrichten mit diesem spektakulären Aufhänger eröffnet hatten. Und nach seiner anfänglichen Zurückhaltung hatte auch CBS eingesehen, dass in diesen Tagen kein anderes Thema sendbar war als der unglaubliche Tod des King of Rock 'n' Roll. Selbst am nächsten Tag reichte es etwa lediglich für eine klitzekleine Randnotiz, dass der sowjetische Eisbrecher *Arktika* als das erste über Wasser fahrende Schiff aller Zeiten den Nordpol erreicht hatte. Es war, als wäre der Rest der Weltgeschichte vorübergehend ausgeblendet worden. Hätte es schon Fernsehen gegeben, als Jesus starb, wäre diese Neuigkeit vermutlich kaum größer in den Schlagzeilen gewesen als der aktuelle Todesfall. Der Einzige, der die Nachrichten immer noch nicht gesehen haben dürfte, war wohl Stevie Wonder.

Elvis' Bauch blitzte auf, als er laut auflachte und dabei sein Schlafanzugoberteil ein Stück zu weit nach oben rutschte. All diese verdammten Emporkömmlinge! Ein letztes Mal würde er seinen musikalischen Untertanen zeigen, was es bedeutete, ihr König zu sein. A-wop-bop-a-loo-lop-a-lop-bam-boom! Rund um den Globus sollte es in den nächsten Wochen keinen einzigen Lautsprecher geben, aus dem nicht sein neues Album *Moody Blue* dröhnen würde.

Oh, Moody blue
Tell me who I'm talkin' to
You're like the night and day

And it's hard to say
Which one is you

Elvis zog sein Oberteil zurecht. Auch wenn er sich nie wieder in seinen mit Strass besetzten Bühnenanzug zwängen müsste, führte ganz offensichtlich kein Weg daran vorbei, als Toter endlich seinen Lebensstil zu ändern. Sonst würde er wohl oder übel demnächst ein zweites Mal den Löffel abgeben.

Elvis schaltete den Fernseher stumm, erhob seine hundertfünfzig Kilo ächzend von dem ebenso ächzenden Sessel und lief hinüber zum Ganzkörperspiegel – den man in seinem Fall allerdings eher als Halbkörperspiegel bezeichnen musste. Die Ränder des Spiegels waren ringsum mit einer Reihe Glühbirnen versehen. Abgesehen von dem flackernden Licht des Fernsehers war dies die einzige Lichtquelle im ganzen Raum. Wie immer hätte es Elvis nicht ertragen können, auch nur einen einzigen Sonnenstrahl in sein Zimmer hineinfunkeln zu lassen. Und um ganz sicherzugehen, hatte der King die Verdunkelungsvorhänge zugezogen, obwohl die Fenster bereits mit Alufolie beklebt waren. In diesem Raum war es dunkler als in der Seele von Ozzy Osbourne. Hier drinnen sollte es keinen Unterschied machen, ob es draußen Tag oder Nacht war. Gerade weil Elvis die Dunkelheit schon seit seiner Kindheit Angst gemacht hatte, war er irgendwann dazu übergegangen, nachts aufzubleiben und stattdessen tagsüber zu schlafen – in der Gewissheit, dass es dann nicht wirklich dunkel war. Und weil der King es so zu tun pflegte, hatte es nicht lang gedauert, bis seine gesamte Entourage es ihm gleichtat. Sie waren wie Vampire. Nur dass Vampire dazu keine Amphetamine brauchten. Zumindest würde es wohl noch einige Zeit dauern, bis Elvis sein Verhalten wieder der Normalität angepasst hätte. Seine Schlafgewohnheiten ändert man eben nicht von einem Tag auf den anderen.

Elvis drehte sich seitwärts und betrachtete seinen Körper im Spiegel. Bei einer Körpergröße von 2,70 Meter wäre sein Gewicht gar nicht mal so übel gewesen. Aber leider war er gerade mal 1,82 Meter groß. Um die Rundung seines Bauches besser begutachten zu können, klemmte der King sein Oberteil unter sein großzügiges Kinn. Es als *Doppelkinn* zu betiteln, wäre noch ein Kompliment gewesen. *Tripelkinn* traf es schon besser. Anhand seines Kinns hätte man kleinen Kindern das Einmaleins beibringen können. Der Übergang war so fließend, dass man gar nicht genau sagen konnte, wie viel seines Körpers eigentlich zum Kinn gehörte. Aber irgendwo tief unter dieser Fettschicht existierte er noch immer: Elvis Aaron Presley. Und nun wollte er das, was von ihm übrig war, so gut wie möglich restaurieren.

Er war sich zwar noch nicht ganz sicher, ob es für ihn jemals wieder ein normales Leben geben konnte, aber so ging es ganz bestimmt nicht weiter. Chronische Schlaflosigkeit, ein ebenso chronisches Darmleiden, Depressionen, Diabetes, Bluthochdruck, Arthritis und Probleme mit den Nieren. Schlimm genug, dass er noch bis vor kurzem allen Ernstes auf einen eigenen Exklusivarzt und eine Krankenschwester für die Medikamentenausgabe angewiesen gewesen war. Noch bedenklicher aber erschien ihm, dass Doktor Nichopoulos ihm darüber hinaus den Spitznamen *Apotheke auf zwei Beinen* verliehen hatte. Und in den letzten Jahren war das Sortiment seiner Apotheke ziemlich angewachsen: Dexadrine und Biphetamine zum Funktionieren. Quaalud und Amytal, um wieder runterzukommen. Zwischendurch Percodan und Dilaudid, um sein Leben überhaupt noch irgendwie auszuhalten. Zudem hatte sich Elvis ein geradezu enzyklopädisches Wissen über den PDR angeeignet und konnte je nach Laune die passenden Symptome für beinahe jedes der etwa zweitausendfünfhundert aufgeführten Medikamente erfinden.

Aber um ehrlich zu sein: Sein einzig wahres Symptom war Langeweile – und die Medikamente hatten ihn eher krank als gesund gemacht. Seine sogenannten *Akkupunkturbehandlungen* waren von Anfang an allen suspekt gewesen. Doch erst später hatten sie herausgefunden, dass diese keineswegs mit Nadeln durchgeführt worden waren, sondern mit Spritzen. Nach ein paar Monaten dieser ganz besonderen Therapie hatten sich auf seinem gesamten Körper blaue und schwarze Male verteilt. Irgendwann hatte Elvis ausgesehen wie ein zu dick geratener Dalmatiner. Vor seinem Tod war der King so dermaßen am Ende gewesen, dass er seine bevorstehende Comeback-Tournee mit aller Wahrscheinlichkeit nicht überstanden hätte. Manche hatten gemeint, das Einzige, was er nun noch tun konnte, sei zu sterben. Längst hatte sein Sicherheitsdienst da schon einen Notfallplan erstellt, um Elvis' Leichnam zurück nach *Graceland* zu schmuggeln, falls die Notwendigkeit bestehen sollte, eine tödliche Überdosis während der Tour zu vertuschen.

Doch in einer seiner zahlreichen schlaflosen Nächte – lang vor dem großen Eröffnungskonzert – hatte der King die Entscheidung getroffen, seinem Tod mit seinem Tod zuvorzukommen. Elvis Presley hatte es so satt, Elvis Presley zu sein. Den Ruhm, die Frauen, das Geld, die falschen Freunde – all das wollte er hinter sich lassen, um da anzufangen, wo er einmal aufgehört hatte: als ganz normaler Mensch.

Und der erste Schritt war bereits gemacht. Nun würde er nicht mal mehr Dr. Nick an seiner Seite brauchen. Nachdem der King den schlimmsten Entzugserscheinungen mit Phenobarbital vorgebeugt hatte, begann er mit Methadon. Er wusste: Wenn er es diesmal nicht schaffte, würde er das niemals. Immerhin hatte er es schon oft genug versucht. Oder besser: Doktor Nick hatte es versucht. Elvis selbst hatte es meistens völlig ausgereicht, vorübergehend außer Lebensgefahr zu sein. Versehentlicher Selbstmord ist schließlich so ziemlich die armseligste Todesursache, die es gibt. Doch auch wenn der Sieg über seine Abhängigkeit die Grundvoraussetzung für das Gelingen seines Plans ausmachte, gehörte weitaus mehr dazu, einfach so von der Bildfläche zu verschwinden.

Damit seine Rückkehr in die Normalität funktionieren würde, hatte der King in den letzten Monaten gemeinsam mit ein paar auserwählten Eingeweihten aus seinem Hofstaat die perfekten Voraussetzungen für seinen Neuanfang geschaffen. Vier Mitglieder der sogenannten *Memphis Mafia* genossen in dieser Angelegenheit sein vollstes Vertrauen. Und im Austausch für ihre Diskretion genossen sie darüber hinaus vier Millionen Dollar. Da waren sein Cousin Billy Smith, sein Tourmanager Joe Esposito, seine Verlobte Ginger Alden und sein Sicherheitschef Dick Grob. Und nicht zu vergessen der fünfte Millionär: Maurice Elliott, seines Zeichens Verwalter des *Baptist Memorial Hospital*. An der Anzahl von Elvis' Krankenhausaufenthalten gemessen, konnte man die beiden fast schon als gute Bekannte bezeichnen.

Gemeinsam hatte die *Projektgruppe Selbstmord* am Vortag eine dramatische Geschichte von hektischen Wiederbelebungsversuchen im Badezimmer bis hin zur traurigen Feststellung seines Todes im Krankenhaus erzählt. Und Elvis musste sich eingestehen, dass die fünf keine viel schlechteren Schauspieler waren als er selbst. Allerdings waren sie dafür auch nicht unbedingt günstiger. Dabei war er mal der bestbezahlte Schauspieler der Filmgeschichte gewesen. In den Sechzigern hatte er sogar mehr verdient als Marilyn Monroe, James Dean und Marlon Brando. Und wenn seine Drehbücher nicht immer so völlig an den Haaren herbeigezogen gewesen wären, hätte er vielleicht sogar einen Oscar gewinnen können. Aber leider hatte es in der Branche irgendwann zwei Kategorien gegeben: gute Filme oder *Elvis-Presley-Filme*. Und selbst die besten Gagen helfen nicht, wenn man sich für seine eigenen Filme schämen muss. Der Colonel hatte das nie verstanden.

Elvis seufzte. Wenn sein frischgebackener Ex-Manager wüsste, dass er noch lebte, würde er ihn wahrscheinlich in Stücke zerreißen. Und das vielleicht sogar zu Recht. Der King hatte ihm schließlich fast seine gesamte Karriere zu verdanken. Tom Parker war schon vorher ein Star-Manager gewesen. Er hatte bereits an Elvis geglaubt, als dieser von allen anderen noch für eine Eintagsfliege gehalten worden war. Spätestens seit dessen Auftritt 1955 in Jacksonville, Florida – nachdem ein kreischender Mädchenmob seine Hose, seinen Mantel und die Polizeiabsperrung in Stücke gerissen hatte und dem King sogar Socken und Stiefel vom Leibe gezogen wurden –, hatte Tom Parker Dollarzeichen in den Augen gehabt. Ihm war klar geworden, dass er das perfekte Produkt gefunden hatte, die personifizierte Gelddruckmaschine. Und mit seinem Gefühl sollte der Colonel recht behalten.

In den folgenden zweiundzwanzig Jahren hatte er exklusiv nur Elvis vertreten und für ihn eine Rekordsumme nach der anderen ausgehandelt – ganz gleich, ob für Platten, Tourneen, Fernsehshows oder Filme. Und Elvis wusste durchaus zu schätzen, was ihm sein Manager ermöglicht hatte. Mit aller Wahrscheinlichkeit waren sie das beste Team gewesen, das die Unterhaltungsindustrie je gesehen hatte – und das über Jahrzehnte. Nur leider war dem Colonel ab einem gewissen Zeitpunkt der Profit wichtiger als die Qualität gewesen. Zuletzt vor allem sein eigener. Fünfzig Prozent Beteiligung!

In letzter Zeit war Elvis sich nicht mehr sicher gewesen, wer hier der Manager war und wer der Star. Aber der Colonel war stets selbstbewusst dafür eingestanden, dass seine Dienste es eben wert waren. Hatte damit argumentiert, dass nichts einen Wert besaß, solang man ihm keinen verlieh. Hatte ständig damit gedroht, irgendwann ein Buch zu schreiben – mit dem Titel «How Much Does It Cost If It's Free?». Doch in Wahrheit spielte Tom Parker einfach gern. Vielleicht ein bisschen zu gern. Zumindest gehörte er in Las Vegas nicht umsonst zu den besten Gästen. Wenn er mal keine Lust hatte, zum Roulettespielen runter ins Casino zu gehen, ließ er sich das Rouletterad einfach aufs Zimmer bringen.

Jedenfalls hatte Elvis keinen Zweifel daran, dass es richtig war, Tom Parker nicht in seine Pläne einzuweihen. Seinen heimlichen Abgang hätte der Colonel niemals akzeptiert. Trotz des desolaten Zustands seines Schützlings hatte sein Manager sicherlich gehofft, ihn noch ein paar weitere Jahre ausnehmen zu können wie eine Weihnachtsgans. Oder in Elvis' Fall eher wie eine ganze Weihnachtsgänsefarm. Aber der King war ihm nichts mehr schuldig. Der Colonel hätte das Geld, das er an ihm verdient hatte, wohl einfach besser zusammenhalten sollen. Eigentlich hätten die geschätzten hundert Millionen Dollar doch für ein halbwegs gutes Leben ausgereicht.

Elvis' Blick streifte durchs Zimmer. Mit seinem Team schien er jedenfalls eine gute Wahl getroffen zu haben. Die Projektgruppe hatte bis ins kleinste Detail hervorragende Arbeit geleistet. In seinem neuen Apartment erinnerte, wie aufgetragen, beinahe gar nichts an vergangene Zeiten. Das hier war zwar gewiss nicht *Graceland* – aber sein altes Anwesen stand auch für so ziemlich alles, was er an seinem Leben ändern wollte. Es war ihm nicht leichtgefallen, seine zweiundsiebzig Wände zu verlassen, schließlich war es das letzte Zuhause seiner geliebten Mutter gewesen. Aber in Zukunft würde er keine Achtzehn-Zimmer-Villa mehr brauchen. Sowieso hatte er ja kaum noch die Energie aufgebracht, sein Schlafzimmer zu verlassen.

Nun also diese neue Drei-Zimmer-Wohnung voller neuer Dinge für einen noch nicht ganz so neuen Menschen. Immerhin keine prunkvollen Barockmöbel, korinthischen Säulen und goldenen Schallplatten mehr. Und selbst wenn er auch in Zukunft für seine Sicherheit nicht auf sie verzichten wollte: Bisher lagen hier sogar kaum Waffen herum. Stattdessen verteilten sich eine Palisanderkommode, eine orangefarbene Kugellampe und ein weißer Flokatiteppich im Zimmer. Discozeugs, wie Elvis es zu nennen pflegte. Seine Wohnung passte genauso wenig in seine alte Heimatstadt wie er.

Der King hatte lange darüber nachgedacht, ob dies wirklich der geeignete Ort dafür war, um unterzutauchen. Aber immerhin war Tupelo die Stadt, in der er aufgewachsen war. Wenn irgendwo auf diesem Planeten alles so werden könnte wie früher, dann hier. Sicher, auf einige Erinnerungen an diesen Ort konnte er gut und gern verzichten.

Damals hatte er mit seiner Familie in wechselnden Baracken gewohnt. In East Tupelo, wo der weiße Abschaum zu Hause gewesen war, die armen Fabrikarbeiter und Farmpächter. In diesem Labyrinth zusammengepferchter Straßen hinter dem Highway, zwischen den zwei kleinen Flüsschen, den Mais- und Baumwollfeldern und den Gleisen der Bahnstrecke Mobile – Ohio und St. Louis – San Francisco. Ganz in der Nähe des Rotlichtbezirks *Goosehollow*. Diese Gegend war geradezu eine Sackgasse für Lebensläufe gewesen – und weitaus weniger komfortabel für Familien als für Alkoholschmuggler. Kein Wunder, dass in dieser kaputten Welt andere Kinder reihenweise ihre Hoffnung aufgegeben hatten. Aber irgendwie hatte Elvis schon immer gespürt, dass das Schicksal etwas Großes mit ihm plante. Dass er anders war als alle anderen. Dass er seinen geliebten Eltern irgendwann einmal alles würde kaufen können, das sie sich wünschten.

Er hatte vor allem seiner Mutter Gladys nahegestanden. Nach dem Tod seines Zwillingsbruders bei dessen Geburt war ihr nur ein einziges Kind geblieben. Und sie hatte auch keine weiteren mehr bekommen können. Vielleicht war sie deswegen immer ganz besonders in Sorge um Elvis gewesen. Damals hatte sie ihm nicht mal erlaubt, mit anderen Kindern auf der Straße Ball zu spielen, weil er hätte überfahren werden können. Stets war er so behandelt worden, als wäre er ein Junge aus Glas. Aus dem gleichen Grund hatten ihm seine Eltern auch nicht das gewünschte Fahrrad zu seinem elften Geburtstag geschenkt, sondern stattdessen zwölf Dollar in eine Gitarre investiert – und damit aus purem Zufall eine der effizientesten Investitionen der Weltgeschichte getätigt. Denn ansonsten wäre Elvis Presley vielleicht einfach ein ziemlich guter Radfahrer geworden.

Sein Vater Vernon hingegen war nacheinander Milchmann, Farmpächter, Zimmermann und Tagelöhner gewesen – ein wortkarger, ehrgeizloser Taugenichts, der nur durch sein gutes Aussehen auffiel. Als sein Sohn zunehmend Gefallen an seinem neuen Geschenk gefunden hatte, nahm ihn sein Vater beiseite und sagte: «Du solltest dich entscheiden, ob du ein Elektriker oder ein Musiker sein willst. Aber ich habe nie einen Gitarristen gesehen, der auch nur einen Pfifferling wert gewesen wäre.» Elvis erinnerte Vernon nur zu gern an diesen Spruch. Denn er wiederum kannte ziemlich wenig Elektriker, die Fans rund um den Globus in Ohnmacht fallen ließen.

Es war jedoch eher dem Zufall zu verdanken, dass Elvis Presley es auf diese Weise aus dem Schlamassel herausgeschafft hatte. Denn seine Voraussetzungen für ein gutes Leben hätten damals kaum schlechter ausfallen können. Das Einzige, was seine Eltern ihm zu bieten hatten, war ihre Liebe. In Tupelo wäre es völlig überflüssiger Luxus gewesen, sich Sorgen um seine Zukunft zu machen. Die nächste Mahlzeit hatte als Sorge meistens vollkommen ausgereicht. Oft war seiner Familie nicht viel mehr als Maisbrot und Wasser zum Leben geblieben. Und auch wenn diese Ernährung seiner Figur vermutlich gerade nicht unbedingt schlecht getan hätte, so begrüßte er es dennoch, mittlerweile finanziell um ein paar Millionen besser dazustehen.

Zumindest war es ein ziemlicher Triumph, als gemachter Mann nach Tupelo zurückzukehren. In freudiger Erwartung eines neuen und diesmal völlig anderen Lebens war er von Tennessee wieder nach Mississippi gezogen. Er hatte noch nie in einem Staat gelebt, in dem man an Buchstaben sparte. Die USA mochten zwar vielleicht nicht das beste Geheimversteck sein – aber wo auf der Welt kann man schon unerkannt bleiben, wenn einen die ganze Welt kennt? Wahrscheinlich hätte sich Elvis auf dem Mars verstecken können und wäre selbst dort noch von Außerirdischen um ein Autogramm gebeten worden. Es war gerade erst ein paar Jahre her, dass sein Konzert *Aloha from Hawaii* mit anderthalb Milliarden Menschen fast dreimal so viele Zuschauer wie die Mondlandung hatte – als erstes satellitenübertragenes Livekonzert aller Zeiten. Und sollte jemand glauben, dass Elvis Presley noch lebte, dürfte niemand allen Ernstes auf die Idee kommen, dass er sich statt auf irgendeiner Südseeinsel in seiner Heimat aufhielt. Wenn irgendein Spinner etwas Derartiges behauptete, wäre er allein schon deswegen ein Spinner.

Am nächsten Tag wurde Elvis Presley ganz offiziell auf dem *Forest-Hill-Friedhof* zu Grabe getragen. Und fast jeder Mensch auf diesem Planeten schien da zu sein. Bis auf Elvis Presley selbst.

Hoffentlich würde niemand der Träger bemerken, dass sein kupferbeschlagener Sarg sogar für Elvis' Gewichtsklasse ungewöhnlich schwer war. Aber so eine Klimaanlage brachte eben ganz schön was auf die Waage. Ohne Kühlung wiederum hätte es merkwürdig wirken können, wenn die Wachspuppe unter den Augen der Weltbevölkerung langsam in der Sommerhitze dahingeschmolzen wäre. Schließlich sollte das die letzte Show sein, bei der er der Star sein würde. Und auch wenn er in letzter Zeit nicht immer die beste Vorstellung abgeliefert hatte, so wollte er doch nicht als undefinierbarer Klumpen in diesem weißen Anzug enden, den ihm einst sein Vater geschenkt hatte. Vielleicht hätte er einfach im Winter sterben sollen. Doch dafür war es jetzt zu spät.

Eine lange Reihe weißer Cadillacs war längst unterwegs zu seiner letzten Ruhestätte – über den Elvis Presley Boulevard, der an *Graceland* vorbeiführte. Dabei passierten sie schätzungsweise fünfzigtausend Trauergäste. Es war ein wahres Spektakel. Die örtlichen Blumenhändler mussten sogar in die angrenzenden Bundesstaaten ausweichen, um der gigantischen Nachfrage gerecht zu werden. Elvis' Tod war wie fünfzehn Valentinstage in einem. Als trauerte nicht nur die ganze Welt um ihn, sondern das gesamte Universum. Nur einer hatte für diesen Tag andere Pläne: Elvis selbst. Er wollte zum ersten Mal seit etwa vierundzwanzig Jahren wieder etwas ganz Normales tun: arbeiten.

Elvis stand im Bademantel in seinem orange gefliesten Bad vor dem Spiegel und gähnte. Er war noch müde – und das eintönige Dröhnen des Föhns verbesserte seinen Zustand nicht gerade. Kein Wunder. Hatte er doch heute Morgen keine Tabletten gefrühstückt. Mit schläfrigen Augen und einem goldenen Kamm versuchte der King wenigstens sein Haar in Form zu bringen. Allerdings wirkte es ähnlich schlapp wie er. Mittlerweile war es offensichtlich das einzig Dünne an seinem Körper. Und auch wenn Elvis immer noch weit entfernt von einer Glatze war, reichte es längst nicht mehr für seine berühmte Tolle. Schon seit etwa zehn Jahren frisierte sich der King eher einen strähnigen Scheitel, der ihm schräg in die Stirn fiel. Und davon wollte er sich gegen den Rat der vier Millionäre auch nach seinem Tod nicht trennen. Das einzige Mal, dass er sich einen Bürstenschnitt hatte verpassen lassen, war bei der Army gewesen. Und das würde er ganz bestimmt niemals wieder tun. Nicht mal über seine Leiche.

Nur seine Koteletten hatte Elvis geopfert, weil er sonst wohl auch gleich mit einer großen ELVIS-Leuchtreklame im Gesicht hätte rumlaufen können.

Wobei er sich generell eher halbherzig von seiner alten Identität verabschieden wollte. So plante er, sich auch weiterhin allen Ernstes *Elvis* zu nennen. Nur als Spitzname immerhin, wie er betont hatte, aber seine Berater fanden es trotzdem völlig verrückt. Jeden normalen Menschen hätte man in dieser Situation wohl gefragt, ob er seine Tabletten abgesetzt hatte. In seinem Falle erübrigte sich diese Frage allerdings. Der King rechtfertigte sich damit, dass niemand den echten Elvis Presley für so dämlich halten könnte, sich nach seinem inszenierten Tode *Elvis* zu nennen. Da er aber nun mal so große Ähnlichkeit mit sich selbst hatte, würden ihn die Leute früher oder später eh so nennen. Deswegen wollte er einfach offensiv mit dem Thema umgehen. *John Carpenter* sollte lediglich sein offizieller Name sein. Schon zu Lebzeiten war dies eines seiner Lieblingspseudonyme gewesen, seit er in *Change of Habit* – seinem letzten großen Spielfilm – einen Doktor mit eben jenem Namen gespielt hatte.

Die vier Millionäre hielten auch diese Namenswahl für völlig bescheuert – wobei selbstverständlich niemand auf die Idee gekommen wäre, Elvis gegenüber diese Wortwahl zu verwenden. Immerhin konnte keiner abschätzen, ob sich seine Wutausbrüche schon gebessert hatten. Zudem war jedem von ihnen Elvis' unkontrollierter Umgang mit Schusswaffen bestens bekannt. Und er besaß über dreihundert Stück davon. Für seine Verhältnisse war es noch harmlos gewesen, dass er eines Nachts im Esszimmer den Kronleuchter ausgeschossen hatte, weil ihm *langweilig* war. Oder dass er regelmäßig auf Fernseher ballerte, wenn ihm eine Sendung nicht gefiel. In *Graceland* hatten seine Bediensteten aus diesem Grund extra ein kleines Lager geführt, damit sie die kaputten Geräte möglichst schnell ersetzen konnten. Aber auch vor Menschen hatte Elvis in seinem Tablettenrausch oft nicht haltgemacht. Nicht nur, dass er einmal beinahe versehentlich Dr. Nick erschossen hatte, nachdem ihm dieser zusätzliche Medikamente verweigert hatte – auch seine ehemalige Geliebte Linda Thompson hatte er beim Versuch, einen Lichtschalter auszuschießen, um ein Haar durch die Badezimmerwand getroffen. «Jetzt aber, Süße, reg dich nur nicht auf», hatte er danach zu seiner Verteidigung gesagt.

Doch selbst wenn Elvis seine Projektgruppe vielleicht nicht sofort exekutiert hätte, so war doch allen Beteiligten klar, dass dem King der Rat seiner Berater in einigen Belangen herzlich egal war. Die aufkommende Diskussion über eine chirurgische Veränderung seines Aussehens hatte er ebenfalls im Keim erstickt. Eine Schönheitsoperation kam für ihn nicht in Frage. In seinem ganzen Leben hatte er nur eine einzige klitzekleine Korrektur an den Augen vornehmen lassen, die der Öffentlichkeit allerdings schon damals als *umfassende Augenuntersuchung* verkauft worden war. Bei seinem blendenden Aussehen müsste man selbst den kleinsten Eingriff sowieso eher als *Hässlichkeitsoperation* bezeichnen, betonte der King.

Zumindest fand Elvis seine Vorgehensweise geradezu genial. Und die vier Millionäre hatten währenddessen einfach versucht, an ihre vier Millionen zu denken.

Wie immer war die Klimaanlage des Kings auf die Temperatur eines Kühlraums eingestellt. Die Hitze von dreiunddreißig Grad, die Elvis draußen erwarten würde, ließ sich hier drinnen nicht mal ansatzweise erahnen. Trotzdem schwitzte er an diesem Morgen noch ein bisschen mehr als sonst. Das lag zum einen sicherlich an seinem allgemeinen Gesundheitszustand, zum anderen aber auch daran, dass er ausnahmsweise mal ziemlich in Eile war. Normalerweise ging er um diese Zeit oft erst ins Bett, heute wollte er stattdessen pünktlich um acht Uhr genau da neu anfangen, wo er als achtzehnjähriger Junge vom Lande aufgehört hatte. Denn bevor er im Jahre 1953 rein zufällig im Studio von Sam Phillips' *Memphis Recording Service* bei der Aufnahme zweier Songs zum Geburtstag seiner Mutter entdeckt wurde und einige Monate später zum Weltstar avanciert war, verdiente er seinen Lebensunterhalt auf eine völlig andere Weise.

Und heute wollte Elvis Presley wieder Lieferwagen fahren.

Ein aufregend normales Leben

Nur unter großer Überwindung hatte sich der King dazu durchringen können, an seinem ersten Arbeitstag nicht mit seiner üblichen Trainingsjacke zu erscheinen. Für ihn war dieses feine Hemd, als würde er krampfhaft versuchen, sich ein altes Leben überzustreifen, das ihm nicht mehr so recht passen wollte. Doch nun stand er hier vor seinem zukünftigen Chef – und kam sich vor, als ob er als Wurst verkleidet sei. Und auch wenn der King Würste durchaus mochte, war es kein sonderlich schönes Gefühl, sich selbst wie eine zu fühlen. Dabei hatte sich gerade herausgestellt, dass dies offenbar noch sein geringstes Problem war.

Elvis riss die Augen auf. «Acht Stunden?», fragte er ungläubig. «Pro Tag?»

Der Chef von *Shurtliff Construction* schaute seinen neuen Mitarbeiter an wie *Einer flog über das Kuckucksnest*. Mister Shurtliff konnte schwer abschätzen, ob dieser komische Vogel wirklich allen Ernstes damit gerechnet hatte, lediglich acht Stunden pro Woche arbeiten zu müssen. Oder – seinem Gesichtsausdruck zufolge – vielleicht sogar eher acht Stunden pro Jahr. Zumindest musste sich der Alte kurz sammeln, um nicht mehr vollkommen sprachlos zu sein. Wen zur Hölle hatte ihm die gute Margret da bloß wieder ins Nest gesetzt?

«Sagen Sie, waren Sie die letzten Jahrzehnte über eingefroren oder so was?», fragte der Chef schließlich trocken. «Bei Ihrer Arbeitseinstellung könnte man ja fast meinen, Sie seien der echte Elvis Presley.»

Der King lächelte höflich. Mister Shurtliff bedeutete seinem Angestellten mit einer Kopfbewegung, ihm zu folgen. Also gingen die beiden über den Firmenparkplatz, so schnell sie konnten (relativ langsam).

Eiskalt fuhr der Alte fort: «Arbeitsbeginn ist um acht Uhr. Um zwölf dürfen Sie eine halbe Stunde Pause machen. Dann geht's weiter bis um 16.30 Uhr. Sie arbeiten fünf Tage pro Woche.»

Elvis schluckte. Die Normalität klang um einiges anstrengender, als er sie in Erinnerung hatte. Vierzig Wochenstunden! Ohne Applaus? Ohne Catering? Ohne Groupies? So ungefähr stellte er sich die Hölle vor. Schließlich wollte er Lieferwagenfahrer sein und kein Sklave. Doch Mister Shurtliff schien es mit seinen Vorgaben völlig ernst zu meinen. Sowieso wirkte dieser Mann, als hätte er zum letzten Mal im Jahre 1926 einen Witz gemacht. Die wenigen verbliebenen Haare kämmte sich sein Chef über seine schwitzende Glatze, wodurch es wirkte, als würden sie sich wie ein verzweifelter Krake an seinem Kopf festkrallen. Zumindest hatte seine Frisur offenbar weit mehr Humor als Mister Shurtliff selbst.

«Wir haben zurzeit drei Baustellen, Mister Carpenter. Ihre Aufgabe wird es sein, sie pünktlich mit Werkzeug und kleineren Baumaschinen zu versorgen.»

Die beiden kamen bei einem nicht mehr ganz so neuen *Ford F100 Pickup Truck* an. Mister Shurtliff klopfte auf das Dach des Fahrzeugs, als sei es ein alter Gaul. Und um ehrlich zu sein, wäre das dem King bei diesem Anblick um einiges lieber gewesen.

«Das ist das gute Stück», sagte der Alte. «Ihr neuer bester Freund.»

Elvis sah den Wagen leicht angewidert an.

«Sie kriegen das schon hin», sagte Mister Shurtliff und musterte den King einmal von oben bis unten. Er schüttelte den Kopf. «Nur eines noch: Das hier ist eine Baufirma – und nicht das Weiße Haus.»

Der Alte deutete abfällig auf Elvis' Hemd.

«Keine Sorge. Ich kann dieses Hemd auch nicht ausstehen», antwortete Elvis mit einem bemühten Schmunzeln.

Immerhin waren ihm seine bräunlich getönte Pilotenbrille und sein weißer Sonnenhut geblieben. Die hatte er zwar auch schon vor seinem Tode gern getragen – aber in diesem Aufzug würde seine Ähnlichkeit mit sich selbst trotzdem nicht gleich jedem auffallen. Schließlich kannten ihn die meisten eher im weißen Jumpsuit mit glitzernden Nieten und goldenem Umhang. Oder die ältere Generation vielleicht noch im rosafarbenen Sport-Jackett, weißen Hemd mit schwarzem Kragen und in seinen geliebten Velourslederschuhen, den *White Bucks*.

Bei dem Gedanken daran hatte Elvis seufzen müssen. Das waren noch Zeiten. Irgendwie kam er sich immer öfter vor wie eine Erinnerung. Doch von nun an galt es, nicht länger so auszusehen wie ein Star, sondern eher wie Manfred Mustermann. Oder eben: wie ein Lieferwagenfahrer.

Mister Shurtliff klopfte dem King auf die Schulter und sah ihm tief in die Augen. «Enttäuschen Sie mich nicht, Mister Carpenter», sagte der Chef eindringlich. Doch dann winkte er ab. «Sie werden das Kind schon schaukeln. Schließlich verfügen Sie über alle nötigen Qualifikationen.»

Elvis versuchte, Mister Shurtliff nicht allzu fragend anzusehen.

Da schob der Alte nach: «Vor allem über die wichtigste: Sie sind nicht schwarz.» Zum ersten Mal tat Mister Shurtliff etwas, das einem Lächeln glich.

Nun wusste Elvis nicht, was er sagen sollte.

Auch wenn der King seinen Chef schon nach seinem ersten Arbeitstag nur zu gern versehentlich erschossen hätte, wollte er Mister Shurtliff heute Abend ausnahmsweise mal Mister Shurtliff sein lassen. Immerhin war es sein erster Feierabend. Und seine Premiere war insgesamt ganz gut gelaufen. Elvis sah sich zufrieden um. Es fühlte sich geradezu surreal an, einfach so bei *Krystal's* sitzen zu können wie ein ganz normaler Mensch. Vor Ort. Im Restaurant. Neben anderen Gästen. Kaum jemand nahm überhaupt Notiz von ihm. Es sah alles danach aus, als würde Elvis ganz in Ruhe seine acht Cheeseburger verspeisen können, ohne dabei gleich von Mädchenmassen erdrückt zu werden.

Bereits der Weg hierher hatte sich ausgesprochen angenehm gestaltet. Keine Kameras, keine Presse, keine Autogrammjäger. Kein Gekreische, kein Gerenne, keine Ohnmächtigen. Der King hatte einfach so durch die Straßen schlendern können, ohne angegafft zu werden. Ohne freundlich sein zu müssen. Er war frei. Endlich.

An diesem Abend konnte es Elvis nicht mal die Laune verderben, dass ihm die Kellnerin selbst beim dritten Versuch, sie heranzuwinken, keinerlei Beachtung schenkte. Sogar das fühlte sich so wunderbar normal an. Schließlich hatte es Zeiten gegeben, in denen es für den King schon lebensgefährlich gewesen war, auch nur einen Fuß vor die Tür zu setzen. In denen er extra einen kompletten Kinosaal angemietet hatte, um ungestört einen Film zu sehen – während die Mädchen draußen sein geparktes Auto wie die Piranhas auseinandernahmen. Im Washingtoner *Memorial Stadium* hatten Fans einmal versucht, den Rasen zu stehlen, den der King mit seinen Füßen berührt hatte. Anderen Stars hatten damals einfache Bodyguards ausgereicht – bei Elvis musste es schon Polizeischutz sein. Aber nun war er endlich nicht länger eine Art öffentliches Eigentum. Nach all den Jahren war es für ihn schon etwas ganz Besonderes, einfach nur allein aufs Klo gehen zu können.

Elvis schmunzelte. Anscheinend musste man erst sterben, um seine Ruhe zu haben.

Wieder kam die Kellnerin an seinem Tisch vorbei. Wieder schnipste der King mit den Fingern und sagte: «Entschuldigung? Miss?»

Mit genervtem Blick hielt sie neben dem Tisch. «Was?», fragte sie.

«Äh, ich hätte gern acht Cheeseburger – aber bitte ohne Ketchup», sagte Elvis und versuchte, seinen Charme spielen zu lassen.

Die Kellnerin stutzte, stemmte einen Arm in die Hüfte und deutete mit dem Finger einmal durch die Luft. «Sieht dieser Laden hier so aus, als gäbe es hier Kellnerinnen?»

Verdutzt sah Elvis sich um und zuckte mit den Schultern.

«Du kannst froh sein, dass hier jemand die Tische sauber macht, Schätzchen.» Die vermeintliche Kellnerin schüttelte den Kopf. «Meine Güte! Man könnte denken, du wärst zum ersten Mal in einem gottverdammten Fastfood-Restaurant.» Sie wollte gerade gehen, drehte sich dann aber noch ein letztes Mal um und fragte: «Und wer zur Hölle isst bitte schön acht Cheeseburger?»

Peinlich berührt starrte Elvis ins Leere. Er wünschte sich wirklich nichts sehnlicher, als endlich wieder ein normales

Leben zu führen. Nur konnte er zum jetzigen Zeitpunkt absolut nicht abschätzen, ob er dazu überhaupt noch in der Lage war.

Während sich Zehntausende Fans auf den Weg Richtung *Graceland* machten, die Radiosender im ganzen Land beinahe nonstop seine Songs spielten und mit über zwanzig Millionen Tonträgern pro Woche jede dritte verkaufte Platte von Elvis Presley stammte, fuhr der King tagein, tagaus in seinem *Ford F100 Pickup Truck* von einer Baustelle zur anderen.

Und gerade war er wieder unterwegs. Müde steuerte Elvis seinen Wagen über den Natchez Trace Parkway. Wobei es nicht viel zu steuern gab – die Straße führte geradezu unendlich lang geradeaus. Und das machte den King nur noch müder.

Eigentlich waren Autos schon immer eine von Elvis' größten Leidenschaften. Seine gesamte Karriere über hatte er auf einen Chauffeur verzichtet, weil er am liebsten selbst gefahren war. Nur leider verfügte der beigefarbene Firmenwagen von *Shurtliff Construction* nicht über die Ausstattung, die er gewohnt war. Kein Autotelefon, keine Erfrischungsbar – von einer Schuhputzmaschine und einem speziell an Elvis' Körperform angepassten hydraulischen Fahrersitz ganz zu schweigen. Auch fehlte den Armaturen jeglicher Goldüberzug. Elvis war geradezu angeekelt von dem jämmerlichen Kunststoff. Genau wie von dem leeren Beifahrersitz. Kein Hollywood-Starlet, nicht mal eine einfache Schönheitskönigin hatte er an seiner Seite. Dieses Fahrzeug war ein fahrender Witz. Und es kam dem King vor, als sei er die Pointe. Da war es ja glamouröser, zu Fuß zu gehen. Während andere ihren Wagen als Schwanzverlängerung nutzten, konnte man diesen höchstens zur Schwanzverkürzung verwenden.

Immerhin gab es ein sogenanntes Autoradio, dessen Klang allerdings sehr gut mit dem Rest des Wagens harmonierte. Leider konnte das Gerät auch keine Kassetten abspielen, aber immerhin empfing es einen gar nicht mal so üblen Gospelsender. Zwischen den alten Spirituals, die Elvis schon seit seiner Kindheit so mochte, spielten sie nur selbst dort gerade ziemlich häufig seine eigenen Lieder. Und auf die Passanten musste es recht eigenartig wirken, wenn ein Elvis verdächtig ähnlich sehender Mann ein paar Tage nach Elvis' Tod in einem Lieferwagen saß und Elvis hörte.

Alles in allem nahm er das Fahrzeug jedoch mit Humor. Ihn ärgerte viel mehr, dass er sich vorher nicht besser über *Shurtliff Construction* informiert hatte. Ihm wäre es nämlich lieber gewesen, die Firma hätte *Myer Construction* geheißen. Oder von ihm aus auch *Jefferson Construction. Irgendeinanderernachname Construction* wäre schön gewesen. Denn für seinen Geschmack war sein Chef nicht nur ein unverbesserlicher Rassist, sondern auch ein absoluter Menschenschinder. Fünf Tage pro Woche musste der King in aller Herrgottsfrühe anfangen. Sein neuer Beruf fühlte sich an, als würde er täglich etwa zweihundert Zugaben spielen. Zudem konnte man das, was Elvis im Austausch für seine Arbeitskraft erhielt, seiner Meinung nach nur mit komödiantischem Hintergrund als *Lohn* bezeichnen. Für dieses Geld hätte Elvis früher noch nicht mal das Mikrofon angeschaltet.

Und Mister Shurtliff kommandierte ihn herum, wie es sich sonst niemand trauen würde. In manchen Momenten hatte Elvis seine Hand schon an der .45er gehabt, so sehr trieb ihn der Alte zur Weißglut. Dieser Typ würde sich ganz bestimmt nicht so aufführen, wenn er wüsste, wer sein Angestellter in Wirklichkeit war. Schließlich hätte Elvis seine Firma locker kaufen und diesem Sadisten spaßeshalber einen noch viel schlimmeren Chef vor die Nase setzen können: zum Beispiel sich selbst. Aber der King hatte gewisse Grundsätze für sein neues Leben festgelegt. Und das hätte ziemlich eindeutig einen Verstoß dargestellt.

Zumindest aber dämmerte dem King langsam, dass er das normale Leben in seiner Erinnerung vielleicht ein klein wenig romantisiert hatte. Mittlerweile hatten all diese anfangs so wunderbar normalen Dinge auch für ihn ihren Reiz verloren – und waren beinahe so normal geworden, wie sie es vermutlich für normale Menschen waren. Denn ganz so spektakulär war es auf Dauer doch nicht, in Ruhe auf dem Klo zu sitzen. Zudem fehlte ihm die eine oder andere kleine Annehmlichkeit aus der Zeit vor seinem Tod mehr, als er angenommen hatte. Nun öffnete niemand mehr exklusiv für ihn sein Einkaufszentrum, damit der King ungestört shoppen gehen konnte. Zahnärzte vergaben nicht länger Termine um 22.30 Uhr. Und wenn er *STAR WARS* im Kino ansehen wollte, wartete dort auch nicht Darth Vader, um ihm persönlich die Hand zu schütteln. Mittlerweile war er sich mit seinem Plan gar nicht mehr so sicher. Wenn es sich so anfühlte, ein Niemand zu sein, zog er es vielleicht doch lieber vor, wieder ein Jemand zu werden.

Doch vorerst fuhr Elvis erst mal weiter. Und weiter. Immer weiter. Baustelle hier, Baustelle da. Vorbei an Baumwollfeldern, Maisfeldern, Weizenfeldern und Reisfeldern. Wo früher Mädchen waren, waren heute Felder. Und die Gespräche mit den Bauarbeitern, denen er auf seinen Touren begegnete, liefen ähnlich spektakulär ab. Vom Unterhaltungswert her erinnerten sie ihn an Valium.

Elvis war so müde, dass er sich selbst eine Ohrfeige gab. Es kostete ihn große Mühe, die Augen offen zu halten. Und so langweilig, wie ihm war, würde er nicht nur in einen Sekundenschlaf fallen, sondern eher in einen Jahrhundertschlaf.

Der King schüttelte den Kopf. Waren wirklich alle Leben so? Denn wenn er ehrlich war, hatten sich schon seine ersten fünf

Arbeitstage für ihn weitaus weniger atemberaubend gestaltet, als zum sechshundertsiebenunddreißigsten Mal in Las Vegas auf der Bühne zu stehen. Elvis lachte auf. Ungefähr so langweilig musste sich Priscillas Beziehung mit Mike Stone angefühlt haben, nachdem sie ihn für diesen Volldeppen verlassen hatte. Das alles war so dermaßen eintönig, dass er wahrscheinlich sogar noch auf Aufputschmitteln hätte einschlafen können.

Das interessanteste Gespräch der letzten Woche war in etwa so abgelaufen:

«Hey, ich habe hier ein paar Dachziegel für euch.»

«Ah, danke. Wir laden sie ab.»

Der einzige wirkliche Kick für Elvis war das Abpassen der Ampelphasen. Weil er diese ekelhafte Schwüle nur bei Fahrtwind und weit geöffneten Fenstern überhaupt einigermaßen aushielt, verursachte jede rote Ampel für ihn ähnliche Qualen wie die Stimme von Bob Dylan. So wie jetzt gerade.

Zudem fehlte ihm auch abseits des Arbeitsalltags jedwede angenehme Abwechslung. Zum ersten Mal seit zwei Jahrzehnten war er allein. Abgesehen davon, dass er früher stets mindestens eine Beziehung geführt hatte, war auch die *Memphis Mafia* immer in seiner Nähe gewesen. Nur sollte auch damit nun endlich Schluss sein. Auf all diese Speichellecker konnte er gut verzichten. Ihre sogenannte *Arbeit* hatte lange Zeit ausschließlich darin bestanden, seine Reisebegleitung zu sein. Sie hatten mit ihm Football gespielt, Amphetamine genommen und sich mit den Frauen vergnügt, die der King ihnen übrigließ. Ernstzunehmende Aufgabenbereiche waren kaum definiert gewesen – eher genau das Gegenteil. Am meisten hatten die Jungs damit zu tun gehabt, wie ein paar zu groß geratene Kinder mit Wasserpistolen über Hotelflure zu rennen und sich ständig neuen Schabernack auszudenken. So hatte es zu Elvis' Lieblingsstreichen gehört, erst sämtliche Möbel aus seinem Hotelzimmer entfernen zu lassen, dann den Zimmerservice zu rufen und schließlich alles wieder an Ort und Stelle zu platzieren, bevor der Hotelpage mit dem völlig irritierten Manager zurückkam.

Es gab eine Zeit, in der Elvis nur hatte andeuten müssen, eine seiner dünnen, deutschen Zigarren aus der Tasche zu holen, da wurden ihm schon fünf Feuerzeuge hingehalten. Er hatte diese Jasager so dressiert, dass sie wie auf Knopfdruck lachten und wieder damit aufhörten. Aber jetzt guckten diese ganzen undankbaren Schmeißfliegen wahrscheinlich ziemlich dumm aus der Wäsche – abgesehen von den vier Millionären vielleicht –, schließlich hatte Elvis keinen einzigen von ihnen in seinem Testament bedacht. Schon seit längerem hatte er den Verdacht gehabt, dass die meisten von ihnen eher mit seinem Geld befreundet gewesen waren als mit ihm.

Trotzdem langweilte sich Elvis ohne die gewohnte Gesellschaft. Wenn es so weiterginge, würde er schon sehr bald überhaupt keine Schlaftabletten mehr brauchen. Denn obwohl er in seiner Jugend ein ziemlicher Einzelgänger gewesen war, hatte er es offenbar verlernt, allein zu sein. Dabei entsprach es eigentlich voll und ganz seinem Naturell. Er war der geborene Außenseiter – und doch hatte er stets alle Aufmerksamkeit auf sich gezogen. Es war schon immer klar, wer der Star war und wer das Publikum.

Schon lange bevor er ein Filmstar wurde, hatte er sich so gekleidet, als wäre er einer. Seinen Klassenkameraden war seine ganze Erscheinung so suspekt gewesen, dass er sie erst durch seinen Gesang für sich hatte gewinnen können. Wenn er es sich recht überlegte, war er selbst als normaler Junge nie ein normaler Junge gewesen. Und so langsam fragte er sich, wofür diese Normalität überhaupt gut sein sollte, wenn sie ihm doch gar keine Freude bereitete. Als hätte er jahrelang davon geträumt, nur um nun zu merken, dass es eigentlich ein Albtraum war.

Plötzlich hörte Elvis ein lautes Hupgeräusch und schreckte

auf. Gerade noch so konnte er seinen Wagen wieder auf seine Spur bewegen. Um ein Haar wäre er direkt mit dem anderen Fahrzeug zusammengestoßen. Und auch wenn er nach diesem Schock ausnahmsweise mal wieder ziemlich wach war, hatte er eine Pause offenbar bitter nötig. Elvis lenkte sein Auto an den Fahrbahnrand und hielt an. Er legte seinen Kopf zurück, schloss die Augen und seufzte. Offensichtlich war er dem Tod gerade ein weiteres Mal von der Schippe gesprungen.

Der King zog den Mundwinkel hoch. So langsam kannten sich die beiden so gut, dass sie eigentlich mal gemeinsam in den Urlaub fahren könnten.

Endlich lag Elvis im Bett. Allerdings konnte er beim Fahren leider weitaus besser einschlafen als hier. Wieder mal wurde er von seinen Gedanken wach gehalten. Noch dazu störte ihn diese nervtötende Mücke, die zwischendurch immer mal wieder zu hören war. Aber der King war zu faul, um sich um sie zu kümmern.

Wie konnten normale Menschen nur einen Sinn darin finden, tagein, tagaus frühmorgens aufzustehen, den lieben langen Tag zu arbeiten und abends erschöpft schlafen zu gehen? Reichte ihnen dieses kleine Leben wirklich aus? Für Elvis stand jedenfalls eines fest: Dafür war er nicht gestorben.

Er wollte seine Zukunft nicht in fünf schlechte und zwei gute Tage pro Woche einteilen. Er wollte keinen Beruf, bei dem er sich am Wochenende darüber ärgerte, dass bald schon wieder Montag war – sondern einen Beruf, bei dem er sich am Freitag darüber ärgerte, dass bald schon wieder Wochenende war. Und wenn er sich nicht vorstellen konnte, die nächsten zwanzig Jahre als Lieferwagenfahrer zu verbringen, warum sollte er es die nächsten zwanzig Tage tun? Elvis fand es jedenfalls ziemlich bedenklich, dass die anderen Menschen selbst einem lebenden Toten vorkamen wie Zombies. Es sah ganz danach aus, als ob die meisten von ihnen sterben würden, bevor ihr Leben überhaupt richtig angefangen hatte. Der King lächelte in sich hinein. Das war kein Lebensstil, sondern ein Sterbensstil. Und so wollte er ganz bestimmt nicht enden.

Elvis knipste das Licht an, öffnete die Schublade seines Nachttischs und nahm eine Pistole heraus. Er legte sie neben sich aufs Bett und bewegte sich einen Moment lang keinen Millimeter. Doch kurz darauf erhob er die Waffe, streckte den Arm aus und schwenkte ihn langsam durch die Luft. Dann hielt der King seinen Arm plötzlich still und zielte auf die Wand gegenüber von seinem Bett. An dieser Stelle war ein schwarzer Punkt auf der fast noch frischgestrichenen Fläche zu sehen. Der King entsicherte die Waffe und kniff ein Auge zu. Gleich könnte es eine Mücke weniger auf dieser Welt geben.

Doch Elvis ließ die Pistole wieder sinken. Noch vor ein paar Tagen wäre ihm diese Wand herzlich egal gewesen. Aber heute wollte sich Elvis wie ein ganz normaler Mensch vom Bett erheben und das Mistviech mit einem gewöhnlichen Schlag zur Strecke bringen. Allerdings hatte er keine große Lust darauf, sich die Hände schmutzig zu machen. Hektisch sah er sich im Zimmer um, auf der Suche nach irgendetwas, das er für seinen Schlag verwenden konnte. Da fiel sein Blick auf ein Geldbündel, das von einer Banderole zusammengehalten wurde. Er griff es, näherte sich auf Zehenspitzen der Mücke, holte vorsichtig aus und erschlug sie. Zufrieden beobachtete Elvis, wie das Insekt zu Boden rieselte. Dann legte er sich zurück ins Bett und verschränkte die Arme hinter dem Kopf. Der King seufzte leise und starrte die Decke an – in der Hoffnung, nun endlich schlafen zu können.

Doch da hatte Elvis eine Idee. Er könnte das tun, wovon wohl so ziemlich jeder Angestellte auf dieser Welt insgeheim träumte:

kündigen. Aber ein Elvis Presley würde nicht einfach selbst seine Kündigung einreichen. Er wollte den großen Auftritt. Er wollte es zelebrieren. Ein Experiment daraus machen. Ein Kündigungsexperiment.

Der King beschloss, in der kommenden Woche alles dafür zu tun, dass Mister Shurtliff ihn feuern würde. Tag für Tag würde er seine Bemühungen systematisch steigern, bis sein Boss schließlich genug von ihm hätte. Und währenddessen wollte er nicht nur etwas mehr Spaß bei der Arbeit haben, sondern sich auch etwas Neues für seine Zukunft überlegen. Etwas, das ihn endlich glücklich machen könnte. Etwas, das vielleicht doch ein kleines bisschen weniger normal sein würde. Etwas, für das es sich lohnen würde, tot zu sein.

Aber erst mal galt es, sich ein paar schöne Streiche für seinen Boss auszudenken. Und für den Wochenanfang hatte er auch schon eine Idee.

Wie an jedem Freitag saß Mister Shurtliff auch an diesem in seiner Stammkneipe und hielt ein immer wieder unterschiedlich volles Glas Bourbon in der Hand. Man konnte nicht behaupten, dass er sich wirklich mit dem Barkeeper unterhielt. Vielmehr unterhielt sich der Alte eher mit sich selbst, während der Barkeeper die Gläser abtrocknete. Zumindest berichtete Mister Shurtliff davon, dass er alles in allem auf eine halbwegs erfolgreiche Woche zurückblickte. Dass sein neuer Mitarbeiter bisher immerhin nicht mit dem Firmenwagen durchgebrannt war. Dass Carpenter ihm zudem weder Drogen noch Prostituierte noch Mexikaner untergejubelt hatte.

«Und soweit ich weiß, hat er nicht mal meine Tochter geschwängert.»

Der Barkeeper lachte leise.

«Nein, wirklich. Bis jetzt hat der Neue nichts von alldem getan, was ich eigentlich von einem durchschnittlichen Liberalen erwartet hätte», sagte Mister Shurtliff.

Nun grinste der Barkeeper.

«Aber wahrscheinlich ist der Typ einfach schwul. Wobei er dafür erstaunlich gut einparken kann», ergänzte der Alte trocken.

Wieder grinste der Barkeeper. Mister Shurtliff hingegen schüttelte den Kopf und schwenkte seinen Whisky. Ein Weißer, der aussehen wollte wie ein Weißer, der hatte aussehen wollen wie ein Schwarzer – unfassbar. Aber vor dem Hintergrund, dass man anfangs dachte, dieser Freak hätte vor diesem Job noch keinen einzigen Tag in seinem Leben richtig gearbeitet, hatte Carpenter seine Aufgaben ganz akzeptabel erledigt – wenn man von seiner morgendlichen Unpünktlichkeit und seinen verweichlichten Ausreden diesbezüglich absah. So viel musste Mister Shurtliff seiner Margret zugestehen. Schließlich war seine Frau der einzige Grund, warum er diesem Elvis-Verschnitt überhaupt eine Chance gegeben hatte. Und er hätte darauf wetten können, dass der Typ sie glorreich in den Sand setzt. Aber es war ja auch erst eine Woche vergangen. Noch war alles möglich.

Margret hatte einfach ein viel zu großes Herz. So groß, dass Mister Shurtliff sich manchmal wunderte, wie es in diesen kleinen Körper überhaupt hineinpasste. Denn eigentlich hätte es gut und gern als achter Kontinent gewertet werden können. Das Einzige, was Margret von Mutter Teresa unterschied, war, dass sie sich nur nach dem Duschen ein Tuch um den Kopf wickelte. Wenn es nach ihr ginge, würden die Shurtliffs wohl noch weitaus mehr von diesem Gesindel beschäftigen – und mit aller Wahrscheinlichkeit wäre die Firma dann längst ruiniert.

Immer dieses Gerede davon, dass die Welt sich verändere.

Dass alle Menschen Menschen seien. Dass er sich mal einen Ruck geben solle. So ein Unsinn. Wer zur Hölle gab sich schon mit einundsechzig Jahren noch einen Ruck? Wenn er dafür irgendwann mal wirklich alt und weich genug in der Birne wäre, würde Margret wahrscheinlich nur noch Randgruppen beschäftigen. Und das Einzige, was *Shurtliff Construction* dann noch bauen würde, wären Joints. Aber schon wieder wegen dieses Möchtegern-Elvis zu streiten, hätte keinen Sinn gehabt. Schließlich würde Margret es eh so machen, wie sie es für richtig hielt. Zudem war Mister Shurtliff durchaus bewusst, dass er manchmal ein ziemlicher Stinkstiefel sein konnte. Er war sich jedenfalls nicht sicher, ob er selbst es zweiundvierzig Jahre mit sich ausgehalten hätte.

Plötzlich wurde der Alte aus seinen Gedanken gerissen. Ein Mann setzte sich auf den Barhocker direkt neben ihn.

«Guten Abend», sagte er. «Ein Bier, bitte.»

«Da ist schon besetzt», antwortete der Barkeeper schroff.

Der Mann sah sich verwundert um. Die Kneipe war halbleer. Zudem war weit und breit niemand zu sehen, der auf diesem Platz gesessen haben könnte.

«Gut», sagte der Mann irritiert. «Dann setze ich mich da drüben hin.» Er stand auf.

«Da ist auch schon besetzt», entgegnete der Barkeeper und kniff die Augen zusammen.

Noch einmal ließ der Mann seinen Blick durch den Raum schweifen.

«Ist alles schon besetzt», fügte der Barkeeper hinzu.

Der Mann schüttelte den Kopf und zischte abfällig. Dann drehte er sich um und ging. Mister Shurtliff sah ihm hinterher und grinste.

Der Mann war schwarz.

Der Alte widmete sich wieder seinem Getränk. «Weißt du, es mag komisch klingen, aber irgendwie hege ich die Hoffnung, dass es mit diesem Carpenter vielleicht auch ganz spannend wird», sagte Mister Shurtliff.

Noch ahnte er nicht, wie recht er damit haben sollte.

Als der Montagmorgen gekommen war, merkte Elvis, dass er mittlerweile auch ohne Amphetamine schon etwas leichter aus dem Bett kam. Vielleicht würde er heute noch keine richtigen Bäume ausreißen können – aber für ein paar Bonsaibäume müsste es reichen. Er freute sich so sehr auf Mister Shurtliffs Gesicht, als käme heute eine neue Platte aus dem Presswerk. Elvis konnte es kaum erwarten, die erste Runde seines Kündigungsexperiments einzuläuten. Offenbar war es so: Je weniger normal man sich verhielt, desto mehr Spaß konnte diese Normalität machen. Und der heutige Tag sollte alles andere als normal verlaufen.

Völlig unvermittelt würde der King nicht selbst zur Arbeit erscheinen, sondern stattdessen eine ganz besondere Vertretung vorbeischicken, die er vor einigen Tagen in der *First Assembly of God Church* kennengelernt hatte. Zuvor war Elvis schon lange nicht mehr dort gewesen, obwohl er diese Kirche ganz besonders ins Herz geschlossen hatte. Immerhin war dies doch der Ort, an dem er als Kind seine Liebe zum Gospel entdeckt hatte. Seiner Mutter zufolge war er schon im Alter von zwei Jahren von ihrem Schoß gerutscht und auf die Bühne geklettert, hatte den Chor angeschaut und versucht mitzusingen. Seitdem er berühmt geworden war, hatte er jedoch kaum noch irgendeine Kirche besucht, da die meisten Kirchen danach vermutlich nicht mehr gestanden hätten.

Aber nun konnte Elvis endlich wieder tun und lassen, was er wollte. Zumindest war er bei besagtem Kirchgang mit einem jungen Mann ins Gespräch gekommen. Oder besser gesagt: Elvis war ins Gespräch gekommen – der junge Mann hatte eigentlich hauptsächlich versucht, es zeitnah wieder abzubrechen.

Joseph war Mitglied des Kirchenchors – und während der King ihn sofort gemocht hatte, hielt Joseph diesen verschwitzten Weißen genauso schnell für vollkommen plemplem. Wenn dieser Typ Elvis war, dann war er Martin Luther King. Nur leider hatte der liebe Gott Joseph zwar mit einer wunderschönen Stimme gesegnet, aber nicht mit einem wunderschönen Job. Deswegen wäre ihm zurzeit selbst Charles Manson als Auftraggeber recht gewesen, zur Not auch für dieses hirnverbrannte Experiment. Hauptsache, dieser Rassistenchef würde ihn nicht rein zufällig zur nächsten Ku-Klux-Klan-Baustelle schicken – oder noch zufälliger eigenhändig erschießen.

Zur Sicherheit wartete Elvis direkt vor der Tür. Am liebsten hätte er das Ganze gefilmt – auch wenn das Ergebnis vermutlich nicht gerade Spielfilmlänge haben würde. Zumindest hatte er Joseph versprochen, auch dann zu zahlen, wenn Mister Shurtliff ihn gar nicht erst arbeiten ließe. Und dessen Sorgen diesbezüglich waren durchaus berechtigt, wie sich herausstellen sollte. Schon die Begrüßung ließ sich durchaus mit einem Schusswechsel vergleichen.

«Guten Tag, Mister Shurtliff. Ich werde heute Ihr Fahrer sein», sagte Joseph vorsichtig.

Mister Shurtliff fiel fast die Kinnlade herunter. Ein waschechter Schwarzer stand direkt vor ihm. In seinem Büro.

Der Alte musste sich kurz sammeln, bevor er fragte: «Was … was soll das denn? Waren Sie zu lange in der Sonne?»

Dieses Arschloch war ein noch größeres Arschloch, als Joseph erwartet hatte.

«Sie sind ja nun ziemlich offensichtlich nicht Mister Carpenter», fuhr Mister Shurtliff ihn an. «Oder hat sich Ihre Hautfarbe jetzt Ihrer Faulheit angepasst?», zischte der Alte gehässig. Dabei gab er sich alle Mühe, ruhig zu bleiben – doch innerlich brodelte er so sehr, dass die Wut sein Gesicht röter und röter färbte.

«Ihre Hautfarbe wiederum scheint sich eher Ihrem Alkoholkonsum angepasst zu haben», entgegnete Joseph gelassen. Ihm kam zugute, dass er mit seinen dreiundzwanzig Jahren dreiundzwanzig Jahre lang im Umgang mit rassistischen Vollidioten trainiert worden war. «Mister Carpenter ist heute leider verhindert. Er muss einige wichtige Besorgungen machen.»

Schon nach dieser herzlichen Begrüßung war Joseph relativ sicher, sich heute wohl nicht überarbeiten zu müssen. Sein Blick wanderte durch das kleine Büro. Die halboffenen Jalousien konnten nicht sonderlich viel gegen die Sonne Mississippis ausrichten. Joseph betrachtete den Staub, der im Gegenlicht durch die Luft schwebte. Sofern man das da drinnen als solche bezeichnen konnte. Das heißfeuchte Klima waberte durch den Raum und ließ den summenden Deckenventilator schon zu dieser Tageszeit an seine Grenzen kommen. Und auch wenn Joseph das bei Mister Shurtliff ziemlich verwunderte, roch es in diesem Büro nach Mensch. Dabei wäre Joseph selbst kalter Rauch lieber gewesen als der Duft von *White Trash*. Aber so ist das eben, dachte er sich. Müll stinkt.

Der Alte bäumte sich mit mittlerweile hochrotem Gesicht vor Joseph auf, so gut es ging. Er war etwa zwei Köpfe kleiner und hatte den zwei Metern *Black Power* nicht nur geistig kaum etwas entgegenzusetzen. Josephs Blick fiel nun direkt auf den kümmerlichen Rest, der von Mister Shurtliffs Frisur übrig war. Es war längst Herbst auf seinem Kopf.

«Ich habe Sie zwar nicht eingestellt – aber Sie sind trotzdem gefeuert», fauchte der Alte. «Und ob ich diesen Nichtsnutz von Carpenter auch nur einen weiteren Meter für mich fahren lasse, muss ich mir erst noch mal überlegen.»

Mister Shurtliff hob seinen rechten Arm und deutete in Richtung Ausgang. Völlig unfreiwillig schien er mit dieser historischen Abschiedsgeste noch einmal seine politische Gesinnung zu unterstreichen. «Raus!»

Joseph schüttelte amüsiert den Kopf und sagte: «Unheil Hitler.»

Die Fliegentür bimmelte, als er das Büro verließ. Was die Länge der Arbeitszeiten anging, wäre dieser Job eigentlich ganz nach Elvis' Geschmack gewesen. Denn nach etwa fünf Minuten hatte Joseph auch schon wieder Feierabend.

Das Kinn des Kings wackelte, als er sich draußen die Anekdote brühwarm von seinem Ersatzfahrer erzählen ließ. Da sie aber noch in Hörweite des Büros standen, versuchte Elvis sein sonst so schallendes Lachen zu unterdrücken.

Sollte ihn der Alte ruhig weiterhin für einen *Liberalen* halten. Aber dass für den King Farbe niemals einen Unterschied gemacht hatte, sagte nichts über seine grundsätzliche politische Gesinnung aus. War er doch zwischen Schwarzen aufgewachsen: erst in Shake Rag in Tupelo, später in den Courts in Memphis. Dort hatte er schwarze Kirchen besucht, schwarze Schulen, schwarze Gemeindezentren – wahrscheinlich war er einer der schwärzesten Weißen, die es auf diesem Planeten gab. Und obwohl Elvis ansonsten ziemlich konservativ war, hatte er den Rassismus der Südstaaten so satt.

Das hier war der Staat, in dem noch ein paar Jahrzehnte zuvor ein Senator ganz offiziell den Lynchmord hatte legalisieren wollen. Und es war gerade erst zehn Jahre her, dass der Oberste Gerichtshof Mississippi dazu gezwungen hatte, als einer der letzten US-Staaten das Verbot von Mischehen aufzuheben. Es lebten zwar durchaus auch in dieser Gegend einige Weiße mit Schwarzen zusammen – allerdings zumeist nur aus dem Grund, weil sie sich diese auf ihren Farmen als Sklaven hielten. Tupelo wurde nicht umsonst als *Baumwollstadt* bezeichnet. Bei dem Gedanken daran wäre Elvis das Lachen fast im Halse stecken geblieben. Am liebsten hätte er Mister Shurtliff gleich noch einen guten Freund vorbeigeschickt: Muhammad Ali.

Allerdings stellte sich bei einem Telefonat am Nachmittag heraus, dass Mister Shurtliff und Elvis unterschiedlich begeistert vom Tagesverlauf waren. Nur bereitete es seinem Chef offenbar einige Schwierigkeiten, auf die Schnelle noch irgendeinen anderen Weißen als Vertretung aufzutreiben. Der Alte würde Elvis noch eine letzte Chance geben, wie er sagte. Der King solle nur verdammt noch mal nicht auf die Idee kommen, ihm morgen einen verdammten Juden oder einen verdammten Indianer vorbeizuschicken.

Und auch wenn dieser Vorschlag durchaus von Elvis selbst hätte stammen können, hatte er für den folgenden Tag bereits etwas völlig anderes im Sinn. Das Kündigungsexperiment sollte mit einem neuen Streich in die zweite Runde gehen.

Wie gemalt stand das kleine Holzhaus der Shurtliffs in dem perfekt gepflegten Vorgarten am Rande des *Rob Leake City Parks*. Das Abendrot leuchtete vorbei an den üppigen blassgrünen Vorhängen durch die geöffneten Sprossenfenster und tauchte das Esszimmer in warmes Licht. Der Duft von Hackbraten, Kartoffelspalten und Krautsalat lag in der Luft. Von draußen drang das Zirpen der Grillen hinein. Da schlug Mister Shurtliff plötzlich mit der Faust auf den Tisch.

«Sag mal, verstehst du nicht?», blaffte er und wischte währenddessen mit seiner Hand vor seinem Gesicht in der Luft hin und her, als sei seine Frau ein bisschen bescheuert. «Der Typ war schwarz! Ein gottverdammter Neger!»

Margret lächelte milde. «Aber einen Führerschein hatte er

wohl, oder?», entgegnete sie gelassen, während sie das Abendessen auf den Tellern verteilte.

«Ist mir ganz egal, was der hat. Ich habe keine Kunden mehr, wenn ich diesen Typen zu meinen Baustellen schicke», brodelte Mister Shurtliff und schüttelte fassungslos den Kopf.

Margret lachte auf. «Weißt du, was du nicht mehr hast? Du hast nicht mehr alle Tassen im Schrank. Wir schreiben das Jahr 1977, mein Lieber.»

«Oh, meine Liebe, ich weiß durchaus, welches verdammte Jahr wir schreiben. Ich genieße nämlich jedes einzelne, in dem deine Entscheidungen uns noch nicht ruiniert haben», stichelte der Alte.

«Liebling, ich verstehe ja, dass du nicht begeistert von dieser ganzen Geschichte bist. Aber ansonsten warst du doch ganz zufrieden mit Mister Carpenter», versuchte Margret ihren Mann zu besänftigen. «Warte doch mal ab, wie sich die Woche entwickelt.»

Sie legte ihre Hand auf seine Schulter. Wortlos nickte ihr Gatte und schaute in die Leere. Es war nicht der richtige Zeitpunkt zum Streiten. Dafür kochte seine Frau zu gut.

Grummelig nahm Mister Shurtliff einen Bissen von dem Hackbraten. Margret machte es sich immer so verdammt einfach. Aber es ist einfach, es sich einfach zu machen, wenn man es einfach hat. Schließlich würde er derjenige sein, der den Karren wieder aus dem Dreck ziehen musste. Trotzdem hasste er das Gefühl, dass sie ihn immer wie einen verdammten Unmensch hinstellte. Dabei wollte er doch nur das Beste für seine Familie und sich. Und eins wusste er ziemlich sicher: Das Beste war ganz bestimmt nicht schwarz.

Am nächsten Morgen befestigte der King ein selbstgebasteltes Taxischild auf dem Dach seines Pickups. Dabei hätte er dafür eigentlich gar kein Klebeband benötigt. Sein breites Grinsen allein hätte vermutlich völlig ausgereicht, um die Pappe dazwischen zu fixieren. Allerdings hatte sein Boss bisher keinen blassen Schimmer davon, dass Elvis heute zur Abwechslung mal nicht nur Baugeräte transportieren wollte.

Nach dessen gestriger Bemerkung hegte der King große Hoffnung, vielleicht sogar ein paar schwarze, jüdische oder indianische Fahrgäste befördern zu können. Am liebsten hätte er James Brown, Woody Allen und Sitting Bull gleichzeitig mitgenommen. Sicher würde Elvis zwischendurch auch mal die eine oder andere Baustelle anfahren, aber das hatte heute keine Priorität. Der King spekulierte darauf, dass einer von Mister Shurtliffs Ku-Klux-Kumpels ihn früher oder später telefonisch darüber in Kenntnis setzen würde, dass sein Angestellter das Firmenfahrzeug offenbar zum Randgruppenmobil umgewandelt hatte. Als Taxifahrer war er für seinen Boss mit aller Wahrscheinlichkeit ein größerer Albtraum als Robert De Niro.

Kaum hatte die Fahrt begonnen, war Elvis auch schon kurz davor, seinen ersten Fahrgast aufzusammeln. Am Straßenrand humpelte ein etwa dreißigjähriger Mann mit Vollbart, gefleckter Army-Mütze, Weste und Gehstock. Offenbar konnte dieser Typ eine Gratistaxifahrt ganz gut gebrauchen. Auch wenn er so aussah, als würde er normalerweise eher in einem Panzer mitgenommen. Zu seiner Überraschung musste Elvis den grummeligen jungen Mann trotzdem erst dazu überreden einzusteigen.

Und wie sich ziemlich schnell herausstellte, hätte er das vielleicht besser bleiben lassen sollen. Dieser komische Vogel stank schon frühmorgens wie eine ganze Grasplantage – und es gab wohl nichts auf dieser Welt, das Elvis mehr verabscheute als

Drogen. Viele mochten es für einen schlechten Scherz gehalten haben, als Präsident Nixon den King auf seinen ausdrücklichen Wunsch hin zum *Special Agent* ernannt und ihm eine Ehrenmarke des *Bureau of Narcotics and Dangerous Drugs* überreicht hatte – besonders im Hinblick auf dessen eigenen Medikamentenkonsum. Aber für Elvis war sein Drogenfeldzug eine ernste Angelegenheit. Er hatte es sich in den Kopf gesetzt, Amerika von all den ungewaschenen Abhängigen zu befreien – inklusive den *Beatles*. Und dieser Typ hier neben ihm roch wie ein ganzes Reggae-Festival. Noch dazu schaute er nur stumm aus dem Seitenfenster auf die vorbeiziehenden Baumwollfelder.

Der King seufzte. Es ging ihm bei diesem Experiment schließlich nun wirklich nicht darum, schweigende Vollidioten von A nach B zu kutschieren. Also eröffnete er das Gespräch – nicht gerade vorsichtig, aber das hatte dieser Kauz bei seinem eigenartigen Verhalten auch nicht verdient.

«Vietnam?», fragte Elvis und deutete auf den Gehstock seines Fahrgastes.

Dieser schaute weiterhin aus dem Seitenfenster und würdigte Elvis keines Blickes. «Was denken Sie? Disneyland?», antwortete er schroff.

Elvis grinste. «Nun ja, Sie sehen nicht unbedingt aus wie Mickey Mouse.»

Da sein Fahrgast daraufhin allerdings absolut keine Reaktion mehr zeigte, beließ Elvis es dabei. Manche dieser Vietnamveteranen waren schließlich zu allem fähig. Und auch wenn der King wie immer seine .45er im Hosenbund trug, hielt er sich lieber zurück. Schließlich wollte er heute Taxi fahren, nicht Leichenwagen.

Während die beiden also schweigend an scheinbar unendlichen Baumwollfeldern vorbeifuhren, musste der King an seine eigene Zeit bei der Army zurückdenken. Für einen Soldaten war diese glücklicherweise ungewöhnlich friedlich verlaufen. Das lag vor allem daran, dass Elvis in Deutschland stationiert war. Und da der Zweite Weltkrieg zu dieser Zeit schon lange vorbei gewesen war, musste von dort kaum jemand mit Gehstock zurückkehren.

Elvis schmunzelte. Den Begriff *Deutschlandveteran* hatte er zumindest noch nie gehört. Das Gefährlichste, das es in Friedberg gegeben hatte, waren Schweinebraten und Priscilla Beaulieu. Und dass seine Karriere bei seiner Rückkehr längst hätte vorbei sein können. Aber zum Glück hatte der Colonel Elvis' Fans im Rahmen einer geradezu genial durchgeplanten Strategie die gesamte Zeit über häppchenweise mit Neuigkeiten versorgt, sodass der Ruhm des Kings bei *Frank Sinatra's Welcome Home Party for Elvis Presley* ungebrochen gewesen war. Die Einschaltquote von 67,7 Prozent und die höchste Gage, die je für einen Gastauftritt im Fernsehen gezahlt wurde, hatten dies mehr als eindrucksvoll bewiesen. Bei seiner Einziehung hatten die meisten noch vermutet, es sei eine reine Showeinlage gewesen, einen Star wie Elvis zu verpflichten. Doch er hatte auf jede Sonderbehandlung verzichtet und sämtliche Anfragen abgelehnt, medienwirksam für seine Kameraden aufzutreten. Er war schließlich weder ein Tanzbär noch Marlene Dietrich. Und eine spezielle *Elvis Presley Company*, wie es die Marine vorgeschlagen hatte, war für ihn schon gar nicht in Frage gekommen.

Nur konnte Elvis seinem schweigenden Fahrgast von alldem rein gar nichts erzählen. Er war ein Mann ohne Geschichte. Aber zumindest hegte er die Hoffnung, vielleicht noch ein bisschen Zukunft zu haben.

Irgendwann konnte der King die Stille nicht mehr ertragen. Er musterte die Aufnäher auf der Weste seines Fahrgasts – restlos alle von Bands, die er absolut nicht ausstehen konnte: *Black Sabbath, Deep Purple, Led Zeppelin.* Aber sie brachten ihn auf eine Idee. Er schaltete das Radio ein und drehte am Frequenzregler.

«Mögen Sie Elvis Presley?», fragte er.

Zum ersten Mal während der Fahrt schaute ihn der Veteran an und brummte: «Ja.»

Damit hatte der King nicht gerechnet.

«Aber erst, seitdem er tot ist», schob der Veteran ohne jegliche emotionale Regung hinterher. Dann wendete er seinen Blick wieder aus dem Fenster.

Dieser Kiffer schien sich wohl für einen Komiker zu halten. Aber da war er an den Falschen geraten. Elvis suchte so lang, bis er den schmalzigsten Sender gefunden hatte, den dieses Radio empfing. Er wollte das absolute Gegenteil dessen spielen, was diesem Deppen gefiel. Und *I Just Want To Be Your Everything* von Andy Gibb fand der King selbst so schlimm, dass sein Fahrgast es geradezu hassen musste. Dieses Lied war so fürchterlich, dass offenbar sämtliche Mitglieder der *Bee Gees* ihrem Bruder Barry gesagt hatten: «Barry, bei aller Liebe: Wir machen für Geld ja wirklich einiges mit – aber irgendwo ist eine Grenze erreicht. Den Song kannst du gern mit unserem kleinen Bruder veröffentlichen.»

Bei dem Gedanken daran lachte Elvis laut auf. Von dem Vollpfosten auf dem Beifahrersitz würde er sich ganz bestimmt nicht die Laune verderben lassen. Gespielt vergnügt trommelte er den gesamten grausamen Song lang aufs Lenkrad. Doch auch daraufhin erntete der King nicht die kleinste Reaktion.

Mittlerweile war der Pickup auf der Main Street angekommen. Einer der Klebestreifen hatte sich gelöst und so flatterte das Taxischild im Fahrtwind. Allerdings war dies mitnichten der einzige Grund, warum Elvis froh darüber war, am Ziel des komischen Vogels angelangt zu sein und sich von diesem Passagier verabschieden zu können. Im Rückblick wertete der King es als durchaus positiv, nach der Fahrt noch am Leben zu sein.

Er beschloss, seinen nächsten Gast etwas genauer unter die

Lupe zu nehmen, bevor er ihm eine Mitfahrgelegenheit anbieten würde. Doch just in diesem Moment fiel sein Blick auf eine junge Frau, die an einer Bushaltestelle wartete.

Mit ihrem um die Stirn gebundenen Kopftuch, der für ihren zarten Körper etwas zu groß geratenen violetten Strickjacke und dem mit Stickern beklebten Gitarrenkoffer wirkte sie wie aus der Zeit gefallen. Elvis gab sich alle Mühe, möglichst wenig wie ein Triebtäter zu wirken, als er das Seitenfenster herunterließ und sie zur Mitfahrt einlud. Sie musterte erst das mit Klebeband befestigte Schild auf dem Dach des Taxis – und dann den leicht verschwitzten Fahrer mit dem schiefen Lächeln, der sie nicht nur aus diesem Grunde an einen verstorbenen Rocksänger erinnerte. Sie bezweifelte, dass sich irgendein Serienkiller auf diesem Planeten eine derart skurrile Tarnung aussuchen würde, und beschloss, dass dieser Typ mit ziemlicher Wahrscheinlichkeit keiner war.

«Ich habe kein Geld», sagte sie.

«Gut, dass du für dieses Taxi keins brauchst», antwortete Elvis.

Die junge Dame verstaute ihren Gitarrenkoffer auf der Ladefläche und stieg ein. «Jane», sagte sie und reichte Elvis die Hand.

«Elvis.»

Jane prustete los.

«Bist du nicht tot?», fragte sie.

«Du musst mich verwechseln», antwortete Elvis und zog einen seiner Mundwinkel hoch. «Ich habe so ein Allerweltsgesicht.»

«Wahnsinn! Du lachst sogar wie er. Wenn du auch noch so singen kannst, lass uns eine Band gründen.»

«Schätzchen, säße ich in einem selbstgemachten Taxi, wenn ich so singen könnte wie Elvis Presley?»

Mittlerweile war sich die junge Dame ziemlich sicher, dass sie nicht im Wagen eines Serienkillers saß. Falls aber doch, würde sie nur zu gern entkommen – allein, um das Gesicht des Zeichners zu sehen, der das Phantombild anfertigen müsste.

«So oder so frage ich mich: Warum zur Hölle machst du diese Taxisache hier?», fragte sie.

Also erzählte der King ihr seine gesamte Lebensgeschichte: die der letzten zwei Wochen. Jane lachte Tränen, als er von seinem Kündigungsexperiment berichtete. Auch wenn sie vollstes Verständnis dafür hatte, dass Elvis nicht länger für diesen Mister Shurtliff arbeiten wollte. Schließlich hingen ihr all die verbitterten Rassisten Mississippis nicht weniger zum Halse raus. Und genau aus diesem Grund war sie gerade mit ihrem Gitarrenkoffer auf dem Weg nach San Francisco.

«Du trägst gar keine Blumen im Haar», sagte Elvis.

«Ich trage Blumen im Herzen», entgegnete Jane.

Ihre langen braunen Locken waren von ihrem Stirnband kaum zu bändigen. Sie schimmerten in der Sonne und rahmten ihr puppenhaftes Gesicht ein, das mit Sommersprossen verziert war. Sie strahlte genau die Zartheit aus, die Elvis an Frauen so mochte. Früher hätte er sie wahrscheinlich schon längst gevögelt. Immerhin kannten sie sich bereits ein paar Minuten. Und Elvis war kein Frauenheld, sondern eher ein Frauengott. In Las Vegas hatte er oft an einem einzigen Abend von der Bühne herunter mehr Frauen geküsst als andere Männer in ihrem ganzen Leben – und das inklusive Begrüßungsküsschen. Bei einigen Shows hatte er fast mehr Küsse verteilt als Zeilen gesungen. Über zwei Jahrzehnte lang war Elvis hauptberuflich Herzensbrecher gewesen. Aber mit alldem sollte nun erst mal Schluss sein. Es konnte nichts so bleiben, wenn sich wirklich etwas ändern sollte.

Trotzdem dachte Elvis für einen kurzen Moment darüber nach, seinen neuen Lieblingsfahrgast nicht nur zum Bahnhof, sondern gleich den gesamten Weg zu fahren. Doch spätestens dann hätte ihm Mister Shurtliff wohl die Polizei auf den Hals gehetzt. Zwar hatte der King angeblich absolut wasserdichte neue Papiere, dennoch wollte er sein Schicksal diesbezüglich nicht unbedingt herausfordern.

«Was hast du denn in San Francisco vor, Süße?», fragte Elvis.

«Ich werde die neue Janis Joplin», sagte Jane. «Nur ohne den Alkohol.»

Elvis schmunzelte. «Was ist mit dem Heroin?»

«Oh. Ich denke darüber nach, auch darauf zu verzichten», zwinkerte Jane. Doch dann sagte sie: «Hey, ich rauche noch nicht mal Zigaretten.»

Elvis lächelte milde. «Und bist du dir sicher, dass du wirklich ein Star sein möchtest?»

«Zumindest möchte ich irgendetwas anderes sein als das hier.»

Elvis dachte an Brian Jones, Jimi Hendrix, Jim Morrison und Janis Joplin. Ganz bestimmt wollten auch sie alle irgendwann mal etwas anderes sein als das, was sie vorher waren. Nur hatte wahrscheinlich keiner von ihnen vor, ein paar Jahre später unter der Erde zu liegen. Allerdings waren sie dafür mittlerweile alle ziemlich mausetot. Zumindest offiziell. Denn wenn er selbst noch lebte, fuhren vielleicht auch sie gerade irgendwo als Taxifahrer durch die Gegend und versuchten herauszufinden, was das Leben sonst noch zu bieten hatte.

«Weißt du, so viele normale Menschen träumen davon, endlich berühmt zu werden. Aber wenn sie dann berühmt sind, wünschen sie sich, endlich wieder normale Menschen sein zu können.»

«Jetzt klingst du wirklich wie Elvis», sagte Jane mit ihrem breiten Südstaatendialekt und lachte.

«Wer weiß? Vielleicht bin ich es ja», witzelte der King. «Aber ich will dich nicht aufhalten. Vielleicht muss man erst alles haben, um zu merken, wie wenig es einem geben kann.»

Wieder einmal dachte Elvis an seine Theorie, dass wir alle

immer wiedergeboren und so lange vor die gleiche Herausforderung gestellt werden, bis wir sie endlich meistern. Dass unsere Seelen auf dem Weg zu absoluter Weisheit Level für Level zu durchlaufen hätten. Und dass es manche unter ihnen gab, die schon jahrtausendealt waren. Er fragte sich, wie alt Janes Seele wohl war.

Während seine Gedanken immer noch kreisten, stoppte der King sein improvisiertes Taxi etwas wehmütig vor dem Bahnhof. Jane gab Elvis zum Abschied einen Kuss auf die Wange. Zum Glück existierten noch Leute, die nicht in Vietnam gewesen sind, dachte er sich – und vermisste die Kleine schon, während er ihr noch nachsah. Aber er wollte sie nicht vermissen. Denn dieses Mädchen hätte gut und gerne seine Tochter sein können. Wie so viele andere seiner vergangenen Liebschaften.

Elvis musste an Lisa denken und schaltete den Motor aus. Das hier war zwar kein Taxistand, aber wahrscheinlich hätten ihn die echten Taxifahrer dort auch ziemlich schnell in die nächste Psychiatrie einweisen lassen.

Lisa war gerade erst neun Jahre alt. Sie wusste zwar, dass ihr Vater nicht wirklich gestorben war – trotzdem konnte er nun sogar noch weniger für sie da sein als in den letzten fünf Jahren seit der Scheidung. Und vermutlich würde es eine ganze Weile dauern, bis Gras über die Sache gewachsen wäre. Elvis wischte sich eine Träne aus dem Gesicht. Wenn Priscilla und er sich damals noch mal zusammengerauft hätten, wäre er jetzt vielleicht auch offiziell noch am Leben. Und seine Tochter ein etwas glücklicheres Mädchen.

Maybe I didn't hold you
All those lonely, lonely times
And I guess I never told you
I'm so happy that you're mine

Wie alle anderen seiner Lieder hatte Elvis auch *Always On My Mind* nicht selbst geschrieben – trotzdem hätte kein anderer Song seine Gefühle nach der Trennung besser in Worte fassen können. Und ihm wurde immer klarer, dass er ihn nicht nur für seine Exfrau gesungen hatte, sondern genauso auch für seine Tochter. Irgendwie konnte er selbst den Menschen nicht treu bleiben, die ihm am wichtigsten waren.

Mit seinem neuen Leben hatte er sogar die Beziehung zu Ginger abgebrochen. Dabei wollten die beiden noch bis vor kurzem heiraten. Aber gerade noch rechtzeitig war dem King aufgegangen, dass die anderen wohl recht hatten: Ginger war nur ein Highschool-Mädchen. Nicht mehr als eine weitere Miss Soundso – geschmeichelt von all der Aufmerksamkeit, die sein Name mit sich brachte. So schnell, wie sie ihn für ihre Schweigemillion aufgegeben hatte, konnte sie ihn nicht wirklich geliebt haben. Es war wohl eher der Ehrgeiz ihrer Mutter, der sie Elvis hatte lieben lassen.

Und nun saß der King mutterseelenallein in einem selbstgemachten Taxi.

Elvis startete den Wagen. Allerdings wollte er mit dem nächsten Fahrgast warten, bis er seine eigentliche Aufgabe erledigt hatte. Hinten auf der Ladefläche stand immer noch eine Palette Ziegelsteine, die sicher schon seit geraumer Zeit sehnsüchtig auf der Baustelle an der Clayton Avenue erwartet wurde. Und Elvis wollte Mister Shurtliff zwar ärgern, aber nicht gleich ruinieren. Also machte er sich auf den Weg. Doch als er am Zielort ankam, parkte dort der Wagen seines Chefs bereits in der Einfahrt. Offenbar hatte die Rassistenbuschtrommel bestens funktioniert. Mister Shurtliffs Kopf war so dermaßen rot, dass es nicht länger ausgereicht hätte, ihn nur als *Redneck* zu bezeichnen. Er erinnerte eher an ein etwas zu groß geratenes Streichholz. *Magenta* beschrieb seine Gesichtsfarbe wohl am allerbesten.

Wenn Blicke wirklich töten könnten, wäre der King jedenfalls gerade etwa eine Million Mal gestorben.

Was ihm verdammt noch mal einfiele, in seiner Arbeitszeit Taxi zu spielen? Besonders amüsierte Elvis aber die Frage, was für Pillen er zum Teufel noch mal genommen habe.

«Glauben Sie mir – das möchten Sie nicht wissen, Mister Shurtliff», sagte Elvis mit hochgezogenem Mundwinkel.

«Bin ich gefeuert?», fragte er in freudiger Erwartung.

Mister Shurtliff rang nach Luft und atmete langsam aus, bevor er antwortete.

«Wissen Sie – kaum jemand hätte es mehr verdient als Sie», zischte der Alte. «Aber ich gebe Ihnen noch eine allerletzte Chance. Danken Sie Ihrem Schutzengel: meiner Frau.»

Auch wenn Mister Shurtliff fuchsteufelswild war und diesen verdammten Carpenter in der Luft hätte zerreißen können, brauchte er doch für den nächsten Tag einen Fahrer. Dass er so schnell einfach noch keinen Ersatz hatte organisieren können, machte ihn nur noch fuchsteufelswilder. Aber am schlimmsten für ihn war, dass seine Frau diesen kompletten Vollfreak immer noch nicht für einen kompletten Vollfreak hielt, obwohl Mister Shurtliff sich längst wie bei *Candid Camera* fühlte. Der Alte fragte sich, was noch alles passieren musste, damit seine Margret endlich zur Vernunft käme. Wahrscheinlich könnte Carpenter ihren Firmenwagen für einen Bankraub nutzen, sich auf dem Rückweg mit einer Shurtliff-Maske blitzen lassen, dann betrunken eine Gruppe Schulkinder mit kleinen Kätzchen im Arm überfahren und das Fahrzeug schließlich falschgeparkt ausbrennen lassen, bevor die gute Margret es nun ebenfalls nicht ganz in Ordnung fände.

Und zu diesem Zeitpunkt wusste Mister Shurtliff nicht mal, dass das Kündigungsexperiment soeben Stufe drei erreicht hatte.

Der King grinste, als er am nächsten Morgen das Logo von *Shurtliff Construction* auf dem Firmenwagen mit einem neuen Schriftzug überklebte. Er trat ein paar Schritte zurück und betrachtete sein Werk zufrieden. Die Beklebung war vielleicht ein kleines bisschen schief, aber derlei Feinheiten dürften ihre Wirkung vermutlich nicht schmälern. Denn nun stand auf Mister Shurtliffs Lieferwagen in großen Lettern *Carpenter Construction* zu lesen. Der King war schon sehr gespannt darauf, wie sein Chef darauf reagieren würde, dass ohne seine Kenntnis ein gewisser – bis vor wenigen Tagen im Ort noch völlig unbekannter – John *Elvis* Carpenter seine Firma mittlerweile offiziell übernommen hatte. Die mögliche Reaktionsbandbreite war durchaus weit gefächert. Sie reichte von Herzstillstand bis hin zu versuchtem Totschlag. Sofern Mister Shurtliff überhaupt ein Herz hatte.

Elvis fuhr zur ersten Station des heutigen Tages: einer Baustelle am Whitaker Drive. Da keiner der Arbeiter von dem veränderten Logo Notiz nahm, fragte Elvis nach dem Bauleiter. Etwas irritiert erschien dieser zum Gespräch mit dem Lieferanten. Noch irritierender aber war, dass sein alter Freund Willy – Mister Shurtliff – nach mehreren Jahrzehnten angeblich seine Firma völlig unvermittelt an einen Typen verkauft haben sollte, der sich nicht nur *Elvis* nannte, sondern diesem auch in der Tat ein bisschen ähnlich sah.

Der King setzte ihn wie selbstverständlich darüber in Kenntnis, dass sich an den bestehenden Verträgen trotz der verbesserten Leistung nichts ändern würde. Im Gegensatz zum Geschäftsprinzip des Vorbesitzers würde Kundenservice bei *Carpenter Construction* nun nämlich großgeschrieben.

Der Bauleiter konnte kaum fassen, dass Mister Shurtliff angeblich zwei schwarze Frauen geheiratet haben sollte und mit ihnen in das weitaus liberalere New York gezogen sei. Es würde sogar gemunkelt, dass es sich bei den beiden Frauen ursprünglich mal um zwei Männer gehandelt hätte.

Aber Elvis beruhigte den Bauleiter: «Keine Sorge – wir haben mit diesem Hippie abseits unserer geschäftlichen Beziehungen nichts zu tun. Wir beliefern ausschließlich Rassisten und andere gute Amerikaner.»

Mister Shurtliff riss fast das Telefon aus der Wand, als ihn sein Freund Bob von der Baustelle am *Whitaker Drive* anrief, erst nervös herumdruckste und ihm schließlich ziemlich eigenartige Fragen rund um den angeblichen Verkauf seiner Firma stellte. Kurz darauf war klar, dass dieser Freak von Carpenter ihn auch heute wieder auf die Palme bringen wollte. Und diesmal hatte er Mister Shurtliff auf einen ganzen Dschungel gebracht.

Der Alte trat mit solcher Wucht gegen die Wand, dass er sich fast die Zehen brach. Das würde er ganz bestimmt nicht auf sich sitzenlassen! Nachdem er das Gespräch beendet hatte, wählte Mister Shurtliff nun selbst eine Nummer.

Elvis war gerade auf dem Natchez Trace Parkway unterwegs – einer Landstraße –, als sich hinter ihm mit großer Geschwindigkeit ein Wagen näherte. War das etwa Mister Shurtliff? Immerhin hielt der King es für ziemlich wahrscheinlich, dass sein Chef längst einen Anruf erhalten haben musste. Zumindest würde er bei seiner Geschwindigkeit mindestens hundert Mal geblitzt worden sein.

Voller Vorfreude beobachtete Elvis das Fahrzeug im Rückspiegel. Doch als er schließlich erkannte, um was für ein Auto es sich handelte, wurde er kreidebleich. Das waren keine Schweißperlen auf seiner Stirn – das war ein Schweißfall. Der King spürte, wie ihm sein Herz bis zum Halse schlug: Bumm-Bumm, Bumm-Bumm, Bumm-Bumm. Der Rhythmus wurde schneller und schneller, bis er beinahe so schnell war wie sein Verfolger. Der Wagen hatte ihn fast eingeholt.

Eine Sirene heulte auf. Elvis schlug mit den Händen aufs Lenkrad. Was hatte er sich nur bei diesem dämlichen Experiment gedacht? Hätte er nicht ganz einfach selbst kündigen können – ohne diesen ganzen Unsinn? Aber dafür war es jetzt zu spät. Oder sollte er einfach aufs Gas treten und abhauen? Wenn er bloß seinen Papieren trauen könnte. Bestimmt ließe sich die Angelegenheit dann irgendwie regeln. Er würde es wohl oder übel herausfinden müssen. Der King drosselte die Geschwindigkeit und hielt am Straßenrand. Doch das Polizeiauto rauschte mit einem Affenzahn an ihm vorbei.

Er würde kündigen. Das stand nun fest. So ein Risiko wollte er nicht noch einmal eingehen. Immer noch ziemlich mitgenommen parkte er den Wagen vor der Tür von *Shurtliff Construction*. Er entfernte gerade die Klebefolie, als plötzlich Mister Shurtliff im Türrahmen stand. Elvis schaute schuldbewusst zu ihm hinüber und grüßte. Gleich würde er die nächste Standpauke kassieren. Doch Mister Shurtliff hob langsam die Hände und klatschte ihm Beifall.

«Ich danke Ihnen», rief er in Elvis' Richtung.

Leicht irritiert fragte der King: «Wofür?»

Mister Shurtliff hörte auf zu klatschen und verschränkte nun stolz die Arme vor der Brust. «Dafür, dass ich recht hatte.»

Elvis verstand noch immer nicht.

«Womit, wenn ich fragen darf?»

«Mit meinem Grundsatz, keinen von euch verdammten Liberalen einzustellen. Und wenn meine Frau mir jemals wieder dazu raten sollte, kann ich sie ab heute stets an den feinen Mister Carpenter erinnern.»

Mister Shurtliff kam zu ihm herüber und streckte dem verdutzten Elvis seine Hand entgegen. Der Alte lächelte freundlich und sagte noch einmal: «Nein, wirklich. Danke.»

Doch während er dem King die Hand schüttelte, verfinsterte sich plötzlich seine Miene, und Mister Shurtliff zischte: «Und jetzt: Hauen Sie ab, bevor ich Sie erschieße.»

«Ist ja gut, ist ja gut.» Elvis ließ von der Folie ab.

«Ich dachte schon, Sie hätten die Polizei gerufen», witzelte Elvis, während er sich noch einmal umdrehte.

«Wissen Sie – ich war in der Tat kurz davor. Aber ich möchte wirklich absolut gar nichts mehr mit Ihnen zu tun haben. Nicht mal vor Gericht», rief der Alte und zeigte dem King zum Abschied genussvoll den Mittelfinger.

Elvis hatte es geschafft. Sein Kündigungsexperiment war erfolgreich abgeschlossen.

Da der King noch nicht genau wusste, was er von nun an mit seinem Leben anstellen sollte, verbrachte er es vorerst mit all seinen Lieblingshobbys. Oder besser: mit fast allen. Denn von Frauen und Tabletten ließ er nach wie vor die Finger. Zum Glück hatte er aber noch einige gesündere Leidenschaften – auch wenn er sich selbst diesen ähnlich exzessiv hingab.

So konnte er sich an ein- und demselben Abend *Der Spion, der mich liebte*, *MacArthur* und *Kentucky Fried Movie* hintereinander ansehen. Und wenn Elvis ausnahmsweise mal nicht im Kino war, las er wieder und wieder *The Impersonal Life* und neuerdings auch *The Scientific Search for the Face of Jesus*. Er versah die Seiten mit Eselsohren, unterstrich Textpassagen, machte sich Notizen und saugte die Philosophien geradezu auf. Eigentlich hätte der King die Bücher gar nicht mehr lesen müssen. Er hatte sie eh alle mal auswendig gekannt. All diese abstrakten Ideen über das Leben, die Liebe und die Reinkarnation hatten ihn schon früher fasziniert. Er glaubte daran, dass die Wahrheit in uns allen war. Daran, dass Gott eigentlich das *Göttliche Ich* sei.

Und selbstverständlich hörte er nach wie vor fast rund um die Uhr die alten Schallplatten von Connie Francis, Fats Domino, Sam Cooke, Big Joe Turner, Hank Snow, *The Four Lads* und all den anderen Künstlern, die sich in seiner Sammlung fanden. Seine Liebe zu Karate war ebenfalls ungebrochen. Nur würde Elvis sich erst noch daran gewöhnen müssen, dass ihn seine neuen flüchtigen Bekannten im Gegensatz zu seinem ehemaligen Gefolge nicht immer gewinnen ließen. Genauso erging es ihm plötzlich auch beim Gokart-Fahren und Monopoly. Dabei hatte er immer gehofft, er sei einfach in allem außergewöhnlich gut. Immerhin freute er sich dafür nun umso mehr über jeden ehrlichen Sieg.

Eine Zeitlang genoss der King diesen Lebensstil also in vollen Zügen. So ungefähr musste es sich anfühlen, arbeitslos zu sein – nur eben normalerweise mit ein paar Millionen weniger auf dem Konto. Nichtsdestotrotz fehlte Elvis auf Dauer eine Perspektive. Als Dreizehnjähriger hätte ihn dieses Leben vielleicht erfüllen können. Oder wenn er wenigstens Alkohol gemocht hätte. Aber er war ganz bestimmt nicht gestorben, um den Rest seines Lebens mit Freizeitaktivitäten zu vergeuden.

Allerdings ließ sich von seinen Interessen – abgesehen von der Musik – kaum etwas beruflich nutzen. Zumindest kannte er niemanden, der vom Monopolyspielen lebte. Und er hatte zwar den schwarzen Gürtel achten Grades im Karate, aber mittlerweile hätte seine Gewichtsklasse gut und gern für beide Kämpfer auf der Fläche ausgereicht. Wahrscheinlich hätte er mittlerweile bessere Chancen als Sumoringer.

Außerdem fiel es Elvis nach wie vor nicht gerade leicht, auf sein geliebtes Essen zu verzichten. Gebratene Erdnussbutter-Bananen-Sandwiches, Kartoffelbrei, knuspriger Speck, Traubengelee, Cheeseburger, Schweinekoteletts, Sauerkraut – das war die aktuelle Reihenfolge seiner Lieblingsgerichte. Schon in seinen Zwanzigern hatte Elvis acht De-luxe-Cheeseburger, zwei Bacon-Salat-Tomate-Sandwiches und drei Milkshakes während einer einzigen Mahlzeit verputzen können. Nur hatte ihm das damals abgesehen von der staunenden Kellnerin kaum jemand angesehen. Heute hingegen wirkte sein ganzer Körper wie ein langes Tagebuch seiner Fressorgien. Immerhin ließ sich nach den letzten vier Wochen festhalten, dass dieses sadistische *Weight-Watchers*-Programm funktionierte. Und es sagte ihm weitaus mehr zu als die ekelhaften Flüssigdiäten, die er von Dr. Nick kannte.

Ein paar Kilo hatte der King auch schon abgenommen. Es gab zwar Momente, in denen er, ohne zu zögern, einen ganzen Schweinestall hätte verschlingen können, aber diesen Fressflashs gab er sich immer seltener hin. Er wusste: Je schneller er abnehmen würde, desto eher würde niemand mehr auf die Idee kommen, dass er ernsthaft der echte Elvis Presley sei.

Nur hatte der King keinen blassen Schimmer, wer er stattdessen sein wollte. Käme wirklich keine einzige seiner Vorlieben für eine neue Karriere in Frage? Er liebte doch auch seine Pistolen und seine Dienstmarkensammlung – aber Polizist? Eine Art Geheimagent hätte er sich schon vorstellen können, allerdings ohne die ständige Todesgefahr.

Letztendlich kam Elvis zu dem Schluss, dass ihm nach der ganzen schnöden Normalität der letzten Wochen vor allem eines fehlte: die Musik. Es musste gar nicht Las Vegas sein. Und auch kein *Aloha from Hawaii*. Keine TV-Specials. Keine Platin-Alben. Keine Groupies. Der King wollte einfach wieder zurück auf die Bühne – wie klein auch immer sie sein mochte. Und er hatte auch schon eine Idee, die ganz nach seinem Geschmack war. Vielleicht würde er ja auf diese Weise endlich glücklich werden.

Das perfekte Double

Ein paar Wochen später saß der King im Konferenzraum der New Yorker Agentur *Double Trouble* und schaute sich um. Die Kunststoffmöbel, die Hochhäuser gegenüber, die Mitarbeiterinnen mit ihren Hosenanzügen und den extravaganten Frisuren – Elvis war all das hier etwas zu viel New York. Sowieso war ihm ganz New York etwas zu viel New York. Vorerst hatte er ein Hotel in direkter Nähe der Agentur gebucht. Allerdings nur, um so wenig wie möglich in dieser Stadt unterwegs sein zu müssen. Er hatte sich hier noch nie wirklich wohl gefühlt.

Es war gerade mal fünf Jahre her, dass der King überhaupt das erste Mal in New York aufgetreten war. Aber nachdem er zu Beginn seiner Karriere von den hiesigen Medien geradezu verhöhnt worden war, hatte er lange Zeit einfach keine Lust darauf gehabt, hier zu spielen.

«Keinerlei erkennbare Gesangsfähigkeiten», hatte ihm die *New York Times* im Sommer 1956 attestiert. Und in der *New York Journal-American* hatte es geheißen, dass Elvis «seine unverständlichen Texte mit einer unpassenden Stimme kreischt. Eine

Zurschaustellung primitiver körperlicher Bewegungen, die sich nur schwer in Worte fassen lassen, die auch einer Familienzeitung gerecht werden».

Zudem hatten die hohen Kosten für Geschäfte in New York seinen Manager Colonel Parker immer abgeschreckt. Aber nun hatte sich die Lage geändert. Schließlich gab es in Mississippi keine allzu namhaften Doppelgänger-Agenturen. Und sollte es wirklich nötig sein hierherzuziehen, würde er schon einen etwas ruhigeren Ort in der Nähe finden. Upstate wäre ein guter Kompromiss. Allerdings hoffte der King, dass ihn seine Buchungen häufiger quer durchs Land in die Provinz führen würden. Die New Yorker Nachtschwärmer dürften mit dem gealterten Doppelgänger eines verstorbenen Rockstars eh wenig anfangen können, vermutete er. Hier besuchte man schließlich lieber dieses neueröffnete *Studio 54* oder einen der anderen Drogentempel.

Elvis schüttelte den Kopf. Vor zwanzig Jahren hatte sich noch das ganze Land über seine Art zu tanzen empört. Heute wären die Eltern überglücklich, wenn ihre Kinder unterwegs nur tanzen würden. Schon komisch, wie schnell man von einem der größten Rebellen aller Zeiten zum alten Eisen werden konnte. Schließlich war er einmal die Stimme einer ganzen Generation gewesen. Und noch vor ein paar Monaten immerhin eine lebende Legende. Aber immer öfter hatte er sich nur noch wie ein trauriger Clown gefühlt. Wie sie ihn alle anschauten und tuschelten. Es gab eine Zeit, in der niemand jemals zuvor so etwas gesehen hatte wie Elvis Presley. Aber diese Leute hier schienen sich schon für etwas Besseres zu halten, nur weil sie in der Lage waren, sich lustige Brillen aufzusetzen.

Während der King seinen Gedanken nachhing, saß ihm währenddessen vollkommen baff Nancy Rhodes gegenüber. Etwa Mitte vierzig, vom Aussehen aber eher Mitte dreißig. Und modisch ziemlich Ende 1977. Es ließ sich nicht abschätzen, ob sie mit diesem Körper gesegnet war oder ob sie in ihrem Leben einfach ein paar tausend Cheeseburger weniger gegessen hatte als Elvis. Ihre kurzen blonden Haare erinnerten den King ein weiteres Mal daran, in welcher Stadt er sich gerade aufhielt. Zumindest war die Chefin völlig begeistert von seiner Ähnlichkeit mit dem echten King of Rock 'n' Roll. Dass sie so was wirklich noch nie erlebt hätte. Dass sie ihm zwar nicht zu viel versprechen wolle, aber dass Elvis durchaus das Zeug hätte, ihr bestes Pferd im Stall zu werden. Der King war nicht allzu überrascht darüber, als sein Blick über die Poster an der Wand schweifte.

«Sollen das die *Beatles* sein?», fragte er.

«Ja. Die sind ebenfalls ziemlich gut im Geschäft», antwortete Miss Rhodes.

«*Die Perücken* wäre auch kein schlechter Name für sie. Oder, Schätzchen?», fragte Elvis mit hochgezogenem Mundwinkel.

Doch Miss Rhodes ignorierte diese mehr oder weniger subtile Kritik. Und genauso wenig ging sie darauf ein, dass ihr künftiger Mitarbeiter sie gerade *Schätzchen* genannt hatte. Stattdessen betonte sie, wie irre es war, dass Elvis ja sogar so lachte wie Elvis. Er sei wirklich das komplette Paket. Ganz vorsichtig fügte sie hinzu, dass es natürlich toll wäre, wenn er ein paar Kilos abnehmen würde.

Elvis nickte. Die Zuschauer buchten schließlich nicht Moby Dick, sondern Elvis Presley, dachte er sich. Und dem ersten Eindruck nach schien Miss Rhodes sympathischer zu sein als sein letzter Chef, auch wenn das nicht sonderlich schwierig war. Nicht viel mehr Menschen als Adolf Hitler hätten schlimmer sein können als Mister Shurtliff.

«Können Sie Playback singen?», fragte Miss Rhodes. Für einen kurzen Moment betrachtete sie ihre Fingernägel, bemerkte aber schnell, dass dies der falsche Zeitpunkt für Körperpflege war. Sie wendete ihren Blick wieder in Richtung Elvis, der relativ fassungslos dasaß. Offenbar hatte er mit dieser Frage ganz und gar nicht gerechnet.

«Playback?», fragte der King leicht angewidert.

Miss Rhodes hatte keinen blassen Schimmer, dass sie gerade Majestätsbeleidigung begangen hatte. Das war in etwa so, als würde man Albert Einstein einen Taschenrechner anbieten.

Miss Rhodes lächelte milde und sagte: «Niemand kann singen wie Elvis Presley. Schätzchen.» Mit hochgezogenen Augenbrauen betonte sie das letzte Wort, sosehr sie nur konnte.

Dem King fiel es schon lange nicht mehr auf, wenn er Frauen *Schätzchen* oder *Süße* nannte. In Zeiten, in denen jeder gern sein Schätzchen oder seine Süße gewesen wäre, hatte er es sich schlichtweg angewöhnt. Es war für ihn viel mehr Höflichkeit als irgendeine Form von Diskriminierung. Aber Miss Rhodes hatte in Gedanken offenbar gerade ihren Büstenhalter verbrannt. Und der war bestimmt nicht gerade günstig gewesen. Trotzdem beschloss Elvis, die Angelegenheit lieber zu ignorieren und beim Thema zu bleiben.

«Sie werden sich noch wundern, wie gut ich das kann», sagte Elvis. Obwohl ihm sehr wohl bewusst war, dass er sich gut überlegen musste, wie authentisch er wirklich singen können wollte. Und genau das war die Zwickmühle: Er war Elvis Presley, der vorgab, Elvis Presley zu sein – dabei aber nicht zu sehr Elvis Presley sein durfte.

Schon jetzt war abzusehen, dass sich die nächste Zeit zu einer ziemlich abenteuerlichen Gratwanderung entwickeln würde.

Elvis war Flugzeuge gewohnt – und nun das hier. Weder mit seiner *Commander*, seiner *Falcon* oder seiner *JetStar* noch mit seiner *Gulfstream* oder mit seiner *Convair 880* konnte es dieser

Ford LTD Country Squire auch nur annähernd aufnehmen. Diese albernen Holzimitate an den Seiten und am Heck wären dem King selbst für seinen Frachtraum zu billig gewesen. Aber irgendwie passte dieser Wagen auch zu ihm als vermeintlicher Fälschung. Allerdings hoffte er, ein deutlich besseres Imitat abzugeben.

Als er seine Gerätschaften zum Auto trug, musste er an seine Mama denken. Vielleicht schaute sie gerade vom Himmel herunter und freute sich. Endlich würde er sich wieder an sein Versprechen halten, nur zu fliegen, wenn es unbedingt nötig sei. Schon kurz nach ihrem Tod vor knapp zwanzig Jahren waren all die Reisen per Bus, Bahn und Schiff nicht mehr praktikabel gewesen. Aber nun würde er wohl vorerst etwas weniger in Eile sein.

Immerhin passte sein Equipment in den Kofferraum, wenn er die Rückbank umklappte. Als der King seinen Gitarrenkoffer auf die Ladefläche wuchtete, hielt er kurz inne. Es fühlte sich alles ein bisschen so an wie 1955, als er noch mit Scotty und Bill von *Hayride*-Show zu *Hayride*-Show gefahren war. Nur, dass er diesmal solo unterwegs sein würde – und aller Voraussicht nach nicht im Auto schlafen musste. Zumindest hatte die Agentur Elvis die Buchung des Zimmers im *Holiday Inn Midtown* in der 1305 Walnut Street bestätigt.

Während der Fahrt kamen Elvis immer mehr Erinnerungen in den Sinn. Er dachte daran zurück, wie damals alles angefangen hatte. Wie er nach seiner ersten Aufnahme im *Memphis Recording Service* immer wieder bei Sam Phillips' Assistentin Marion Keisker vorbeigekommen war – in der Hoffnung, irgendwann eine Chance zu erhalten. Wie sie ihn nach Monaten des Wartens endlich eingeladen hatten, aber die ersten Aufnahmesessions gar nicht gut liefen. Wie er dann eher zufällig beim Herumalbern mit zwei Studiomusikern in der Pause seinen ganz speziellen Sound entdeckt hatte – genau dieses besondere Etwas, nach dem Sam Phillips auf der Suche gewesen war.

Der Gedanke an diese Zeit bereitete Elvis immer noch Gänsehaut. Wie damals sein Song *That's All Right (Mama)* von Dewey Phillips im Radio gleich siebenmal am Stück gespielt worden war und daraufhin die Telefone nicht mehr aufgehört hatten zu klingeln. Wie er vor einer völlig besoffenen Hillbilly-Meute im *Bon Air Club* erstmals aufgetreten war und das Publikum ihn trotzdem liebte. Wie auch die Menge im *Overton Park* bei seiner ersten größeren Show völlig ausgeflippt war und er zuerst gedacht hatte, sie lachten ihn aus. Wie er in der *Grand Ole Opry* als erster Künstler aller Zeiten schon nach nur einer Platte hatte auftreten dürfen. Wie er sich gleichzeitig in allen drei Charts – Pop, Country und R&B – der Spitzenposition genähert hatte. Wie er schließlich als Gast bei *Ed Sullivan* wegen seiner unmoralischen Bewegungen nur von der Hüfte ab aufwärts gefilmt werden durfte – und trotzdem eine Einschaltquote von 82,6 Prozent erreicht hatte. Wie ihm vor seinem Auftritt in Jacksonville gerichtlich untersagt worden war zu tanzen und er die Mädchen bei der Show nur durch das laszive Krümmen seines kleinen Finger zum Ausflippen gebracht hatte. Ab diesem Zeitpunkt war er nicht mehr aufzuhalten gewesen – und hatte ganze siebenhundertelf Songs veröffentlicht, verteilt auf etwa sechzig Originalalben und neunundzwanzig EPs.

Elvis grinste. Verrückter hätten die Zeiten wohl kaum sein können. Er hatte schon genug für zwanzig Leben erlebt. Und trotzdem war er immer noch auf der Suche nach dem Glück.

Es war ein ziemlich eigenartiges Gefühl, wieder nach Philadelphia zu fahren. Erste Ende Mai war er zum letzten Mal hier gewesen. Diesmal würde er zwar nicht im *Spectrum* spielen, aber auch der *Second Story Club* war nicht ganz unbekannt. Und obwohl der Laden sich seit seiner Eröffnung im letzten Jahr eher mit Discomusik einen Namen gemacht hatte, fand dort heute eine genreübergreifende Veranstaltung statt. Dass Halloween war, machte dem King seinen Auftritt sogar noch unheimlicher. Noch dazu sollte Elvis am heutigen Abend nur einer der drei Doppelgänger-Künstler sein. Bei der *Night Of The Living Dead* waren auch Buddy Holly und Jimi Hendrix gebucht, allesamt über seine Agentur *Double Trouble*. Scheinbar waren selbst Legenden im Dreierpack günstiger.

Eigentlich hatte Elvis erwartet, er würde erst mal probeweise ein paar kleinere Gigs spielen – hier mal eine Hochzeit, da mal ein *Homecoming Dance*. Aber offenbar war Miss Rhodes spätestens nach seiner Gesangseinlage in ihrem Büro restlos überzeugt gewesen. Für seine Premiere hatte sie gleich ein ganz schönes Kaliber ausgesucht. Im Publikum versammelten sich bestimmt an die dreihundert Gäste: Geister, Vampire, Skelette, Leichen, Fledermäuse, Werwölfe, Kürbisse, Feen und allerlei andere grausame Gestalten. Als der King aus dem Backstage-Bereich einen Blick durch den Vorhang warf, entdeckte er sogar einen weißen Hai in der ersten Reihe. Und die mit Abstand gruseligste Kostümidee von allen: Sylvester Stallone. Nur Elvis selbst musste sich kaum verkleiden, um den Zuschauern einen Schauer über den Rücken zu jagen. Einer seiner alten Bühnenanzüge würde völlig ausreichen.

Der King ging den schummrigen Flur entlang und öffnete die quietschende Tür zu seiner Garderobe. Der Raum war ganz offensichtlich nicht auf einen Star seines Formats zugeschnitten. Es überraschte ihn, dass sein Körper dort überhaupt hineinpasste. Der King schätzte, dass das Kämmerchen etwa so groß war wie sein früherer Kostümkoffer. Zudem erinnerte ihn die Wandgestaltung an Yul Brynners Kopf in *Die glorreichen Sieben*. Eines stand jedenfalls fest: Nach dem Auto und dieser Garderobe war er schon vor dem Auftritt völlig fertig. Er hätte gut ein paar Amphetamine gebrauchen können.

Immerhin. Auch wenn es Elvis einige Mühe bereitete, sich

auf dieser Fläche umzuziehen, saß sein Bühnenanzug schon wieder etwas besser. Diese verdammte Diät hatte sich also zumindest ein bisschen gelohnt. Sein altes Outfit bestand sogar seinen höchstpersönlich entwickelten *Sitztest*. Denn eine Zeitlang war sein Körper so füllig gewesen, dass er sein Kostüm gerade noch im Stehen einigermaßen tragen konnte. Aber auch nur unter der Voraussetzung, dass er sich bei seinen geliebten Karate-Showeinlagen nicht allzu ruckartig bewegte. Zumindest war sein Anzug das, worum er sich am heutigen Abend am wenigsten Sorgen machen musste.

Elvis war noch nervöser als sonst. So nervös, dass es ihn an die Eröffnungsshow seiner Comeback-Tournee im Jahre 1969 im *International Hotel* in Vegas erinnerte. Allerdings war sein heutiges Lampenfieber selbst damit nicht vergleichbar. Der King hatte nicht den blassesten Schimmer, wie das Publikum auf ihn reagieren würde. Es verbesserte seinen Gemütszustand nicht unbedingt, dass er an diesem Abend nicht nur seinen Einstand gab, sondern darüber hinaus als sogenannter *Headliner* angekündigt war. Jedenfalls hätte er ein paar Beruhigungsmittel ebenfalls gut gebrauchen können.

Der King atmete tief durch. Da es nach Putzmitteln roch, schlussfolgerte er, dass in seiner Garderobe zumindest schon mal sauber gemacht worden war. Wobei diese modernen DJs, die in seinem Räumchen normalerweise verkehrten, vermutlich nicht mal ins Schwitzen kamen. Als Discomusiker reichte es schließlich schon völlig aus, zwei Plattenspieler anschalten zu können. Und so anstrengend konnte das nicht sein.

Elvis drückte vorsichtshalber trotzdem mit dem Ellbogen die Türklinke herunter. Dem Text zufolge spielte gerade Buddy Holly. Der King ging zurück zum Vorhang und begutachtete den Auftritt seines Kollegen. Sollte er ebenfalls in Wirklichkeit der Echte sein, hatte er sich ziemlich gut getarnt. Das Einzige an ihm, was Mister Holly halbwegs ähnlich sah, war seine schwarze Hornbrille. Er wirkte eher wie dieser Schauspielerpolitiker, Ronald Reagan. Und so wie er sang, war er das vielleicht sogar. Den meisten Applaus erhielt er jedenfalls, als er die Bühne wieder verließ.

Auf Jimi Hendrix reagierte das Publikum schon etwas weniger verhalten. Aber mit dieser ganzen Effekthascherei machte es sich sein Doppelgänger auch ziemlich leicht. Erst spielte er seine Gitarre scheinbar hinter dem Kopf, dann tat er so, als zupfe er die Saiten mit den Zähnen – und schließlich ging er auf die Knie und verbrannte seine Gitarre, als sei das hier das *Monterey Pop Festival*. Elvis lachte schallend auf. Auch wenn er diesen Junkie nie wirklich hatte leiden können – es passte zum heutigen Anlass, dass sich Mister Hendrix vermutlich gerade im Grabe umdrehte.

Gerade ertönten die ersten Riffs von *Proud Mary*. Nach diesem Song würde es an Elvis sein, die Ehre all der Doubles dieser Welt zu retten. Er hatte die Anweisung gegeben, den Saal komplett abzudunkeln. Wie aufgetragen tanzten lediglich ein paar grelle Lichtkegel durch den Saal, während wie zu seinen besten Vegas-Zeiten *Also sprach Zarathustra* als Ouvertüre aus den Boxen dröhnte. Erst als alle Lichter urplötzlich auf der Bühne zu einem großen Spotlight gebündelt wurden, war Elvis zu erkennen. Er stand völlig regungslos mit dem Rücken zum Publikum und hielt seine Arme weit aufgespannt. Nur der King selbst bemerkte, wie sehr dabei seine Knie schlotterten. Es fühlte sich an, als wäre die Bühne aus Wackelpudding. Kein Wunder. Schließlich war es schon eine ganze Weile her, seitdem er nüchtern vor einem Publikum gestanden hatte.

Als sich das Intro bis zu seinem bombastischen Höhepunkt gesteigert hatte und Elvis die erste Zeile von *See See Rider* anstimmte, drehte er sich endlich mit einem Satz um. Zumindest, so gut er das noch fertigbrachte. Er war wieder da. Den gesamten Song über hatte er ein Lächeln im Gesicht, das man auch noch in der letzten Reihe sehen konnte. Gott, wie er das vermisst hatte. Seine Augen funkelten mit den bunten Strasssteinchen auf seinem Kostüm um die Wette. Und bei jedem Trommelwirbel gab er genüsslich seine Karatebewegungen zum Besten. Heute Abend störte es ihn nicht einmal, dass der Sound mal wieder zu wünschen übrig ließ. Außerdem sollte man sich wohl keine Star-Allüren leisten, wenn man offiziell gar keiner war.

Schon nach dem ersten Stück lief Elvis der Schweiß übers Gesicht. Er trocknete sich mit einem Handtuch ab und sagte: «Guten Abend, Ladys und Gentlemen. Ich möchte Ihnen nicht zu nahe treten, aber: Heute sieht mein Publikum ausnahmsweise noch schlimmer aus als ich.»

Das Publikum lachte jedoch eher verhalten. Es war den Gesichtern auf den ersten Blick anzusehen, dass die meisten Gäste im *Second Story Club* Elvis offenbar auch ohne Bettlaken über dem Kopf für einen Geist hielten. Aber der King ließ sich davon nicht beirren. Mit geschlossenen Augen sang er als Nächstes *You Gave Me A Mountain* und den operngleichen Refrain, den er so liebte. Genussvoll ließ er seine Stimme emporsteigen und dann wieder abfallen, wie es sein Markenzeichen war. Er schien jedes einzelne Wort zu leben.

Die Menge war wie versteinert. Nach Ronald Reagan und Jimi Hendrix schien niemand auch nur annähernd mit einem derartigen Erlebnis gerechnet zu haben.

Nach den letzten Takten seines zweiten Songs hob Elvis eine kleine Ukulele vom Bühnenrand auf und spielte darauf ein paar Akkorde von *Love Me Tender*. Doch er traf einige Male nicht den richtigen Ton und verzog das Gesicht.

«Vielleicht sollte ich sie besser ebenfalls anzünden», grinste Elvis und sprühte dabei nur so vor Charme, während er wie zu seinen besten Zeiten herumscherzte. «Oder warten Sie – ich probiere es mal mit den Zähnen.»

Doch wieder verzog er das Gesicht und lachte: «Oh. Das ist definitiv kein Cheeseburger.»

Der King legte die Ukulele beiseite, um sein letztes Lied anzustimmen: *Suspicious Minds*. Wohl kaum ein Stück hätte besser zum heutigen Abend passen können. Denn mit ziemlicher Sicherheit kam dieser Auftritt fast jedem Einzelnen der anwesenden Gäste verdächtig vor. Anders ließ es sich nicht erklären, dass der King für seine Show statt stehender Ovationen eher zurückhaltenden Applaus erhielt. Dabei war er nicht nur eine ganze Klasse besser als seine Doppelgänger-Kollegen – sondern mindestens eine ganze Weltklasse.

Mit aller Wahrscheinlichkeit hatten die Gäste gerade das beste Double aller Zeiten gesehen.

Schon bei seinem letzten Meeting im Konferenzraum von *Double Trouble* fiel es Elvis nicht gerade leicht, die Finger von den Keksen zu lassen. Aber diesmal war es nicht diese Standardsorte, die er von den wenigen Supermarktbesuchen in seinem Leben kannte. Diese Marke hatte er noch nie gesehen. Allerdings gab es gleich zwei gute Gründe dafür, warum er heute bei seinem ausschließlich mit *SWEET'N LOW* gesüßten Kaffee bleiben sollte. Zum einen hatte er eine leichte Schokoladenallergie. Das allein wäre gar nicht so dramatisch gewesen, weil sein Gesicht davon normalerweise nur ein bisschen anschwoll. Aber noch dazu hatte er heute schon einunddreißig Punkte verbraucht – und sein *Weight-Watchers*-Ernährungsplan ließ selbst für die kleinsten Sünden kaum noch Platz.

«Können Sie die bitte wegstellen?» Elvis nickte in Richtung des Kekstabletts. «Oder Sie schicken mich nur noch in Clubs mit größeren Garderoben.»

Die Chefin lächelte Elvis so bemüht an, dass sie ihm fast schon leidtat. Doch Miss Rhodes' Lächeln verschwand von einen Moment auf den anderen, als sie ihre Assistentin anwies, die Kekse zu entfernen. Dann wandte sie sich wieder ihrem neusten Produkt zu. Betont damenhaft klatschte sie ein paar Mal in die Hände, um ihre Begeisterung zu unterstreichen.

«Wir haben wirklich hervorragendes Feedback bekommen», lobte sie ihn mit spitzem Mund und hochgezogenen Augenbrauen. «Der Veranstalter sagte, sie seien fast besser als der echte Elvis Presley.»

Der King schmunzelte. «Was heißt hier: *fast*?»

Affektiert und völlig übertrieben lachte Miss Rhodes auf. Sie verschwieg Elvis, dass sie darüber hinaus einen ihrer Mitarbeiter zu seiner Premiere im *Second Story Club* geschickt hatte. «Nein, wirklich. Er meinte, es würde ihn nicht wundern, wenn Sie bald von den ersten Imitatoren imitiert würden.»

Wieder war Elvis nicht sicher, ob man das in ihrem Gesicht wirklich ein Lächeln nennen konnte.

Die Chefin schob dem King ein Dokument über den Tisch. «Und weil Sie so gut sind, bekommen Sie auch einen besonders guten Vertrag von uns.»

Elvis war überrascht. Hatte er doch bereits bei seinem letzten Besuch eine Abmachung unterschrieben. «Ähm ...» Gerade noch rechtzeitig fiel ihm ein, dass er seine Chefin lieber nicht noch einmal *Schätzchen* nennen sollte. «... Miss Rhodes, das muss ein Missverständnis sein. Ich habe schon ...»

«Ich weiß», fiel sie ihm ins Wort. «Aber das hier ist ein Fünfjahresvertrag.» Seine Chefin sah ihn mit gönnerhafter Miene an.

Der King warf einen kurzen Blick auf den Vertrag und schob ihn von sich weg. «Ich weiß das sehr zu schätzen, Miss Rhodes. Aber ich möchte lieber weiterhin auf Auftragsbasis arbeiten.»

Seine Chefin versuchte, ihre Enttäuschung hinter einem verkrampften Lächeln zu verbergen. Doch ganz so leicht wollte sie sich nicht geschlagen geben.

«Aber Sie würden ein Festgehalt von dreitausendzweihundert Dollar erhalten. Für lediglich acht Auftritte pro Monat.»

«Das ist wirklich ein gutes Angebot», sagte Elvis.

Miss Rhodes hatte keine Ahnung, dass ihr Schützling im Rahmen einer derartigen Abmachung normalerweise rund vierhundertsechsundneunzigtausendachthundert weitere Dollar verdienen würde.

«Wissen Sie, Miss Rhodes, ich war noch nie sonderlich gut darin, mich langfristig zu binden», fuhr der King fort und zwinkerte ihr zu.

«In Ordnung», sagte Miss Rhodes, auch wenn sie kaum verbergen konnte, dass es für sie alles andere als das war. «Dafür habe ich vollstes Verständnis. Aber zumindest hoffe ich, Sie bleiben uns auf Auftragsbasis erhalten.»

Elvis nickte wie selbstverständlich. Nur konnte er noch nicht im Geringsten abschätzen, wie sich die Lage entwickeln würde. Und in Gedanken war er längst schon wieder bei den Keksen.

Zwar hieß der *Indian Summer* auch in East Hampton *Indian Summer* – aber die letzten Algonkin-Indianer wurden hier im siebzehnten Jahrhundert gesehen, als sie ihr Land für vierundzwanzig Äxte, vierundzwanzig Mäntel, zwanzig Spiegel und hundert Ahlen an einen englischen Offizier verkauft hatten. Heute hingegen waren die meisten der Grundstücke mit ihren opulenten Strandvillen auf diesem Zipfel von Long Island etwas teurer. Und ihrem herrschaftlichen Aussehen zufolge vermutlich auch diese hier. Um solch ein Haus als *Häuschen* zu bezeichnen, müsste man entweder Immobilienmogul sein oder vollkommen verrückt.

Allerdings war es selbst in dieser Gegend nicht unbedingt alltäglich, wenn Jimi Hendrix, Ronald Reagan, John Lennon, Paul McCartney, George Harrison und Ringo Starr in einer der Gartenanlagen im Kreis standen. Zumal die *Beatles* sich schon vor sieben Jahren getrennt hatten, Jimi Hendrix längst tot war – und Ronald Reagan angezogen wie Buddy Holly. Als Originale hätten es sich diese sechs Männer zwar durchaus leisten können, in East Hampton zu Hause zu sein. Als Doppelgänger aber waren sie nur für einen kurzen Gig hierhergekommen.

Mit einem hellen, metallischen Klang klappte Jimi Hendrix sein Zippo auf. Einen Moment lang lag der Geruch von Feuerzeugbenzin in der Luft. Aber im nächsten war er mit der feuchten Meeresluft verflogen. Die Flamme flackerte im Wind, als Jimi die zugedrehte Spitze des Joints anzündete. Auch die Tüte flammte für einen Augenblick auf. Doch schon bei Jimis erstem Zug verwandelte sich das Feuer in orange-rötlich funkelnde Glut. Das eben noch weiße Papier wurde nun von hellbraunen Linien durchzogen. Eine süßliche Marihuanaschwade tanzte kurz durch die Luft, bevor sie vor dem blauen Himmel verblasste. Bei diesem Anblick hätte es niemanden gewundert, wenn auch noch Bob Marley um die Ecke gekommen wäre.

Jimi hielt den Atem an, bevor er den verbliebenen Rauch auspustete und sagte: «Nur, weil er auch fett ist, ist er noch lange nicht Elvis Presley.» Offenbar schien Jimi etwas Entspannung bitter nötig zu haben. «Das fette Schwein kann ja nicht mal richtig tanzen. Er wackelt eher – und ab und zu macht er diese behämmerten Karatebewegungen.» Mit dem Joint im Mund äffte Jimi ein paar Posen nach.

John, Paul, George und Ringo nickten, während sie ihre Pilzperücken festhielten, damit sie nicht davonflogen. Sogar

Ronald Reagan war Jimis Meinung, lehnte die Tüte aber wie immer ab. Jimi reichte sie an Paul weiter. Der nahm ebenfalls einen knisternden Zug. Doch nicht mal das Gras konnte die Stimmung der Doppelgänger aufhellen. Dabei hatten sie heute ausnahmsweise mal wieder eine gemeinsame Veranstaltung. Allerdings war es ganz sicher nicht im Sinne des Hochzeitspaares, dass sich ihre Überraschungsgäste vor ihrem Auftritt neben der perfekt gestutzten Hecke zudröhnten. Und selbst echten Rockstars hätte man es in den Hamptons eher nachgesehen, wenn sie sich über ein paar Spiegel beugten.

«Es kommt mir so vor, als kümmerte sich die verfickte Rhodes nur noch um ihn», blaffte Jimi. Offenbar war er kurz davor, wieder irgendwas in Brand zu setzen. Allerdings wäre das in dieser Gegend ziemlich teuer geworden.

«Wir sollten unsere eigene verfickte Agentur gründen», schob er nach. «Aber eins steht fest: Wir nehmen nur Leute bis hundertzwanzig Kilo.»

Zum Glück war der Joint mittlerweile wieder bei Jimi angelangt, sodass er sich wenigstens etwas beruhigen konnte.

John grinste. «Schon komisch. In der echten Welt erscheinen die *Beatles* auf der Bildfläche, und Elvis ist abgemeldet – und jetzt taucht sein Double auf und ...»

Nun riss John seine Augen so weit auf, wie er nur konnte.

Dazu hob er seine Arme und formte die Hände zu Krallen.

Röchelnd sagte er: «... rächt sich dafür an uns.»

Jimi drehte sich um und spuckte aus, bevor er sich wieder zu John wandte. Sein Speichel auf der Rasenfläche war in diesem Garten in diesem Moment das Einzige, was nicht vom Landschaftsarchitekten so konzipiert war. Ansonsten hatten die Gärtner hier nicht mal ein Blatt Herbstlaub übersehen.

«Du findest das also lustig, ja?», blaffte Jimi.

Ein paar der Adern in seinen blitzenden Augen hatte das

Tetrahydrocannabinol bereits zum Platzen gebracht. «Ich sag euch was: Wenn wir nicht aufpassen, haben wir alle schon sehr bald sehr wenig zu lachen. Und ich für meinen Teil kann gar nicht stoned genug sein, um diesen Typen zu ertragen.»

Nun war Paul wieder an der Reihe. Er klemmte den Rest des Joints zwischen seine Fingernägel, um sich bei seinem letzten Zug nicht zu verbrennen. «Und was bitte schön willst du dagegen unternehmen?», fragte er, während er versuchte, dabei möglichst viel Rauch in seiner Lunge zu halten.

Jimi kniff die Augen zusammen. «Ich werde mir schon etwas einfallen lassen.»

Elvis taten die Hände längst weh vom Autogrammschreiben. Das war keine Menschentraube, die sich da um ihn herum gebildet hatte – das war mindestens eine Menschenmelone. Vielleicht noch keine Menschenmelonenplantage wie in alten Zeiten, aber ganz offensichtlich geriet diese Angelegenheit alles andere als langsam außer Kontrolle.

Anscheinend war es eine goldrichtige Entscheidung von seiner Agentur, ihr neues Zugpferd auf Solo-Tournee zu schicken. Vor allem für die Agentur. Denn Elvis selbst wusste noch nicht so recht, was er davon halten sollte, dass nun alles wieder von vorn losging. Diese Leute wuselten um ihn herum wie Ameisen. Und trotz *Weight Watchers* hatte er nach wie vor durchaus das nötige Format, ihr Haufen zu sein. Elvis schmunzelte bei dem Gedanken und streckte kurz seine schmerzenden Finger, bevor er wieder seinen *Sharpie*-Marker zückte. Irgendwie fühlten sich all diese Fremden für ihn so sonderbar vertraut an. Als wäre sein ganzes Leben ein einziges Déjà-vu. Nur diesmal nüchtern und unter weniger feudalen Reisebedingungen.

Aber genau wie früher ertappte er sich manchmal dabei, wie ihm nicht gleich einfiel, in welchem Staat er an diesem Abend überhaupt zu Gast war. Dabei hatte es Zeiten gegeben, in denen er um zehn Uhr die Nachrichten beinahe wortgenau mitsprechen konnte, weil er sie um sechs Uhr schon einmal gesehen hatte. Auch die Dialoge des Films *Across 110th Street* hatte er mal bis ins kleinste Detail wiedergeben können. Aber in den letzten Jahren war es ihm oft schon schwergefallen, sich die Texte seiner eigenen Lieder zu merken.

«Elvis, ich will ein Kind von dir», sagte eine Frau, die allerdings so aussah, als hätte sie das dafür nötige Alter um ein paar Jahre überschritten.

«Es würde mich nicht überraschen, wenn du schon eins von mir hättest, Schätzchen», antwortete Elvis mit hochgezogenem Mundwinkel.

Wenn er nicht gerade Autogramme geben würde, hätte er mittlerweile auch genauso gut ein paar richtige Bäume ausreißen können. Es war, als säße der King auf einem neuen Thron. Über ihm prangte ein riesiges Banner, auf dem in Großbuchstaben das Motto seines Programms stand: *ALIVE ON TOUR*.

Aber für Elvis' Geschmack lief es schon fast ein wenig zu gut. Der heutige Club fasste stolze vierhundert Gäste. Vor ein paar Tagen hatte er sogar sein erstes Open Air gespielt.

Und bei *Double Trouble* war exklusiv für ihn ein eigenes Team gebildet worden. Das alles erinnerte ihn so sehr an das Leben, das er aufgegeben hatte. Zwar wollte ihm heute nicht mehr jeder im Saal die Kleider vom Leibe reißen – aber in Anbetracht seiner Figur war ihm das auch ganz recht so.

Spätestens, nachdem Miss Rhodes auf den Werbeanzeigen die Unterzeile **nicht verfügbar für Firmenfeiern und andere Veranstaltungen in kleinerem Rahmen** eingefügt hatte, war dem King klar, dass ihm sein neues Leben ziemlich schnell über den Kopf wachsen könnte. Denn je bekannter er wurde, desto größer wurde die Gefahr aufzufliegen. Wenn ein Imitator zu gut imitierte, könnte jemand auf die Idee kommen, dass er nur ein Imitator-Imitator war. Und auch wenn er es jedes einzelne Mal liebte, wie überrascht das Publikum auf ihn reagierte, musste er mittlerweile auf so ziemlich alles achtgeben: wie er sang, wie er ging, wie er redete. Gerade musste er sogar darauf aufpassen, dass er nicht versehentlich so wie früher unterschrieb.

Ein älterer Mann bat ihn um ein Autogramm auf seiner Eintrittskarte. «Fast könnte man meinen, der Doppelgänger sei gestorben und Sie seien der Echte», sagte er.

Elvis zwinkerte dem Mann zu und gab ihm die signierte Karte zurück. Wie lang konnte er wohl noch so weitermachen?

Inzwischen war sogar die Presse auf den wiederauferstandenen King of Rock 'n' Roll aufmerksam geworden. Nach dem ersten kleinen Artikel in einem Lokalanzeiger griffen mehr und mehr größere Tageszeitungen die Geschichte des unglaublichen Doppelgängers auf. In der *NEW YORK POST* hieß es in riesigen Lettern sogar: «ELVIS LEBT!» Die *Detroit News* schrieb über «DIE STIMME AUS DEM JENSEITS». Die *Chicago Tribune* titelte: «Love me tender again».

Und ein paar Wochen später sollte die Neuigkeit schließlich auch Las Vegas erreichen.

Irving Berlin muss *White Christmas* an diesem Ort geschrieben haben. Hier in der Wüste blieb einem nichts anderes übrig, als von Schnee zu träumen. Das einzig Weihnachtliche hier war der bunt beleuchtete Weihnachtsschmuck, der selbst im Speisesaal des *Las Vegas Hilton* blinkte.

Colonel Tom Parker saß gerade beim Frühstück, als ihm

beinahe seine Zigarre aus dem Mundwinkel fiel. Er atmete tief durch, bevor er seinen Blick wieder auf die Zeitung richtete. Vier Herzanfälle waren schließlich genug für ein Leben. Das Foto im *LAS VEGAS REVIEW-JOURNAL* war zwar etwas körnig, trotzdem fiel dem Colonel diese geradezu unglaubliche Ähnlichkeit sofort ins Auge. Er rückte die kleine Brille auf seiner Nasenspitze zurecht. In diesem Moment hätte er am liebsten ein Mikroskop getragen. Wenn dieses Double wirklich ein Double war, dann war es definitiv sein Geld wert. Dieser Bastard sah so sehr aus wie sein Junge, dass er selbst dessen ehemaligen Manager hätte täuschen können. Und in den letzten achtundsechzig Jahren war dies kaum jemandem gelungen.

Nicht umsonst war er beinahe konkurrenzlos der beste Showman aller Zeiten. Ein ausgebuffter ehemaliger Zirkusmann, der sein Handwerk zwischen Elefanten, Zwergen und Kristallkugeln gelernt hatte. Ein größeres Schlitzohr als er musste erst noch geboren werden. Schon zu Zirkuszeiten hatte der Colonel Foot Long Hot Dogs angeboten, die lediglich an den beiden Enden mit Würstchenstücken gefüllt waren, innen dafür großzügig mit Krautsalat und Zwiebeln. Und in Elvis' Anfangszeiten hatte Tom Parker nicht nur zahlreiche *I-LOVE-ELVIS*-Anstecker an dessen Fans verkauft, sondern beinahe genauso viele *I-HATE-ELVIS*-Anstecker an alle, die ihn nicht mochten.

Der Colonel riss ein Päckchen Zucker auf und schüttete es in seinen Kaffee. Währenddessen konnte er seinen Blick kaum für eine Hundertstelsekunde von dem Artikel abwenden. Je genauer er das Foto betrachtete, desto verdächtiger wurde es ihm. Und er kannte Elvis Presley fast besser als Elvis Presley sich selbst. Schließlich war er auf den Tag genau zweiundzwanzig Jahre lang sein offizieller Manager gewesen.

Der Colonel konnte es immer noch nicht glauben. Es war, als sei Elvis' Zwillingsbruder doch nicht bei der Geburt gestorben. Dieser verdammte Hurensohn schwitzte sogar wie er. Und soweit es Tom Parker beurteilen konnte, war selbst der Jumpsuit bis zur letzten Niete exakt so albern wie im Original. Dieser Typ sah haargenau so aus wie Elvis in den letzten Jahren: wie eine singende Christbaumkugel. Parker grinste, als hätte gerade ein neues Spiel begonnen. Der Verdacht kam wie ein dunkler Schatten über ihn.

War das möglich? Würde sein Junge es wirklich wagen, ihn glauben zu lassen, er sei tot? Nach allem, was er ihm zu verdanken hatte? Nein. Elvis würde ihn niemals so hintergehen. Sie mögen gegen Ende ihre Differenzen gehabt haben, aber der King war doch wie ein Sohn für ihn gewesen.

Allerdings war es auch nicht ganz unmöglich. In den letzten Jahren hatten die Streitereien zwischen ihnen zugenommen. Spätestens seit diesem Abend, an dem Elvis die Hiltons öffentlich dafür kritisiert hatte, seinen Lieblingskellner rauswerfen zu wollen, hatte es einen Bruch zwischen den beiden gegeben. Während der Show hatte Elvis den Text von *Love Me Tender* leicht abgewandelt. Tom Parker erinnerte sich noch heute an jedes einzelne Wort:

Adios, you motherfucker, bye-bye, Papa, too
To hell with the whole Hilton Hotel
and screw the showroom, too

Nachdem der Colonel seiner Wut über den Vorfall Luft gemacht hatte und Elvis wiederum seiner Wut über den Colonel, hatte Elvis seinen Manager zwischenzeitlich sogar gefeuert – aber dann hatte Tom Parker die Geschäfte doch wieder aufgenommen. Nicht zuletzt, weil er dem King vor Augen geführt hatte, wie viel Geld dieser ihm angeblich noch schuldete.

Also vielleicht, ganz vielleicht bestand die Möglichkeit, dass sich dieser kleine Bastard auf diese perfide Weise einen Ausweg verschafft hatte. Wenngleich der Colonel es nicht glauben wollte. Trotzdem fasste er den Beschluss, der Sache auf den Grund zu gehen. Und falls Elvis wirklich noch leben sollte, werde er sich schon sehr bald wünschen, er sei bereits gestorben.

Der Colonel schüttelte den Kopf. Auch wenn er seinen Spitznamen nur geschenkt bekommen hatte und von diesen Bastarden nicht gerade ehrenhaft aus der Army entlassen worden war, würde er diesem Hurensohn sein persönliches Vietnam bereiten. Er würde ihn jagen. Er würde ihn finden. Und Christbaumkugeln können sehr zerbrechlich sein.

Tom Parker kratzte sich am Kopf und ächzte. Er hatte zwar seit seiner Jugend nie mehr als eine halbe Flasche Bier auf einmal getrunken, nachdem ihm bewusst geworden war, dass Alkohol ihn aggressiv machte – aber vierzehn Stunden am Roulette-Tisch haben eine ganz ähnliche Wirkung wie eine Flasche Whiskey.

Und auch wenn der Colonel bereits die erste seiner vier täglichen Duschen genommen hatte und eine frische Wolke *4711* in der Luft hing, so konnte dennoch nichts darüber hinwegtäuschen, dass sich der Manager in keiner sonderlich guten Verfassung befand. Nicht nur, dass die Ringe unter seinen Augen geradezu olympisch waren – auch seine Hautfarbe im Allgemeinen verdeutlichte, dass in den meisten Casinos selten die Sonne schien. Sein Kinn hing wie ein beutelförmiger Lappen herunter, sodass Tom Parker aussah wie ein verkaterter Hahn. Während der Rest seines Körpers eher an einen Elefanten erinnerte. Doch sein Gewicht hatte dem Colonel nie etwas ausgemacht. Vielmehr war er der Meinung, dass es seine psychologische Überzeugungskraft nur noch steigerte.

Für einen kurzen Moment nahm der Colonel seine Baseballkappe ab und tupfte sich mit einer Serviette den Schweiß von seiner beeindruckend hohen Stirn. Sein Haaransatz schien in den letzten Wochen noch höher gewandert zu sein. Mittlerweile ließ sich kaum noch abschätzen, ob das noch Kopf- oder nicht schon eher Rückenbehaarung war. Wahrscheinlich hatten seine Haare eine ähnliche Angst vor ihm wie seine Angestellten – offenbar versuchten sie, sich irgendwo auf seinem Körper zu verstecken, wo er sie nicht sehen konnte. Ohne seine Kopfbedeckung wurde es nur noch offensichtlicher, dass dieser Berg von einem Manager momentan eher einem Häufchen Elend glich.

Doch auch wenn ihn dieser Zeitungsartikel nur noch mehr beunruhigte, war er zugleich ein Hoffnungsschimmer. Schließlich war Elvis für ihn lebendig immer noch mehr wert als tot. Was das für eine Schlagzeile wäre! Vielleicht würde der Colonel zusammen mit einem wiederauferstandenen King dem *Hilton* ja doch noch seine Spielschulden zurückzahlen können. Oder wenigstens einen Teil davon. Bis vor ein paar Minuten war ihm noch völlig schleierhaft gewesen, woher er sie auch nur ansatzweise hätte auftreiben sollen. Immerhin handelte es sich um dreißig Millionen Dollar. Zwar hatte Elvis' Vater nach dem Tod seines Sohnes den Vertrag mit Tom Parker verlängert – und gerade liefen die Geschäfte auf Hochtouren –, aber für dieses Sümmchen musste selbst der Colonel ein kleines Weilchen schuften. Möglicherweise würde er das Geld jedoch auch einfach einsetzen und den Rest zurückgewinnen können.

Der Manager strich etwas Asche von seinem geblümten Seidenhemd. Als er schließlich auch den Text des Artikels las, schüttelte er den Kopf. Offenbar würde er sich wohl keinen neuen Star suchen müssen – sondern nur seinen alten finden. Und er müsste dafür noch nicht mal ein Flugzeug nehmen. Ein Fahrstuhl reichte völlig aus. Denn angeblich sollte der falsche Elvis am Silvesterabend eine große Show in Vegas geben. In eben jenem Hotel, in dem der echte so oft aufgetreten war. In eben jenem Hotel, in dessen vierten Etage Tom Parker nach wie vor zu Hause war.

In eben jenem Hotel, in dem der Colonel gerade beim Frühstück saß.

Die Augen des Managers verschlangen im Sekundentakt eine Zeile nach der anderen. Blablabla, Imitator, Blablabla, Konzert, Blablabla, Las Vegas, Blablabla, TV-Show. Wie bitte? Hatte er gerade richtig gelesen?

«Eine TV-Show?», rief der Colonel plötzlich laut – mit kehligem Akzent, von dem er immer gesagt hatte, er hätte ihn sich in Huntington, West Virginia angeeignet. Zumindest, bis irgendwann ein Holländer namens Adam *Ad* van Kuijk aufgetaucht war. Ein paar Wochen zuvor hatte dieser in seiner Heimatstadt Breda ein gemeinsames Foto von Elvis Presley und seinem Manager Tom Parker gesehen – und festgestellt, dass Letzterer eine erstaunliche Ähnlichkeit mit Andreas Cornelius van Kuijk aufwies: seinem Bruder. Adam hatte ganz genauso fassungslos vor Tom Parkers Foto gesessen wie Tom Parker nun vor dem von Elvis.

Über drei Jahrzehnte zuvor, am 17. Mai 1929, war Adams Bruder Andreas plötzlich wie vom Erdboden verschluckt gewesen. Und niemand wusste, ob nur aus purem Zufall eben an jenem Tag auch die Frau eines örtlichen Kartoffelhändlers erschlagen worden war – möglicherweise von einem Einbrecher. Zumindest hatte sich bei Adams Überraschungsbesuch im Jahre 1961 herausgestellt, dass der Colonel in der Tat sein Bruder war. Als Adam hatte wissen wollen, warum in den letzten zweiunddreißig Jahren kaum eine Postkarte bei ihm angekommen war, hatte sein Bruder ihm eine wilde Geschichte aufgetischt. Wie seine Frau und er sich die meiste Zeit nicht mal eine Briefmarke hatten leisten können. Wie er in einem Indianergebiet vorgegeben hatte, ein Mann mit magischen Kräften zu sein, der in die Zukunft sehen konnte. Wie er später Spatzen gelb angesprüht und sie als Kanarienvögel verkauft hatte. Wie er ein Hundefänger gewesen war und Hot Dogs verkauft hatte. Wie dann der Krieg gekommen und er im Showgeschäft gelandet war, nachdem er Partys für die Army organisiert hatte.

Kurz: Alles in allem schien Andreas Cornelius van Kuijk alias Tom Parker nicht gerade wenig erlebt gehabt zu haben. Auch wenn spätestens ab diesem Zeitpunkt niemand mehr so recht gewusst hatte, was davon stimmte und was nicht.

Der Colonel riss fast die Tischdecke herunter. «Eine verdammte TV-Show?», rief er noch einmal.

Plötzlich herrschte absolute Stille. Die einzige Person im gesamten Speisesaal, die den Colonel gerade nicht anschaute, war der Colonel selbst. Tom Parker hob den Kopf und ließ seinen Blick einmal durch die Runde wandern.

Dann stand er auf und rief: «Dieser Mistkerl!»

Hektisch kramte der Colonel eine Zwanzig-Dollar-Note aus seinem Portemonnaie, warf sie wutentbrannt auf den Tisch und verließ den Raum. Das allein zeigte, wie außer sich der Colonel aufgrund der Neuigkeit war. Normalerweise hätte er gerade mal das nötigste Trinkgeld dagelassen. Vielmehr wäre es für die Kellner weniger überraschend gewesen, wenn Tom Parker noch ein paar Kleinigkeiten vom Buffet hätte mitgehen lassen, um sie später kostenlos essen zu können. Vorzugsweise Schinken, Hauptsache Fleisch. Wahrscheinlich aß Tom Parker mehr Fleisch als so mancher Tyrannosaurus Rex. Die Kellner hatten die Anweisung, es zu ignorieren, wenn der Colonel sich mal wieder bediente. Und bei seinem Fleischkonsum waren sie schon froh, dass er nicht auch noch sie aufaß.

Zumindest hatte der Colonel mit seinem Abgang einmal mehr bewiesen, dass er ein echter Showman war. Mit dem Unterschied, dass seine Shows normalerweise nicht so günstig zu bekommen waren. Aber er scherte sich einen Dreck darum, was die anderen Leute dachten. Die einzige Show, die für ihn zählte, war die dieses verdammten Bastards. Sämtliche Jetons waren gesetzt. Die kleine weiße Elfenbeinkugel tanzte bereits klackernd im Kessel zwischen den roten und schwarzen Nummernfächern herum.

Zwei Wochen würde sich der Colonel noch gedulden müssen. Normalerweise genoss er jene kurze Zeit, in der sich das Rad noch drehte. Aber diesmal konnte er es kaum abwarten, endlich in der ersten Reihe zu sitzen und herauszufinden, ob dieser Elvis Elvis war. Dieses Spiel erinnerte ihn eher an *russisches Roulette*. Nur eine Zahl konnte gewinnen. Full Number. Nichts geht mehr.

Fröhliche Weihnachten.

John Lennon hatte ein ziemlich enges Lederkleid übergestreift, das seine falschen Brüste ganz besonders gut zur Geltung brachte. Statt seiner gewohnten Pilzperücke trug er heute langes, wasserstoffblondes Haar. Direkt neben ihm in diesem mintgrün und schwarz gefliesten Badezimmer drängten sich Jimi Hendrix, Paul McCartney und Ringo Starr. George Harrison und Ronald Reagan zogen es vor, den anderen aus dem angrenzenden Schlafzimmer zuzusehen. Doch selbst dort stieg einem dieser leicht muffige Geruch von Schimmel in die Nase. Diese Absteige war eben nicht gerade das *MGM Grand*.

John grinste und sagte: «Es war so eine bescheuerte Idee, das selbst zu machen.»

Immerhin hatte er den grellblau glitzernden Lidschatten recht ordentlich aufgetragen. Aber an dem schwarzen Lidstrich war er nun schon zum dritten Mal gescheitert.

«Ich sehe aus wie eine Puppe aus dieser neuen Serie: *The Muppet Show*.»

Paul McCartney wirkte mit seinen langen, glatten, schwarzen Haaren eher wie eine Indianerin. Hätte er seinen Bartschatten etwas besser abgedeckt, wäre er mit seinen feinen Gesichtszügen und dem bunt gemusterten Kleid glatt als echte Frau durchgegangen.

«Ich bezweifle, dass irgendein Kind auf dieser Erde noch schlafen könnte, nachdem es dich gesehen hat», sagte er trocken – und lachte erst, als es auch alle anderen taten.

Alle bis auf Jimi. Der war mal wieder nicht allzu gut gelaunt. Mit einem riesigen Afro und violetter Schminke im Gesicht stand er zwischen John, Paul und Ringo und zog gerade sein knappes rotes Kleidchen zurecht.

Paul fragte mit einem Gesichtsausdruck, der keinen Zweifel daran ließ, dass er die Antwort längst kannte: «Aber ich erinnere mich auch nicht mehr genau – wer kam noch mal auf die Idee, dass wir uns selbst schminken?»

Jimi fauchte: «Kennst du vielleicht irgendjemanden hier im verfickten Las Vegas? Hä? Tust du das?»

Paul lächelte milde.

«Na also. Dann halt verdammt noch mal deine verfickte Fresse», blaffte Jimi.

John schmunzelte. «Na, na, Sie drücken sich aber nicht gerade aus wie eine Lady, meine Schöne», sagte er und griff Jimi an den Hintern.

Genervt schlug dieser seine Hand weg. Aber er war noch nicht mit Paul fertig. «Sollen wir vielleicht irgendjemanden anquatschen und sagen: ...» – nun verstellte Jimi seine Stimme, sodass er wie ein absoluter Vollidiot klang – «... *Guten Tag, wir sind Jimi Hendrix, Buddy Holly und die Beatles. Wir sind zwar teilweise schon tot, möchten uns aber heute gern als Frauen verkleiden. Den Grund dafür können wir Ihnen leider nicht verraten. Aber ist es vielleicht möglich, dass Sie uns schminken?*» Jetzt blaffte Jimi wieder in seiner normalen Stimmlage. «Ja? Ist es das, was du willst, Paul verfickt McCartney?»

Paul zog die Schultern hoch und streckte die Unterarme nach

vorne: «Also, ohne unsere Perücken kommt normalerweise kaum jemand auf die Idee, dass wir die *Beatles* sein sollen.»

Jimi schaute Paul abfällig an. Dann kniff er die Augen zusammen und zischte: «Ach ja? Vielleicht ist genau das euer verficktes Problem.»

John und Paul rollten die Augen. 1978 versprach ein außerordentlich frohes neues Jahr zu werden.

Doch plötzlich lenkte Jimi ein und grinste geradezu bedrohlich. «Aber jetzt reißt euch verdammt noch mal zusammen – heute Abend haben wir keine Zeit für Streitereien. Heute Abend werden wir diesem lächerlichen Pseudo-Elvis die Show seines Lebens versauen.»

Elvis hatte schon fast vergessen, wie sich Linienflüge anfühlen. In den letzten Wochen war er sich manchmal nicht ganz sicher gewesen, was ihm lieber wäre: an der Gepäckausgabe zu warten oder wirklich tot zu sein. Allerdings reisten statistisch gesehen nur ausgesprochen wenige Imitatoren im Privatjet an. Und er saß mittlerweile zum Glück bereits im Taxi. Vom *McCarran-International*-Flughafen zum *Las Vegas Hilton* waren es nur ein paar Minuten. Elvis fragte sich, wie oft sein Fahrer in diesem Zeitrahmen wohl noch ungläubig in den Rückspiegel schauen könnte. Dem bisherigen Pensum zufolge tippte der King auf etwa fünfunddreißig Mal.

«Mann! Sie sehen ihm wirklich ähnlich», sagte der Taxifahrer. «Sogar ohne Verkleidung.»

Elvis zog seinen Mundwinkel hoch und sagte: «Ich habe absolut keine Ahnung, wen Sie meinen.»

Nicht nur hier im Taxi zog der King alle Blicke auf sich. Und das, obwohl man in Las Vegas normalerweise eher auffiel, wenn man nicht aussah wie Elvis. Hier war so ziemlich jeder Tourist, Croupier, Showgirl, Mafioso oder Elvis-Imitator.

Der King schaute aus dem Fenster. Von den Wiesen, die Las Vegas einst seinen Namen gegeben hatten, war mittlerweile kaum noch etwas übrig. Das hier war weniger eine Stadt als vielmehr eine riesengroße Discokugel. Und so kurz nach Weihnachten glitzerte das Lichtermeer in der Abenddämmerung sogar noch heller als sonst. Der *Strip* war so knallbunt, dass man das *S* durchaus hätte streichen können. Gerade fuhren sie am *Flamingo* vorbei, dessen riesenhohe Leuchtreklame ein bisschen so aussah wie ein rosafarbener Atompilz.

Auch wenn Elvis in seinem ganzen Leben nicht einen einzigen Nickel in einem Automaten versenkt hatte, liebte er diese Stadt noch immer. Besonders bei Nacht. Hier hatte Zeit keine Bedeutung. Las Vegas war die Stadt, die niemals schlafen ging.

Direkt gegenüber vom *Flamingo* erhob sich das *Caesars Palace*. Hier war selbst das Werbeschild im Stile einer Palastfassade auf prachtvollen Säulen befestigt, mit zwei römischen Legionären daneben. Nacheinander passierte das Taxi ein Hotel und Casino nach dem anderen: erst das *Holiday*, dann das *Desert Inn* und kurz danach das *Frontier*. Als der Wagen bei dem rotblau funkelnden Schild des *Stardust* angekommen war, bog er rechts ab in die Paradise Road. Das *Las Vegas Hilton* lag etwas abseits, schräg gegenüber vom *Landmark*.

Es war, als fahre das Taxi mitten durch Elvis' Erinnerungen. An diesem Ort war der King einst zum *King* geworden. Hier hatte er im Jahre 1969 bei seiner ersten Konzertreihe nach rund einem Jahrzehnt ein fulminantes Comeback gefeiert und nicht nur den *Beatles* und den *Rolling Stones* bewiesen, dass es mit ihm noch nicht vorbei gewesen war. Nach all den Filmen hatte er damals endlich wieder das getan, was er liebte – und zwar nicht nur in Form von grenzdebilen Soundtrack-Aufnahmen.

Schon nach seiner ersten Show im damals noch *International Hotel* genannten *Hilton* war ihm ein Fünfjahresvertrag angeboten worden. Daraufhin hatte er sich innerhalb kürzester Zeit zu Las Vegas' größter Geldmaschine entwickelt. Er war ein singender einarmiger Bandit. Während seines Engagements hatte er Dean Martin und Frank Sinatra nicht nur in den Schatten gestellt, sondern quasi in eine Sonnenfinsternis. Kein anderer Künstler in der gesamten Geschichte von Las Vegas hatte jemals höhere Gagen kassiert als er. Und doch verband Elvis nicht nur positive Erinnerungen mit dieser Stadt. Schließlich war er hier nicht nur zum King geworden, sondern auch zu einem absoluten Wrack.

Nach einigen Jahren in ein- und demselben Konzertsaal hatte sich sein Show-Marathon erst in Routine verwandelt – und später in Schwerstarbeit. Das knochenharte Programm hatte Elvis völlig ausgelaugt. Und die Stadt, die ihm einst so viel Freiheit vorgegaukelt hatte, war zum Gefängnis geworden. Am Ende hatte der King bei seinen Auftritten hauptsächlich seine Drogensucht geleugnet – und auf der Bühne gedroht, jeden zu töten, der Gerüchte darüber in Umlauf bringen würde.

Aber nun war ein völlig anderer Elvis zurückgekehrt.

Nachdem der Taxifahrer den Wagen angehalten und das Gepäck aus dem Kofferraum geholt hatte, schaute er den King noch einmal an und sagte fassungslos: «Mein Gott! Sie sehen wirklich genauso aus wie er.»

Elvis klopfte seinem Fahrer auf die Schulter und sagte: «Glauben Sie es mir: Ich bin nicht James Dean.»

Der Fahrer winkte ab. Er wollte gerade noch etwas sagen, doch da hatte sich der King schon verabschiedet.

Elvis drehte sich um, damit er an der leicht geschwungenen Fassade hochsehen konnte. Noch bis vor kurzem hatte er immer dort oben übernachtet, im Zimmer dreitausend, der Penthouse

Suite im dreißigsten Stock. Um ein Haar wäre er aus diesem Gebäude nicht mehr lebend rausgekommen.

Und nun war er als Toter zurückgekehrt.

Nicht mal Elvis hat mehr wie Elvis ausgesehen, dachte sich der Colonel. Kopfschüttelnd stand er vor dem Tourplakat im Eingangsbereich des *Las Vegas Hilton*. In den letzten zwei Wochen hatte er so viel den Kopf geschüttelt, dass sein Nacken schon ganz weh tat. Doch in ein paar Minuten würde die Show endlich beginnen – und der Colonel diesen Bastard leibhaftig in Augenschein nehmen können.

Tom Parker war immer noch sauer darüber, mit welcher Arroganz er von Barron Hilton ausgelacht worden war, als er dem Präsidenten der *Hilton*-Kette von seinem Verdacht berichtet hatte. Er brauche wohl mal eine Pause vom Roulette, hatte Hilton gesagt. Er sei paranoid, hatte Hilton gesagt.

«Ich bin lieber paranoid als dämlich», hatte der Colonel geantwortet. Was in Anbetracht seiner Schuldenlage vielleicht nicht unbedingt die schlauste Antwort gewesen war. Vor allem, weil Hilton nicht nur sein langjähriger Geschäftspartner war, sondern auch noch sein Gläubiger. Aber wie zur Hölle konnte einem diese verdammte Ähnlichkeit nicht verdächtig vorkommen? Selbst ein stockbetrunkener Demenzkranker ohne Augen hätte diesen Typen sogar im Dunkeln mit einem Sack über dem Kopf wiedererkennen müssen.

Leider hatte Hilton dem Colonel nach seiner Bemerkung nicht mal mehr Backstage-Zugang gewährt, um den Imitator hinter der Bühne *freundlich zu begrüßen*. Aus diesem Grunde musste sich der Manager nun zusammen mit dem gemeinen Volk in den Saal drängeln. Und das nach all den Millionen, die Hilton und er gemeinsam verdient hatten. Immerhin saß Tom Parker direkt vor der leicht geschwungenen Bühne – auf seinem gewohnten Platz an einem der länglichen Tische in der ersten Reihe. Früher hatte er hier gesessen, um Elvis in Notfällen beschützen zu können. Heute würde er selbst der Notfall sein.

Von den über zweitausend Plätzen war etwa die Hälfte besetzt. Die obere Tribüne war komplett freigehalten worden. Aber dass ein Imitator überhaupt in der Lage dazu war, so viele Tickets zu verkaufen, erstaunte den Colonel. Vielleicht sollte er mit diesem Bastard auch dann arbeiten, wenn er nicht der echte war.

Der Colonel lächelte. Schon sehr lange war er nicht mehr so gespannt auf einen Auftritt von Elvis Presley gewesen. Heute Abend hätte er sich selbst im Casino keinen größeren Kick holen können.

Tom Parker lachte laut auf, als er die sechs Dragqueens am Nebentisch entdeckte. Diese skurrilen Gestalten sahen aus, als hätten sie sich mit den Füßen geschminkt. Das in ihren Gesichtern war kein Make-up, sondern eher ein Make-down. Ihre gesamte Kostümierung wirkte nicht nur etwas unglücklich – sie war schon fast frauenfeindlich. Die einzige Entschuldigung dafür wäre ein missglückter Junggesellenabschied gewesen, allerdings auch nur ein ganz besonders missglückter.

Die Doubles fühlten sich alles andere als wohl in ihrer Haut. Zumal sie wussten, dass bei der Umsetzung ihres Vorhabens gleich noch zahlreiche weitere Blicke auf sie gerichtet sein würden. Hatten sie doch vor, die Show von Anfang an durch anzügliche Zwischenrufe zu stören. Zum Höhepunkt wollten sie sich direkt vor die Bühne stellen und sich vor laufender Kamera Küsschen abholen. Die anwesenden Journalisten würden vermutlich ausgesprochen dankbar für diese Szene sein. Und ganz gleich, wie sich der falsche Elvis in dieser Situation verhalten würde:

Er konnte nur verlieren. Entweder er würde auf den Pressefotos Transvestiten küssen. Oder er würde sich geweigert haben, Transvestiten zu küssen. Es ließ sich nicht genau abschätzen, was schlimmer wäre.

«Ich mach das nicht», sagte Ronald Reagan plötzlich entschlossen.

«Was soll das heißen: Du machst das nicht?», fragte Jimi und versuchte währenddessen offensichtlich, sein Temperament im Zaum zu halten.

Ronald Reagan schüttelte den Kopf. «Ich kann das nicht. Womit hat er das überhaupt verdient? Er hat uns doch gar nichts getan.»

«Ich sag dir was: Dieser Typ nimmt uns allen die Aufträge weg. Und er lacht sich dabei noch in sein verficktes Fäustchen», zischte Jimi und griff Ronald Reagan am Nacken. «Wir sitzen alle im selben Boot, Ronald. Und wir sind nicht den ganzen Weg aus New York gekommen, um jetzt den Schwanz einzuziehen.»

Ronald Reagan schloss die Augen und schüttelte ganz leicht den Kopf, traute sich aber nicht, dem noch irgendetwas entgegenzusetzen.

«Darf ich dich daran erinnern, dass wir gar keine Schwänze haben?», fragte John schmunzelnd.

Doch Jimi warf ihm nur einen eisernen Blick zu.

Währenddessen stand Elvis hinter der Bühne und hielt den Vorhang ein Stück beiseite, um einen Blick in den Saal werfen zu können.

So weit hätte es niemals kommen dürfen. Warum in aller Welt hatte er sich nur darauf eingelassen? Miss Rhodes hatte ihn mit dieser TV-Show völlig überrumpelt. Und Elvis hatte es nicht übers Herz gebracht, sie in ihrer ausnahmsweise mal echten Begeisterung zu bremsen und diese TV-Show abzusagen. Woher hätte seine Chefin auch wissen sollen, dass ihr Schützling viel zu berühmt war, um berühmt werden zu wollen? Bisher gab es vielleicht ein paar unscharfe Super-8-Amateuraufnahmen seiner neuen Shows – aber in ein paar Minuten würde er gestochen scharf und landesweit in den Wohnzimmern zu sehen sein. Jeder andere Imitator wäre wohl völlig aus dem Häuschen – für Elvis aber konnte dieser Auftritt vollkommen unabsehbare Folgen haben. Viel spektakulärer könnte man seine Tarnung jedenfalls nicht auffliegen lassen.

Was hatte er sich nur dabei gedacht, überhaupt herzukommen? Warum hatte er nicht wenigstens eine Krankheit vorgeschoben? Aber das nächste TV-Angebot hätte wahrscheinlich eh nicht lange auf sich warten lassen. Wenn er jetzt dort rausging, würde er wahrscheinlich für immer Elvis Presley sein. Oder nicht mal das. Eine Kopie dessen, was er einmal war. Ging er nicht raus, wäre seine Karriere vermutlich endgültig vorbei. Er würde niemals wieder öffentlich auftreten können. Und dieser Vorhang wäre wirklich sein letzter.

Leise begann Elvis, die Melodie von *My Way* zu summen.

And now the end is near
and so I face the final curtain

Wenn er abhauen würde, wäre dies definitiv sein Abschiedskonzert. Ein Konzert, das er nicht mal gegeben hätte. Und Elvis Presley würde für immer in der Versenkung verschwinden. Also entweder müsste er mit dem Risiko leben, erkannt zu werden – oder aber wieder untertauchen. Und irgendwie gefiel ihm keine dieser beiden Optionen.

Das Licht im Saal wurde abgedunkelt. Ein Trommelwirbel ertönte. Aus der Dunkelheit gab ein Ansager feierlich seinen Text zum Besten: «Meine Damen und Herren, das, was Sie heute erleben, ist kein einfaches Konzert – es ist eine Wiederauferstehung. Unser heutiger Gast war schon häufig hier – und doch besucht er uns an diesem Abend zum ersten Mal. Bitte heißen Sie gemeinsam mit mir den King willkommen: Mister Elvis Presley.»

Das Publikum klatschte voller Vorfreude, während der Vorhang langsam zur Seite gezogen wurde. Genau wie früher dröhnte dazu aus den Lautsprechern die Ouvertüre *Also sprach Zarathustra*. Für eine Weile tanzten einige Scheinwerferkegel durch den Saal, bis sie schließlich auf dramatische Weise alle im selben Moment auf die Bühne gerichtet wurden.

Doch was war das? Die Stelle, wo eigentlich der berühmte Imitator hätte stehen sollen, war leer.

Erst dachte das Publikum, diese Irritation sei Teil der Show. Doch als sich auch nach einigen quälenden Minuten nichts rührte, fingen die ersten Gäste an zu pfeifen. Dann kamen auch Buhrufe dazu. Doch es half alles nichts.

Elvis has left the building.

Als das Licht wieder anging, schäumte der Colonel vor Wut. Er ballte seine Hand so sehr zur Faust, dass sein Arm schon zitterte. Tom Parker hatte so lange auf diesen Tag gewartet. Aber offenbar hatte ihm dieser kleine Bastard einen Strich durch die Rechnung gemacht. Und leider konnte der Colonel immer noch nicht sagen, woran er war. Entweder der Typ war ein echter Imitator, der plötzlich von der großen Bühne eingeschüchtert worden war – oder es war der echte Elvis, der Angst um seine Tarnung hatte.

Auch die sechs Dragqueens wussten kaum, wie ihnen geschah. Offenbar hatte sich der King seinen Auftritt lieber selbst kaputtgemacht.

Das Projekt Ex

«Aaaaaaaaaaaaah!»

In diesem Sektor der Galaxis war geradezu die Hölle los. Das rote Warnsignal hörte gar nicht mehr auf zu blinken. Wie von allen guten Geistern verlassen feuerte Elvis ein Photon-Torpedo nach dem anderen ab. Schon hatte er das nächste Raumkriegsschiff im Visier. Treffer!

Elvis lachte leise.

«Es mag hier zwar viele Sterne geben», murmelte der King mit hochgezogenem Mundwinkel. «Aber ich bin der einzige Star.»

Trotz seines Treffers musste der King jedoch auch weiterhin auf der Hut sein. Das Weltall war noch schlimmer als Woodstock – wenngleich die meisten Krylonen wenigstens etwas anhatten. Doch das einzig wirklich Angenehme hier war, dass es weit und breit keine Disco gab. Und es bereitete Elvis große Freude, dass ihn endlich mal niemand schief ansah, wenn er wie wild in der Gegend herumballerte. Für einen Choleriker wie Elvis hatte der Kosmos eben durchaus auch gute Seiten.

Hochkonzentriert schaute der King aus dem Cockpit seines

Raumschiffs, während er durch die unendlichen tiefschwarzen Weiten glitt. Nur für die leuchtend weißen Sterne hatte er keine Augen, denn die Jäger, Kreuzer und Abwehrsterne der Krylonen waren überall. Und wenn sie seine Sternenbase vernichteten, würde er sein Schiff weder auftanken noch reparieren lassen können. Als ob das nicht genug wäre, flog ihm zwischendurch noch der eine oder andere Asteroid entgegen. Und die traf Elvis ungefähr so gerne wie Mick Jagger. Leider konnte er nicht mal seine Schutzschilde einschalten, weil er kaum noch Energie hatte. Gerade bewegte sich schon wieder ein Jäger in die Nähe seines grünen Zielmarkierers, dem Fadenkreuz in der Mitte seines Sichtfelds. Der King schoss dreimal. Jedes Mal, wenn er einen seiner Photon-Torpedos abfeuerte, ertönte ein heller Piepton.

Elvis schmunzelte. Dieses Geräusch hörte sich beinahe so an, als würde er mit *Bee Gees* schießen. Treffer! Endlich zerfiel auch dieses feindliche Raumkriegsschiff in grünliche Pixel. Zufrieden grinsend flog der King seitlich an ihnen vorbei.

Der King liebte *STAR RAIDERS* über alles. Der Kauf seines neuen *ATARI 400* hatte sich mehr als gelohnt. Dabei hatte er die Worte Ken Olsons, des Präsidenten von *Digital Equipment Corporation*, immer noch im Ohr: «Es gibt keinen Grund dafür, dass jemand einen Computer zu Hause haben wollte.» Für Elvis war schon allein dieses Spiel Grund genug. Vielleicht hätte Ken Olson einfach mal seine Kinder fragen sollen. Denn für sie gab es wahrscheinlich eher keinen Grund dafür, dass jemand Ken Olson zu Hause haben wollte.

Elvis kam diese Art von Ablenkung jedenfalls gerade recht. Mit aller Wahrscheinlichkeit gab es weit und breit keine bessere Zeitvernichtungsmaschine auf diesem Planeten. Und er konnte schließlich nicht Ewigkeiten rund um die Uhr seine Wunden lecken. Denn auch wenn es dem King nicht gerade leichtgefallen war, hatte er eines mittlerweile eingesehen: Seine Karriere war ein für alle Mal vorbei. Eine Bühne war einfach nicht der richtige Ort, um sich zu verstecken. Doch seit dieser Erkenntnis fühlte sich Elvis wie eine leere Schallplatte, die sich immer weiter drehte und drehte. Wie ein Singvogel, der plötzlich nur noch ein Vogel war.

Da Elvis leider absolut keine Ahnung hatte, was er ansonsten mit seinem Leben anfangen sollte, tat er das, was die meisten Menschen in dieser Situation tun: erst mal nichts. Gerade dann, wenn einem alle Möglichkeiten offenstehen, kann es nur allzu verlockend sein, den Kopf in den Sand zu stecken. Nichts zu tun. Jedenfalls nichts wirklich Produktives. In Elvis' Fall: Computer zu spielen. In den letzten Monaten hatte er so viel Computer gespielt, dass er wahrscheinlich selbst Doug Neubauer besiegt hätte – den Entwickler von *STAR RAIDERS*.

Während der folgenden Jahre lebte Elvis etwa zehntausend Leben. In dieser kleinen, viereckigen Welt war alles so schön einfach. Und selbst, wenn man mal eine falsche Entscheidung traf, konnte man ohne weiteres wieder von vorn anfangen.

Nach *STAR RAIDERS* kam *PAC-MAN*. Nach *PAC-MAN* kam *DONKEY KONG*. Mit den Computerspielen hielt es Elvis genauso wie früher mit den Frauen und seinen sonstigen Hobbys: So plötzlich er seine ganze Leidenschaft einem neuen Thema widmete, so plötzlich konnte er auch wieder die Lust daran verlieren. Und dann suchte er sich einfach ein neues Spielzeug. Glücklicherweise hatten die achtziger Jahre diesbezüglich einiges zu bieten. Mit einem seiner Spielzeuge lief der King so viel durch die Gegend, dass ihn manche seiner Nachbarn bald selbst *WALKMAN* nannten. Als er im Jahr darauf den Zauberwürfel entdeckte, wurde er innerhalb kürzester Zeit quasi zu Merlin. Und für die Aerobic-Bewegung avancierte Elvis zur männlichen Jane Fonda. Nur eben ohne Publikum.

Dieses Jahrzehnt war wie ein riesengroßer Spielzeugwarenladen. Es war wie gemacht für all diejenigen, die an einer Midlife-Crisis litten. Und Elvis war definitiv einer davon. Wobei er sich nicht sicher war, ob es sich bei ihm nicht eher um eine Complete-life-Crisis handelte. Zumindest konnte er sich nicht daran erinnern, irgendwann mal nicht unter Stimmungsschwankungen, schwermütigen Grübeleien, innerer Unsicherheit und Unzufriedenheit mit dem bisher Erreichten gelitten zu haben.

Doch dann kam der 1. August 1981, und Elvis fand eine völlig neue Ablenkung: *MTV*. Er war fasziniert von dem neuen Sender und ärgerte sich fast ein bisschen, tot zu sein. Wenngleich es ihn anfangs etwas nervte, dass von den hundertachtundsechzig Videos im Programm ganze dreißig von Rod Stewart stammten. Oft war er kurz davor, seine .45er zu zücken, wenn mal wieder *Maggie May* oder *Tonight's the Night (Gonna Be Alright)* lief. Aber Rod Stewart war ihm nun wirklich keinen Fernseher wert.

Nur hätte Elvis auch für das Programm der folgenden Jahre gut und gern ein kugelsicheres Gerät gebrauchen können. Die *Eurythmics*, *Culture Club* und *Duran Duran* waren für seinen Geschmack keine Bands, sondern Selbsthilfegruppen. Noch viel schlimmer aber ging es ihm mit *Van Halen*, *Def Leppard* und *Bon Jovi*. Da hätte er sich lieber einen laufenden Staubsauger ans Ohr gehalten, als sich freiwillig dieses Geschrei anzuhören. Für seinen Geschmack brauchten diese Menschen keinen Musiksender, sondern einen Friseurbesuch. Diese Knallköpfe sahen aus, als wären sie allesamt zu Mardi Gras auf psychedelischen Drogen hängengeblieben. Und als Mitte der Achtziger auch noch *Run-DMC*, *The Fat Boys*, *LL Cool J* und die *Beastie Boys* ins Programm aufgenommen wurden, hätte Elvis seinen Fernseher am liebsten mit einer Panzerfaust weggeballert. Schließlich hatte es mal eine Zeit gegeben, in der Musiker gut singen können mussten. Heute reichte es offenbar vollkommen aus, gerade noch nüchtern genug zu sein, um zu sprechen.

Spätestens ab diesem Zeitpunkt war Elvis fertig mit MTV. Das war kein Music Television. Das war Kasperle Television. Da hätte ja selbst das Hintergrundgedudel von *PAC-MAN* eher einen Grammy verdient – und das hörte sich ungefähr so an wie die Alarmanlage von Kraftwerk.

Es gab nur eins, was den King noch mehr nervte als MTV: das ständige Leben aus dem Koffer. Denn seit seinem Beinahe-Fernsehauftritt in Las Vegas hatte er nie lange am selben Ort bleiben können. Schon kurze Zeit später hatte er von seiner Familie erfahren, dass der Colonel auf der Suche nach ihm war – oder vielmehr *auf der Jagd*. Zumindest hatte er so ziemlich jeden aus dem Umfeld seines ehemaligen Schützlings befragt. Und der King wusste, dass der Colonel niemals aufgeben würde – schlicht und einfach aus dem Grund, weil der Colonel niemals aufgab. Dieser Mann war so überzeugt von sich, dass er dachte, er könne selbst Spielautomaten durch seine mentale Kraft zur Auszahlung bewegen. Und da der Colonel meistens auch das bekam, was er wollte, nahm Elvis seine Suche durchaus ernst. Zudem befürchtete der King, dass vielleicht noch dazu der eine oder andere Mafioso-Freund aus Las Vegas auf ihn angesetzt worden war. Wie er Tom Parker kannte, hatte der vermutlich selbst Al Capone aus seinem Grab heraushypnotisiert.

Elvis versuchte, seine Spuren so gut wie möglich zu verwischen. Mittlerweile hatte er schon in achtunddreißig von einundfünfzig Bundesstaaten gelebt. Seit ein paar Wochen wohnte er in einem Bürogebäude: dem *Columbia Plaza* in Kalamazoo, Michigan. Elvis hatte sich diesmal absichtlich weder ein Hotelzimmer noch ein Apartment genommen. Denn wenn es irgendwo auf dieser Welt einen Ort gab, an dem ihn niemand vermuten würde, dann hier. So ziemlich kein Mensch auf dieser Welt würde schließlich freiwillig Zeit in einem Büro verbringen. Abgesehen davon gefiel Elvis auch der lustige Name des Ortes: Kalamazoo. Diese Stadt stand sinngemäß für das Nirgendwo. Beinahe jeder Amerikaner hatte davon gehört, aber kaum jemand nahm an, dass ein Ort mit einem derartigen Namen tatsächlich existierte.

Doch genau hier, in Kalamazoo, wurde Elvis klar, dass er die erste Hälfte des Jahrzehnts im wahrsten Sinne des Wortes verdaddelt hatte. Zwar war um ihn herum so vieles passiert: Niemand machte mehr Sport – alle machten Fitnesstraining. John Lennon war tot, dafür gab es nun AIDS. Aus den schönen alten Schallplatten waren längst effiziente, aber vollkommen seelenlose CDs geworden. Und seitdem es von einem Schauspieler regiert wurde, war Amerika ganz offiziell das Land der unbegrenzten Möglichkeiten.

Allerdings war Elvis' persönliche Entwicklung während all dieser Veränderungen zum Stillstand gekommen. Das Jahr 1987 war in vollem Gange und der King seit nunmehr knapp zehn Jahren offiziell tot. Und Elvis hatte zuletzt so viel Zeit vor der Glotze verbracht, dass er sich wirklich nicht mehr allzu lebendig fühlte.

Äußerlich hatte er sich nicht allzu sehr verändert. Noch immer trug er keine Schulterpolster und wasserstoffblondierten Haare. Schließlich war er kein Jahrzehnt, sondern Elvis Presley. Und außerdem wollte er sich nicht jedes Mal erbrechen, sobald er an einem Spiegel vorbeilief. Wie alle Zweiundfünfzigjährigen war auch der King zwar noch weiter ergraut, aber sein Gewicht hatte sich trotz des vielen Sitzens normalisiert. Nur tauschten eben die wenigsten Könige ihren Thron gern gegen einen Fernsehsessel. Und wenn Elvis auch weiterhin so wenig mit seinem Leben anfangen würde, hätte er für seinen Geschmack gleich medikamentenabhängig bleiben können. Denn so gern er Don Johnson auch mochte – er hatte nicht vor, während *Miami Vice* zu sterben, mit der Fernbedienung als seinem einzigen Trauergast.

Wobei ihm zu diesem Zweck *Miami Vice* noch um einiges lieber gewesen wäre als der Rest des Programms. Denn wer *Raumschiff Enterprise* sah, war doch eigentlich schon tot.

Es war jedenfalls wirklich allerhöchste Zeit, sich neu zu erfinden. Nur wie es mit den meisten guten Ideen so ist, kam dem King diese, als er am wenigsten damit rechnete. Als er eigentlich schon daran zweifelte, jemals wieder etwas Sinnvolles zu tun.

Eines Abends im Kino, während er mit *Top Gun* mal wieder den dritten Film hintereinander anschaute, fiel ihm beinahe die Popcorntüte aus der Hand. Tom Cruise sang gerade in dieser Bar *You've Lost That Lovin' Feelin'*, um ein Mädchen zu beeindrucken. Diesen Song hatte auch Elvis einmal gecovert – und jetzt, da er ihn nach Jahren wieder hörte, schien er etwas in ihm aufzuwecken, denn just in diesem Moment durchfuhr den King ein Geistesblitz.

Völlig baff starrte Elvis auf die Leinwand. Er konnte es kaum fassen, dass ihm dieser Gedanke nicht schon früher gekommen war. Doch, überlegte er, um ihn in die Tat umzusetzen, würde er wohl oder übel auf eine Person angewiesen sein, die er nun schon seit knapp zwei Jahren nicht gesehen hatte: Priscilla. Selbst bei seinen Treffen mit Lisa war sie nicht mehr als Begleitung dabei. Und noch dazu war seine Ex schwanger und fühlte sich derzeit wahrscheinlich wie *Meat Loaf*. Es wäre sicher besser, sich deshalb noch ein bisschen zu gedulden, aber Elvis wusste gleich, dass er nicht lange würde warten können. Er musste sie einfach fragen. Sehr bald. Der Frühling wäre dafür wohl nicht nur zeitlich, sondern auch symbolisch der passendste Zeitpunkt.

Der King lächelte in sich hinein. In seinem Falle würde es kein zweiter Frühling werden – sondern mindestens sein fünfter. Und Elvis konnte absolut nicht einschätzen, was Priscilla von seinem Vorschlag halten würde.

Am 1167 Summit Drive in Beverly Hills 90210 klingelte das weiße Telefon auf dem hölzernen Beistelltischchen vor der weiß gestrichenen Backsteinwand. Hier war so ziemlich jeder Anruf ein wichtiger Anruf. Denn nicht sonderlich viele Menschen hatten die Nummer von Priscilla Presley. Schließlich konnte man mit einem Telefon selbst hinter die höchsten Hecken und die verschlossensten Tore der Reichen und Schönen eindringen. Und davon gab es hier jede Menge.

Bereits zu Elvis' Hollywoodzeiten hatten die Presleys immer auch ein Haus in Kalifornien gehabt – zwischen Nachbarn wie Frank Sinatra, Dean Martin, Bob Hope und Bing Crosby. In dieser Villa lebte Priscilla allerdings erst seit ihrer Scheidung, nur ein paar Häuser von Sammy Davis, Jr. entfernt. Und auch wenn hier eigentlich nichts an Elvis erinnerte, erinnerte sie dennoch fast alles irgendwie an Elvis.

«Hallo?», fragte Priscilla, so gut sie dazu in der Lage war. Immerhin musste sie sich erst wieder daran gewöhnen, gleichzeitig den Hörer in der Hand zu halten und ein Baby auf dem Arm zu tragen. Ihr Sohn Navarone war gerade erst ein paar Wochen alt. Und alles fühlte sich so neu an, als wäre es ihr erstes Kind. Ihre letzte Geburt war mittlerweile schon ganze achtzehn Jahre her.

«Hey Cilla», sagte eine Stimme, die sie nur zu gut kannte. Es war wie ein Anruf aus einer anderen Zeit. Von einem Moment auf den anderen glänzten Priscillas Augen, und ihre Lippen formten ein Lächeln, das sämtliche der zweimilliardenvierhunderteinundneunzigmillionenfünfhundertfünftausend Männer auf dieser Erde hätte dahinschmelzen lassen.

«Hey Elvis.»

«Und? Bist du sicher, dass er nicht von mir ist?», fragte der King.

«Nun ja, das wäre die erste Schwangerschaft aller Zeiten, die ungefähr fünfzehn Jahre gedauert hat», antwortete Priscilla.

«Das mit uns ist eben etwas ganz Besonderes, Schätzchen», sagte Elvis.

Priscilla lachte. Sie schaute durch die gläserne Schiebetür in ihren grünen Garten, vorbei an den weißen Vorhängen mit dem floralen Muster.

«Ach, Elvis. Du hast dich kein bisschen verändert.»

«Oh», antwortete der King. «Erzähl das bitte mal meinem Spiegelbild.»

Wieder lachte Priscilla und strich währenddessen mit ihren ausgestreckten Zehenspitzen über den roten Teppich.

«Ich möchte dich gern sehen» sagte Elvis. «Und bei der Gelegenheit könnte ich gleich unseren Sohn kennenlernen.»

Zum dritten Mal lachte Priscilla. Dieser Mann hatte sie schon immer zum Lachen bringen können. Selbst später, als ihr des Öfteren eher zum Weinen zumute gewesen war.

«Ich lerne ihn selbst gerade erst kennen», sagte Priscilla. «Aber ich würde mich wirklich sehr freuen, dich zu sehen. Lass uns nur ein bisschen Zeit, bis sich alles halbwegs eingespielt hat.»

«Ganz wie du magst», sagte Elvis.

«In zwei Monaten muss ich geschäftlich nach *Graceland*, übers Wochenende. Und das wäre doch ein geeigneter Rahmen für unser Wiedersehen, oder? Bist du in der Nähe?», fragte Priscilla.

«Ich bin überall», antwortete Elvis. «Und du hast recht: Für unser Treffen könnte es keinen besseren Ort als *Graceland* geben.»

Nachdem die beiden ihr Gespräch beendet hatten, seufzte Priscilla. Für einen kurzen Moment war sie wieder vierzehn Jahre alt.

Die mit blauem Kunstleder bezogenen Sitze der Delta-Air-Lines-Maschine sahen nach Rückenschmerzen aus. Aber seine Beschwerden konnten eh kaum noch schlimmer werden, dachte sich der Colonel. Er hatte sie schon damals in Holland gehabt, als er noch ein Teenager gewesen war und für eine Käsefabrik riesige Laibe auf dem Rücken tragen musste. Wahrscheinlich hätte es kaum einen holländischeren Grund für Rückenschmerzen geben können.

Tom Parker nahm trotz der unbequemen Sitze Platz und saß nun mit seinem weißen Cowboyhut, Hemd und Jackett im Flieger von Las Vegas nach Detroit. Mit Hawaiihemd und Leinenhose wäre er in diesen Breitengraden zu dieser Jahreszeit vermutlich nicht sonderlich weit gekommen. Schließlich war in Michigan der Frühling oft kälter als der Winter in Nevada. Und normalerweise war Tom Parker eine Sauna gerade warm genug.

Der Colonel lächelte, als die Maschine abhob. Diese Reise war wie ein Glücksspiel. Und er konnte kaum erwarten zu erfahren, wer daraus als Gewinner hervorgehen würde. Noch wusste er allerdings nicht mal genau, wer überhaupt mitspielte.

Es war mitnichten so, dass Tom Parker in den letzten zehn Jahren keine Zweifel gehabt hätte. Denn falls Elvis wirklich noch am Leben sein sollte, so war er doch wie vom Erdboden verschluckt. Und bei den Befragungen ehemaliger Vertrauter des Kings hatten diese den Colonel im besten Falle so angesehen, als würde er nur Witze machen. Meistens jedoch eher so, als hätte er völlig den Verstand verloren. Irgendwann war sich Tom Parker diesbezüglich selbst nicht mehr so sicher gewesen. Und genau aus diesem Grund hatte er seinen Verdacht all die Jahre lang in der Öffentlichkeit an keine allzu große Glocke gehängt – befürchtete er doch, dass eines seiner größten Geheimnisse auffliegen könnte.

Niemand auf dieser Welt sollte erfahren, dass er in den dreißiger Jahren aufgrund einer Psychose unehrenhaft aus der Army entlassen worden und deswegen für einige Monate in Behandlung gewesen war. Wenn er sich nun öffentlich auf die Suche nach seinem toten Klienten begeben hätte, würden diese verdammten Journalistenteufel die alte Geschichte vielleicht irgendwie ausgraben. Und wer weiß? Vielleicht war er ja wirklich wahnsinnig geworden? Vielleicht hatte er sich sein gesamtes Leben schlichtweg eingebildet?

Es klang zumindest irre genug. Ein junger Holländer war ohne einen Cent in die USA gekommen, hatte im Wanderzirkus Elefanten gewaschen und in Güterzügen als Hobo das Land bereist, bevor er sich schließlich zum Manager des erfolgreichsten Musikers aller Zeiten hocharbeitete. In dieser Geschichte fehlten doch nur noch ein paar fliegende Schweine und vielleicht die Aliens von Roswell.

Der Colonel schüttelte den Kopf. Sein Ruf hatte in letzter Zeit jedenfalls weiß Gott genug gelitten. Er ärgerte sich noch immer darüber, dass das verdammte Nachlassgericht des Shelby County in Tennessee vor einigen Jahren seinen Vertrag mit Elvis' Vater angefochten und ihm Missmanagement vorgeworfen hatte. *Missmanagement!* Dabei war es ganz allein ihm zuzuschreiben, dass Elvis es sich über Jahre hinweg in der Neunzig-Prozent-Steuerklasse gemütlich hatte machen können. Damals hätte doch nur noch gefehlt, dass der Colonel mit dem Klopapier bereitsteht. Oder auch noch die Songs selbst singt.

Zumindest beanspruchte Lisa, die zu Beginn von Elvis' Karriere noch nicht mal eine Spermazelle war, seit diesem verdammten Urteil den gesamten Kuchen für sich allein. Wobei man in diesem Falle kaum von einem *Kuchen* sprechen konnte. Es war eher eine verdammte Etagentorte. Und die Presleys ließen Tom Parker nicht mal einen beschissenen Krümel übrig.

Wieder einmal kam dem Colonel sein Lebensmotto in den Sinn: «In der Arbeitswelt ist man entweder derjenige, der die Leute reinlegt – oder man ist derjenige, der reingelegt wird.»

Nur leider war er in letzter Zeit immer öfter Letzterer gewesen. Zum Glück gab es in seinem siebenundsiebzigjährigen Leben aber nicht nur die Presleys, sondern auch noch eine andere Familie: die Hiltons. Bereits seit Elvis' Tod war er im Nebenjob als Consultant Barron Hiltons tätig und auf diese Weise nach dem Urteil zumindest nicht vollkommen arbeitslos. Allerdings machte es leider keinen sonderlich großen Unterschied, ob der Colonel arbeitete oder nicht. Denn ein Großteil seines Gehalts wurde wegen seiner Spielschulden einbehalten. Und man merkt erst, wie sinnlos das Spielen wirklich ist, wenn man sein Geld bereits verzockt hat, bevor man es bekommt.

Immerhin hatten die Hoteliers den Colonel im Rahmen ihrer Abmachung noch ein paar Jahre in seiner Suite im *Las Vegas Hilton* wohnen lassen – doch nachdem er es Mitte der Achtziger mit dem Spielen wieder etwas übertrieben hatte, war auch das vorbei. Tom Parker arbeitete zwar noch immer für die Hiltons, aber jetzt lebte er zusammen mit seiner Freundin Loanne Miller in einem kleinen Hochhausapartment auf dem Bel Air Drive direkt hinter dem Hotel. Und abgesehen davon, dass er die Anfahrt zum Casino nun nicht mehr per Fahrstuhl erledigen konnte, durfte er nur noch wie die gewöhnlichen Touristen an diesen billigen einarmigen Banditen spielen. Die Spielchen dort eigneten sich ganz wunderbar als seine täglichen *Übungen*. Und diese waren bitter nötig.

Schon Anfang der Achtziger hatte er sich bei einem Sturz im Fahrstuhl des RCA-Gebäudes seinen Arm und seinen Nacken so verletzt, dass er seither unter chronischen Schmerzen litt.

Während der massige Colonel im Türrahmen gelegen hatte und nicht wieder hatte aufstehen können, war die Aufzugtür immer wieder auf- und zugegangen.

Tom Parker hatte durchaus schon bessere Tage gehabt. Aber vielleicht war jetzt seine Chance gekommen.

«Was darf es bei Ihnen sein?», fragte die Stewardess und hielt mit ihrem Servierwagen exakt neben der Sitzreihe des Colonels. Sie schien eine der letzten Frauen auf diesem Planeten zu sein, die keine Dauerwelle trug. Wahrscheinlich eine Allergie, dachte sich der Colonel.

«Feuer», grinste Tom Parker und zückte eine seiner kubanischen Zigarren. Die Stewardess lächelte und reichte ihm ein Päckchen Streichhölzer. Entweder sie kannte sich mit Zigarren aus – oder sie hatte einfach kein Feuerzeug.

«Vielen Dank», sagte der Colonel und zwinkerte der Stewardess zu. Doch die Kleine schaute ihn an, als wäre er *ALF*. Sie konnte nicht ahnen, dass der Colonel sich noch nie sonderlich viel aus Frauen gemacht hatte. Dass er sich vielmehr in Gegenwart weiblicher Personen, die Interesse an ihm signalisierten, ausgesprochen unwohl fühlte. Dass seine Freundin und er nicht mal im selben Zimmer schliefen. Dass er geradezu asexuell war.

Der Colonel liebte vor allem das Geschäft. Und diese Reise war eine der aufregendsten Geschäftsreisen, die er jemals angetreten hatte – sozusagen seine geschäftlichen Flitterwochen. Hauptsache, sein Herz würde das mitmachen. Es würde schließlich nicht einer gewissen Ironie entbehren, auf der Suche nach einem Toten zu sterben.

Nachdem der Colonel eine halbe Ewigkeit nicht mal einen klitzekleinen Anhaltspunkt gefunden hatte, wo er nach Elvis hätte suchen können, gab es nun zum ersten Mal eine heiße Spur. Tom Parker schüttelte den Kopf. Kalamazoo! Es passte zu seinem Jungen, dass er sich zum Untertauchen einen Ort mit einem derartig bescheuerten Namen ausgesucht hatte. Außerdem konnte man dieses Wort wahrscheinlich auch noch unter dem Einfluss der heftigsten Barbiturate aussprechen.

Dem Colonel war die Geschichte einer Hausfrau aus Vicksburg zu Ohren gekommen, einer gewissen Louise Welling. Angeblich hatte sie Elvis sogar gleich zweimal in der Gegend gesehen: zuerst in einem Supermarkt in Vicksburg selbst – und beim zweiten Mal vor einem Burger King in Kalamazoo. Allerdings waren weder die Reporter vom *Commercial Express* noch die von der *Kalamazoo Gazette* von ihrer Erzählung überzeugt gewesen. Ob Bigfoot auch dabei gewesen sei, hatten sie Misses Welling gefragt. Dass sie bitte auch den Osterhasen grüßen solle, falls sie ihm demnächst begegnete, hatten sie gesagt. Aber dem Colonel war klar, dass irgendein Schmierblatt die Nachricht früher oder später bringen würde. Und falls diese Frau wirklich den echten Elvis Presley gesehen hatte, würde sich der kleine Bastard zum jetzigen Zeitpunkt noch in Sicherheit wähnen. Wenn jedoch erst ein Artikel erschienen wäre, würde der Bengel längst über alle Berge sein.

Leise summte Tom Parker die Melodie von *It's Now or Never* und pustete den Rauch aus. Er wusste: Das war seine Chance. Diesmal war er dem Mistkerl vielleicht dichter auf den Fersen, als dieser es hätte ahnen können.

Die Kugel rollte wieder. Endlich.

An diesem Ort fiel es schwer, keinen Song der *Beach Boys* im Ohr zu haben. Funkelnd tanzten die letzten Lichtstrahlen dieses wunderschönen Tages auf der Wasseroberfläche, während am *Venice Beach* die Sonne unterging. Es war, als spazierten Priscilla und ihr Freund Marco Garibaldi mit ihrem Kinderwagen mitten durch eine Postkarte. Wie Säulen, die einen endlosen Sommer trugen, ragten die gertenschlanken Palmen entlang des Ocean Front Walks aus dem hellen Sandboden in den rotblauen Himmel. Und hinter dem breiten Strand erstreckte sich der Pazifik bis zum Horizont.

Marco legte den Arm um Priscilla, lächelte sie an und sagte: «Dieser Ort ist fast so schön wie du.»

Sein Blick streifte Priscillas blaue Augen, ihre vollen roten Lippen, die hohen Wangenknochen und ihr leicht gewelltes, schulterlanges blondbraunes Haar. Längst trug sie keine falschen Wimpern und hochtoupierten Haare mehr. Sie war die personifizierte Anmut.

Priscilla gab Marco einen Kuss und sagte: «Aber dieser Ort hat es nicht der Nanny zu verdanken.»

Marco konnte sein Glück immer noch kaum fassen. Seine Freundin war früher einmal mit einer Legende verheiratet gewesen – und nun war sie mit ihm zusammen, einem einfachen Drehbuchautor. Dabei war diese Frau mehr als eine Traumfrau. Von solch einer Frau träumte man vermutlich, wenn man im Traum einen Traum hatte. Längst war Priscilla nicht mehr nur die Ex von Elvis Presley – sondern eine der beliebtesten Schauspielerinnen der Welt. Ihre Rolle der Jenna Wade war eine feste Größe in einer der bekanntesten Fernsehserien aller Zeiten: *Dallas*.

Zum Glück gab es in dieser Gegend aber fast mehr Stars als Autogrammjäger – und die kleine Familie wurde einigermaßen in Ruhe gelassen, während sie die Strandpromenade entlangschlenderte.

«Am Wochenende habe ich diesen Termin in *Graceland*», sagte Priscilla.

«Ach, stimmt ja. Das hatte ich ganz vergessen», antwortete Marco. «Aber weißt du was?» Er strich Priscilla durchs Haar. «Ich komme mit.»

Priscilla erblasste. Mit diesem Vorschlag hatte sie nicht gerechnet. Normalerweise begleitete Marco sie nie auf Geschäftsreisen nach *Graceland*. Es erinnerte ihn zu sehr daran, dass seine Freundin einmal einen anderen geliebt hatte, auch wenn ihr Exmann längst tot war.

«Oh, das ist wirklich nicht nötig», sagte Priscilla so gelassen wie möglich.

«Ich kann dich und Navarone doch nicht alleinlassen.»

Priscilla winkte ab.

«Keine Sorge. Melissa wird uns begleiten und sich um ihn kümmern.»

Marco schmunzelte.

«Hey, ich komme gern mit. Man könnte ja fast meinen, du willst mich nicht dabeihaben.»

Priscilla lächelte etwas bemüht und schüttelte den Kopf.

«Ich dachte nur, dann kannst du mal wieder in Ruhe schreiben», sagte sie.

Marco stutzte. Irgendwas stimmte nicht. Aber er beschloss, es lieber nicht anzusprechen.

Wie selbstverständlich sagte er: «Ja, stimmt auch wieder. Vielleicht ist das gar keine schlechte Idee.»

«Soll ich diese Tür wirklich öffnen?», fragte Mister Davis, der Manager des *Columbia Plaza*, eines Bürogebäudes, das früher mal ein Hotel gewesen war. Er hatte den Schlüssel bereits ins Schloss gesteckt, hielt aber noch inne. Mit ernstem Gesichtsausdruck schaute er Louise Welling und den Colonel an. Beide nickten. Mit einem Schwung öffnete der Manager die Tür zu Zimmer zweihundertdrei. Dahinter war ein knallbunt eingerichtetes Büro zu sehen. Enttäuscht wandte der Colonel sich ab und schüttelte den Kopf. Das war nicht Elvis Presleys Zimmer. Es sah eher so aus wie das Büro von Keith Haring.

«Das ist es nicht», grummelte Tom Parker und stützte sich auf seinen Bambusgehstock.

Der Gebäudemanager lachte.

«Was haben Sie denn erwartet? Wollen Sie mir vielleicht erzählen, *E. T.* hätte auch ein Zimmer bei uns bezogen?», fragte Mister Davis.

Mit stählernem Blick schaute Tom Parker zu Misses Welling hinüber. Sie wirkte wie der Prototyp einer fünfzigjährigen Hausfrau aus Vicksburg. Ihr kurzes, gelocktes Haar war vermutlich schon seit einigen Jahren nicht mehr flächendeckend braun. Sie trug eine schwarze Bluse und einen beigefarbenen Faltenrock. Misses Welling hatte eine große Nase und schmale Lippen. Oder um es mit den Worten des Colonels zu sagen: Sie war nicht unbedingt die Frau für Liebe auf den ersten Blick.

So langsam verlor Tom Parker die Hoffnung, dass Elvis sich wirklich in diesem hellroten Backsteingebäude in der East Main Ecke Pitcher Street versteckte. Was zur Hölle sollte er auch in einem verdammten Bürogebäude zu suchen haben?

«Glauben Sie es oder nicht. Ich sage nur, was ich gesehen habe», antwortete Misses Welling dem amüsierten Gebäudemanager schroff. «Und ich kenne noch mehr Leute in Kalamazoo, die ihm begegnet sind. Sie wollen sich bloß nicht in der Öffentlichkeit äußern.»

Tom Parker kannte die Geschichte mittlerweile bis ins kleinste Detail. Wie Misses Welling an einem Sonntag nach der Kirche zusammen mit ihrem Enkel im *Felpausch's Supermarket* in Vicksburg gerade ihre Einkäufe zum Auto hatte bringen wollen, als sie plötzlich Elvis Presley sah. Er sei nur schlanker gewesen und hätte keine Koteletten gehabt. Angeblich hatte er einen weißen Jumpsuit getragen und einen Motorradhelm unter dem

Arm geklemmt. Und natürlich sei Misses Welling völlig sprachlos gewesen.

«Man erwartet ja nicht, Elvis im Supermarkt zu treffen», hatte sie gesagt.

«Selbstverständlich nicht», bestätigte Mister Davis amüsiert.

Dann öffnete er die nächste Tür: Zimmer zweihundertzwei. Wieder nichts. Es sei denn, Elvis war mittlerweile Anwalt.

«Wissen Sie was?», fragte der Gebäudemanager. «Es hat mir noch nie mehr Spaß bereitet, hundert Dollar zu verdienen.»

Am liebsten hätte der Colonel diesen Komiker bei der nächsten Tür als Rammbock verwendet.

Angeblich war Misses Welling dem King einige Wochen später noch einmal begegnet – diesmal auf dem Parkplatz vor dem *Burger King* in Kalamazoo, gemeinsam mit ihrem Enkel und ihrer sechsundzwanzigjährigen Tochter Linda. Er hätte eine dunkle Sonnenbrille aufgesetzt, sei genau an Linda vorbeigelaufen und in ein hellblaues Auto gestiegen. Der Colonel seufzte. Auch wenn das unter den grundsätzlichen Voraussetzungen eigentlich alles ziemlich normal klang, hatte Misses Welling wahrscheinlich einfach eine blühende Phantasie.

Die Tür zu Zimmer zweihunderteins klemmte etwas. Mister Davis rüttelte ein bisschen herum, bis sie sich schließlich öffnen ließ. Aber das Zimmer war leer.

«Merkwürdig», sagte der Manager. «Wir haben doch alles vermietet.» Er zückte ein Klemmbrett, auf dem eine Liste befestigt war. «Ja, hier: Zimmer zweihunderteins. Das läuft auf einen gewissen John Carpenter.»

Der Colonel riss die Augen auf. «Sagten Sie gerade *John Carpenter*?»

Tom Parker stand offenbar mal wieder kurz vor seinem fünften Herzanfall.

Mister Davis schaute auf seine Liste und nickte. «Ja, *John Carpenter*. Diesen Vertrag hat eine Mitarbeiterin von mir abgewickelt.»

Der Colonel zündete sich eine Zigarre an und nahm einen tiefen Zug. «Sie haben nicht zufällig *Change of Habit* gesehen?», fragte er.

«Äh, nein», antwortete Mister Davis irritiert.

Tom Parker ließ seinen Blick durchs Zimmer kreisen und seufzte. Elvis has left the building. Again. Dieser Mistkerl war ihm schon wieder entwischt. Aber wenigstens stand nun eins fest: Wenn hier irgendjemand verrückt war, dann alle anderen.

Priscilla schaute von der Veranda des kleinen weißen Poolhouse auf die Besucher, die sich im *Meditation Garden* von *Graceland* das Grab Elvis Presleys anschauten. Es war gemeinsam mit dem seiner Mutter schon einige Monate nach seiner Beisetzung im Mausoleum auf dem *Forest-Hill-Friedhof* hierher verlegt worden – nachdem es zu einem geradezu dilettantischen Versuch gekommen war, seinen Leichnam aus der mit einer doppelten Betonplatte und einer Marmorfassade versiegelten Gruft zu stehlen. Die Diebe hätten sich bestimmt gewundert, dass der größte Entertainer aller Zeiten nur eine Wachsfigur gewesen war. Zum Glück lag diese nun aber wohlbehalten neben seiner Mutter, seinem zwei Jahre nach ihm verstorbenen Vater und seiner Großmutter auf dem gesicherten Grundstück.

Priscilla war immer noch stolz darauf, wie gut ihr Plan funktioniert hatte, *Graceland* in ein Museum umzuwandeln und für Besucher zu öffnen. Heute leitete sie *Elvis Presley Enterprises*. Und nicht nur ihre Tochter und sie, sondern auch Elvis selbst hätten ganz hervorragend allein davon leben können. Mittlerweile kamen jedes Jahr etwa sechshunderttausend Menschen hierher. *Graceland* war das zweitmeistbesuchte Haus der Vereinigten Staaten – direkt nach dem Weißen Haus. Priscilla schmunzelte. Nur der Präsident hatte noch mehr Gäste als der König.

Plötzlich löste sich ein Mann in einem grauen Trenchcoat aus der Besuchergruppe und lief die Treppen hinauf, um den tropfenförmigen Pool herum, direkt auf Priscilla zu. Der Mann trug einen Hut und einen schwarzen Schnurrbart.

«Kann ich Ihnen helfen?», rief Priscilla, während er sich näherte.

«Ich denke ja. Sie könnten für mich die Zeit zurückdrehen – vielleicht in das Jahr 1962?», antwortete der Mann. Priscilla erkannte seine Stimme sofort. Es war Elvis. Ihr Elvis. Der einzige Elvis auf der Welt, bei dem niemand an einen anderen Elvis dachte. Sie fiel ihm in die Arme und drückte ihn, so fest sie konnte.

Dann sah sie an ihm herunter, schmunzelte und sagte: «Du hast dich kaum verändert.»

«Du schon», sagte Elvis lächelnd, als er an Priscilla in ihrem roten Sommerkleid herunterblickte. «Du siehst sogar noch besser aus als früher, Schätzchen.»

Priscilla zwinkerte. «Und das ganz ohne einen Mann, der über mein Aussehen bestimmt und mich zu seiner …» Nun verstellte sie ihre Stimme, sodass sie dunkler klang, und sagte: «… idealen Frau machen will.»

Elvis beschloss, diese Spitze zu ignorieren. Er legte den Arm um sie, schaute auf den *Meditation Garden* und seufzte: «Ach, Cilla. Stell dir vor, wir würden immer noch hier leben.»

Elvis liebte *Graceland* nach wie vor. Hinter dem palastartigen Haus erstreckten sich vierzehn Morgen grünstes Land. Darauf verteilten sich neben der eigentlichen Villa und dem Poolhouse auch eine Racquetball-Halle, ein Trophäen-Gebäude und ein paar Ställe. Um einen Platz zum Meditieren zu schaffen, hatte Elvis in den sechziger Jahren hinter dem Hauptgebäude einen Garten anlegen lassen. Wobei dieser Garten eher einem Kunstwerk glich – mit Marmorstatuen altrömischer Soldaten aus Italien, einer Mauer aus mexikanischen Ziegeln und italienischen Buntglasfenstern neben einem Brunnen mit vierzehn verschiedenen Wasserspielen.

Elvis atmete tief ein und grinste. Es gefiel ihm, wieder hier zu sein.

«Wo ist denn nun unser Sohn?», fragte er.

Priscilla deutete ins Poolhouse, wo Navarone in einer Wiege schlief. Elvis warf einen kurzen Blick hinein. Priscilla wusste, wie schwer es ihm fiel, den Kleinen nicht zu wecken. Denn ihr Exmann hatte eine ziemliche Schwäche für Babys.

«Weißt du, wenn wir uns damals noch mal zusammengerauft hätten, könnte er vielleicht wirklich von mir sein», sagte Elvis.

Priscilla lächelte milde. «Vielleicht. Aber leider könnte so ziemlich jedes Kind auf dieser Welt von dir sein – so oft, wie du mich betrogen hast.»

Möglichst glaubwürdig versuchte sie Elvis' Gedankenspiel einfach abzutun, wenngleich auch sie selbst schon so oft darüber nachgedacht hatte, was wohl aus ihnen geworden wäre. Beinahe an jedem einzelnen Tag musste sie daran zurückdenken, wie sie sich bei ihrer Trennung von ihrem Mädchentraum verabschiedet hatte. Schließlich waren die beiden einmal das Paar des Jahrhunderts gewesen.

Als Tochter einer Militärfamilie hatte Priscilla mit gerade vierzehn Jahren im deutschen Bad Nauheim Elvis kennengelernt – damals schon eine lebende Legende. Wenn man sich vorstellt, wie aufgeregt normale Teenager bei normalen Verabredungen sind, lässt sich annähernd erahnen, wie aufgeregt Priscilla gewesen war, als der King sie nach ihrem ersten Treffen hatte wiedersehen wollen. Es war, als würde Gott um ein Date bitten. Zu dieser Zeit hatte so ziemlich jedes heterosexuelle Mädchen auf diesem Erdball für Elvis Presley geschwärmt. Und wahrscheinlich hätte er die Lesben auch irgendwie rumgekriegt. Gegen den Widerstand ihrer Eltern war Priscilla daraufhin immer häufiger zu Besuch in der Goethestraße gewesen. Elvis sah in ihr die Frau, auf die er sein ganzes Leben gewartet hatte.

Trotzdem ließ er Priscilla einige Zeit später in Deutschland zurück – immer noch als Jungfrau und mit der Befürchtung, dass ihre Beziehung nun vorbei sei. Doch Elvis hatte sie schließlich nach *Graceland* eingeladen – so oft, bis sie irgendwann dort eingezogen war. Allerdings hatte Elvis kurz darauf angefangen, Priscilla wieder und wieder zu betrügen. Immer öfter war sie einsam in *Graceland* geblieben, während Elvis in Hollywood mit den wunderschönsten Starlets Filme drehte.

Zwar hatten die beiden noch geheiratet und ein Kind bekommen, aber die enttäuschte Priscilla war gleichzeitig selbst immer offener für andere Männer gewesen. Irgendwann hatte Elvis sein Engagement in Las Vegas begonnen – und Priscilla eine Affäre mit dem Karateprofi Mike Stone. Das war das Ende gewesen. Kurz darauf hatte Priscilla die Scheidung eingereicht.

Und nun stellte Elvis die Frage, die sie seitdem selbst immer wieder im Sinn hatte: Was wäre gewesen, wenn sie sich wieder zusammengerauft hätten?

Elvis griff nach Priscillas Kinn und strich ihr dann leicht über die Wange. «Es mögen andere Frauen in meinem Bett gewesen sein – aber in meinem Herzen warst immer nur du», sagte er mit dunkler Stimme.

Priscilla nahm seine Hand herunter und antwortete: «Ach, Elvis. Damals ...» Priscilla schaute zu Boden. «Damals war dein Herz groß genug für alle von uns. Manchmal kam es mir vor, als hättest du zwanzig Herzen auf einmal.»

Elvis drehte sich von ihr weg und stieß genervt Luft aus. Priscilla sah wieder zu ihm hoch, als sie entschlossen sagte: «Außerdem musste man auch schon damals noch miteinander schlafen, um Babys zu bekommen. Und seit der Geburt von Lisa ...»

«Lass uns nicht streiten», unterbrach Elvis sie schroff. Doch er bemerkte seinen unangemessenen Tonfall und sagte dann leiser: «Wie geht es Lisa? Ich habe sie bestimmt schon seit drei Monaten nicht mehr gesehen.»

«Nun. Sie ist immer noch so schwierig, wie sie es vor drei Monaten war», sagte Priscilla.

Elvis beobachtete, wie die letzten Besucher aus dem Garten hinausgebeten wurden. Langsam lief er gemeinsam mit Priscilla am Pool vorbei zurück zu seiner Grabstätte.

«Weißt du, ich glaube, es ist eben nicht gerade einfach, das Kind von Elvis Presley zu sein. Vielleicht ist es besser, dass nicht auch noch dein Sohn von mir ist, Cilla.»

Die beiden standen nun vor Elvis' von Blumen umrahmtem Grab. Auf der schwarzen Grabplatte standen in goldenen Lettern sein Name und ein Nachruf seines Vaters Vernon. Darunter prangte das TCB-Logo mit dem Blitzsymbol – sein altes Motto *Taking Care of Business*, mit dem er früher beinahe all seine persönlichen Gegenstände hatte versehen lassen.

«Es hätte nicht viel gefehlt und ich würde wirklich hier liegen», sagte Elvis nachdenklich.

Priscilla streichelte seinen Rücken. Doch plötzlich hielt sie inne und schaute wie versteinert in Richtung des Eingangs zum kleinen Pförtnerhäuschen. Völlig unvermittelt stand dort ihr Freund und sah zu den beiden hinüber.

«Marco!», rief Priscilla – und gab sich dabei alle Mühe, positiv überrascht zu klingen. Marco hielt einen Blumenstrauß in der Hand und kam zu ihnen herübergelaufen. Er umarmte Priscilla und überreichte ihr die Blumen.

«Sind die für mich oder für das Grab?», fragte Priscilla mit einem Augenzwinkern. Marco lachte und gab ihr einen Kuss.

«Danke», sagte Priscilla.

Doch dann zog sie irritiert ihre Augenbrauen hoch und fragte: «Aber wolltest du nicht in Ruhe schreiben?»

«Nennen wir es eine *freiwillige Schreibblockade*», antwortete Marco. Nun nickte er dem Gesprächspartner seiner Freundin zu.

Entschuldigend sagte Priscilla: «Oh, das ist –»

Doch Elvis fiel ihr ins Wort: «John Carpenter.»

Als Marco ihn immer noch fragend ansah, ergänzte der King: «Von der Stadtverwaltung.»

Marco streckte ihm seine Hand entgegen. «Marco Garibaldi.»

Elvis schaute nun zu Priscilla und sagte: «Ich wollte mich gerade verabschieden.»

Priscilla setzte ein etwas zu künstliches Lächeln auf und begleitete ihn zum Ausgang, während Marco schon mal ins Poolhouse ging, um nach Navarone zu sehen.

«Ich hatte keine Ahnung, dass er kommt», flüsterte Priscilla, deren Herz immer noch schlug wie Mike Tyson.

«Hauptsache, er hat mich nicht erkannt», sagte Elvis leise. Sein Herz hätte gut und gern mit Priscillas in den Ring steigen können. Er kritzelte ihr seine aktuelle Nummer auf einen Zettel. «Ruf mich an. Dann können wir uns morgen treffen. Ich muss noch etwas mit dir besprechen.»

«Alles klar», flüsterte Priscilla. Sie atmete tief durch und machte sich auf den Weg zurück zum Poolhouse.

Am nächsten Tag hatte Priscilla offiziell noch einen *wichtigen geschäftlichen Termin*. Deswegen traf sich Marco im Stadtzentrum mit einem Freund und nahm Navarone mit. Und da *Grace-*

land heute wegen Vorbereitungen für Elvis' zehnjährigen Todestag auch für Besucher geschlossen war, sah es ganz danach aus, als wären Priscilla und der King diesmal ungestört. Elvis hatte sich für ihr Treffen sein Lieblingszimmer ausgesucht: den *Jungle Room* im Erdgeschoss. Sein Name kam nicht von ungefähr. Die Wände des Raumes waren rundum mit Tropenholz verkleidet, in den Ecken rankten exotische Pflanzen, und auf dem grünen Teppich stand ein hölzerner Tisch, dessen Platte so aussah, als hätte sie gerade eben noch im Dschungel gelegen.

Elvis und Priscilla nahmen auf den mit Kunstfell bezogenen Sesseln Platz.

«Wow, das hier ist wirklich wie eine Zeitreise», grinste Elvis.

«Ich hoffe nur, wir sind heute die einzigen Touristen», sagte Priscilla. «Aber ich bin gespannt, Elvis. Was wolltest du mit mir besprechen?»

«Nun ja, Cilla. In den letzten Jahren wusste ich nicht, was ich mit meinem Leben anfangen soll», sagte der King. «Es war, als wäre mir ohne die Musik nicht viel geblieben.»

Priscilla konnte es kaum erwarten, dass Elvis endlich zum Punkt kommen würde.

«Dabei hatte ich fast vergessen, was mir neben der Musik immer noch so wichtig gewesen war. Weißt du, Cilla, ich habe zwar nie wirklich aufgehört zu singen, aber immerhin habe ich ungefähr ein Jahrzehnt meines Lebens etwas völlig anderem gewidmet. Und eines Abends wurde es mir plötzlich klar: Ich will wieder Filme machen.»

Priscilla sah Elvis skeptisch an. Zum einen wusste sie, dass ihm seine Filmkarriere in den Sechzigern zwar viel Geld eingebracht hatte, er dabei aber trotzdem nie sonderlich glücklich gewesen war. Und zum anderen bezweifelte sie, dass er sich auf der Leinwand besser verstecken könnte als auf der Bühne.

«Und was ist mit deiner Tarnung?», fragte Priscilla irritiert.

Elvis zog seinen Mundwinkel hoch und grinste.

«Nicht ich werde vor der Kamera stehen.» Er schaute Priscilla in die Augen. «Sondern du.»

«Ich?», fragte Priscilla überrascht.

«Ja, Schätzchen», sagte Elvis. «Überleg doch mal. Du kannst auch nicht Ewigkeiten *Dallas* machen. Hör lieber auf, bevor es zu spät ist. Glaube mir: Es ist an der Zeit, dass du dich neu erfindest.»

Priscilla wusste immer noch nicht so recht, worauf Elvis hinauswollte.

«Aber was hast du damit zu tun?», fragte sie.

«Ich werde den besten Film aller Zeiten schreiben», antwortete Elvis. «Und du spielst die Hauptrolle. Du bist der Star.»

Elvis sprang auf und lief durchs Zimmer, während er wie wild gestikulierte.

«Dieser Film wird größer als *James Bond*. Größer als *Star Wars*. Er wird größer als *Indiana Jones*.» Er winkte ab. «Von *Zurück in die Zukunft* ganz zu schweigen.»

Priscilla wusste nicht so recht, wie ihr geschah. Mit hochgezogenen Augenbrauen fragte sie vorsichtig: «Und wovon handelt dieser Film?»

Mit entschlossenem Blick sagte Elvis: «Das, meine liebe Cilla, werde ich mir noch einfallen lassen.»

Priscilla schaute ihn noch immer mit demselben ungläubigen Gesichtsausdruck an. Selbstverständlich war ihr seine Leidenschaft fürs Filmemachen nicht neu. Elvis war schon immer geradezu besessen von Hollywood gewesen. Sie wusste auch, wie sehr er darunter gelitten hatte, niemals einen *Oscar* gewonnen zu haben. Und spätestens seit seinen Plänen für einen großen Karatefilm Anfang der Siebziger waren ihr auch seine Ambitionen in Richtung Regieführen bekannt. Nur hatte sie das alles immer als Träumerei abgetan – und es fiel ihr schwer, es diesmal anders zu sehen.

Und doch musste sie in diesem Moment auch daran denken, wie sich Elvis bereits in den Sechzigern schon am ersten Tag diese sperrige Tonband-Videokamera mit Recorder gekauft hatte, nachdem so ein Ding in den USA überhaupt erstmals für den Hausgebrauch erhältlich war. Wie er von da an eine Zeitlang ständig seine eigenen privaten Dramen inszeniert hatte. Wie er ihr darin immer wieder neue Rollen auf den Leib geschrieben hatte. Und sie wusste ebenfalls davon, dass Elvis in ihrer Abwesenheit auch andere Mädchen aufgenommen hatte – beispielsweise bei Ringkämpfen in BH und Höschen. Die Bänder waren stets ausschließlich für Elvis selbst bestimmt gewesen. Auf Reisen hatte immer jemand extra dieses schwere Videorecordermonstrum für ihn in sein Zimmer schleppen müssen, damit er sich seine Aufnahmen hatte ansehen können.

Priscilla lächelte. Wer weiß? Vielleicht tat sie ihm ja doch unrecht.

Elvis schob nach: «Gib mir zwei Wochen, Liebling – und ich präsentiere dir Ideen, die dich umhauen werden. Sie werden mir die *Oscars* nur so nachschmeißen, das sage ich dir. Mach lieber noch ein paar Übungen, Cilla. Du wirst mir beim Tragen helfen müssen.»

Elvis zwinkerte ihr zu.

Priscilla wusste, was sie ihm zu verdanken hatte. Ohne ihn stünde sie mit aller Wahrscheinlichkeit nicht annähernd da, wo sie heute stand. Vielleicht wäre sie heute einfach die Ehefrau irgendeines Jeff oder eines Jack und würde auf irgendeiner Farm in Texas Kühe melken. Oder noch schlimmer: die Frau irgendeines Jürgen oder Otto auf irgendeiner Kegelbahn in Wiesbaden.

Nein. Auch wenn Priscilla skeptisch war – so viel war sie Elvis schuldig. Doch sie musste sich alle Mühe geben, sich nicht anmerken zu lassen, wie schwer es ihr fiel, ihn bei diesem Vorhaben ernst zu nehmen. Also nickte Priscilla nur vorsichtig und sagte: «Okay. Versuchen können wir es ja mal.»

Elvis stürzte sich wie ein Besessener in die Arbeit. Diesmal würde er es allen zeigen. All jenen, die ihm niemals einen anspruchsvollen Film zugetraut hatten.

Nicht mal der Colonel war damals von seinen Filmen überzeugt gewesen. Selbst nach etlichen Besucherrekorden hatte er immer noch bezweifelt, dass Elvis damit jemals einen *Oscar* gewinnen würde. Die letzten Filme hatte er sich nicht einmal angesehen.

«Alles, wofür sie gut sind, ist, Geld zu machen», hatte Tom Parker gesagt – und leider am Ende damit recht behalten.

Aber jetzt war endlich Schluss mit der Fließbandarbeit und all den billigen Streifen, für die Elvis sich so geschämt hatte. Keine vollkommen unpassend eingestreuten, peinlichen Gesangsszenen mehr, auf deren Höhepunkt er einmal sogar einen impotenten Bullen hatte ansingen sollen: *Dominick.*

Harry Jenkins, dem Präsidenten seiner Plattenfirma RCA, hatte Elvis damals gesagt: «Gott, Harry, ich will das nicht aufnehmen. Versprich mir, dass sie das nicht veröffentlichen, wenn ich jemals sterben sollte.»

Elvis schüttelte den Kopf. Er konnte nicht fassen, wozu er sich damit hatte überreden lassen. Seine neuen Pläne allerdings waren absolut preisverdächtig. Davon war er fest überzeugt. Am liebsten hätte er schon jetzt ein Fach im Regal leergeräumt, um für einen *Oscar* Platz zu schaffen. Nur leider hatte er keine Ahnung, ob er im nächsten Monat überhaupt noch in diesem kleinen Apartment in Memphis wohnen würde.

Vor allem jedoch bedauerte er eins: Wenn er den Preis diesmal endlich gewann, würde leider kaum jemand wissen, dass er dahintersteckte. Nur ihm selbst bliebe die Gewissheit, es auch im Filmgeschäft geschafft zu haben. Und das musste reichen.

Denn das Wichtigste an seinem neuen Projekt war: Er hatte sein Feuer zurück. Sein neues Leben fühlte sich an wie Aufputschmittel. Elvis war wie beflügelt. Nach all den vergeudeten Jahren hatte er endlich wieder eine Aufgabe gefunden. Mehr als das: Es war seine Mission. Seine Bestimmung. Seine Erfüllung.

Also machte sich der King ans Werk. Tag und Nacht saß er an seinem beigefarbenen *Apple II* und schrieb seitenweise Ideen herunter. Er kreiste Lieblingsthemenfelder ein, skizzierte testweise Szenen an und dachte bereits über mögliche Co-Stars für Priscilla nach. Zwischendurch analysierte er stapelweise VHS-Kassetten erfolgreicher Filme. Er verwarf, arrangierte noch mal neu und überarbeitete. In seinem Zimmer bildete sich nach und nach ein solch riesiger Haufen Material, dass Elvis ihm sogar einen Namen gab: *Spielberg*.

Schließlich kam der Tag, an dem Priscilla ihn zur großen Konzeptpräsentation besuchte. In ihrem weit geschnittenen, schwarz-weiß gestreiften Oberteil und der hautengen Blue Jeans sah sie wie immer bezaubernd aus.

«Wow», sagte Elvis. «Hätte ich mich nicht schon damals auf den ersten Blick in dich verliebt, hätte ich es jetzt getan.»

Priscilla lächelte sanft, aber Elvis war noch nicht fertig.

«Und, wow! Du riechst so gut. Sie sollten ein Parfüm aus dir machen, Schätzchen.»

«Vielleicht ist das gar keine schlechte Idee», antwortete Priscilla.

Sie schaute sich in der Wohnung um. Am Kühlschrank war ein Foto der beiden mit der kleinen Lisa befestigt. Auf einer Kommode lagen Elvis' alte Polizeimarken neben einem Plattenspieler, zudem eine Pistole und ein paar Handschellen. Es fühlte sich an, wie durch ein Mini-*Graceland* zu spazieren, wenn auch weitaus weniger luxuriös. Priscilla fand es erstaunlich, wie jemand, der sich eine eigene Inselkette hätte leisten können, es stattdessen vorzog, auf diese Weise zu leben. Aber Elvis war schon immer erstaunlich gewesen.

Sie hatte ihn nicht in Beverly Hills treffen wollen – denn spätestens, wenn der *Mann von der Stadtverwaltung* aus Tennessee in ihrem kalifornischen Wohnzimmer gesessen hätte, wäre ihrem Freund Marco das Ganze vielleicht etwas eigenartig vorgekommen. Elvis kam diese Entscheidung ganz gelegen. Los Angeles war zu dieser Zeit voll von diesen langhaarigen Rockröhren. Und auf dem Sunset Strip war kaum jemand ein sonderlich anonymer Alkoholiker.

Elvis' Apartment war zwar nicht gerade der *Jungle Room*, aber so würde sich Priscilla – höchstens abgelenkt von seiner Schönheit – zumindest voll und ganz auf seine Ideen konzentrieren. Der King hatte sich zur großen Vorstellung extra einen Overheadprojektor ausgeliehen und seinen ausgewählten Konzepten wie aus dem Lehrbuch je eine Folie gewidmet. Nicht mal seine geradezu kindlichen Druckbuchstaben konnten den hochprofessionellen Eindruck allzu sehr schmälern.

Nachdem Elvis seinem Gast etwas zu trinken angeboten hatte, ließ er die Jalousien herunter und schaltete das Gerät ein. Der Projektor warf nun leise surrend sein Licht an die weiße Wand.

Feierlich zückte Elvis die erste Folie und sagte: «Tatatataaa! Bist du bereit?»

«Ja, schieß los», antwortete Priscilla – und war wirklich gespannt, was nun kommen würde.

Elvis platzierte die Folie auf dem Projektor. «Dann bitte ich um deine Aufmerksamkeit. Die erste Filmidee heißt *Pretty Lady*.»

Elvis sah Priscilla in Erwartung einer Reaktion an, doch diese schaute nur fragend zurück. Also fuhr der King fort: «Es ist eine romantische Liebeskomödie: die Geschichte eines Geschäftsmannes und einer Prostituierten, die sich ineinander verlieben. Eines Nachts fährt er mit seinem Sportwagen durch die Gegend, nachdem er sich von seiner Geliebten getrennt hat. Doch da er normalerweise immer chauffiert wird, verfährt er sich. Also fragt er eine Prostituierte nach dem Weg, sie begleitet ihn ins Hotel, und schon ist es um die beiden geschehen.»

Zuerst zeigte Priscilla keine Regung, doch dann prustete sie los. «Das ist ein Scherz, oder?»

Elvis schaute sie beleidigt an.

«Ich soll eine Nutte spielen?», fragte Priscilla. «Meinst du, auch nur irgendeine Familie auf dieser Welt wird sich diesen Film ansehen?»

Nun verstellte Priscilla ihre Stimme, sodass sie männlicher klang. «Komm, Schatz, lass uns doch heute mit den Kindern in diesen Nuttenfilm gehen.» Priscilla lachte. «Noch dazu ist diese ganze Geschichte doch vollkommen an den Haaren herbeigezogen.»

Elvis rollte mit den Augen und ließ die Folie demonstrativ zu Boden segeln. «Ich gehe davon aus, dass dies nicht als konstruktive Kritik gemeint ist», sagte er. «Aber ist schon in Ordnung. Kommen wir zur zweiten Idee.»

Priscilla nickte, giggelte aber immer noch amüsiert.

Der King drapierte die nächste Folie auf dem Projektor und räusperte sich. «Mein zweiter Vorschlag trägt den Titel *Eiskalt*», sagte er bedeutungsschwer.

Doch Priscilla sah ihn skeptisch an. «Ich hoffe, es geht nicht um Prostituierte am Nordpol.»

Elvis lächelte. «Fast. Es ist die Geschichte einer schönen und reichen Schriftstellerin, die mit einem Rocksänger zusammen ist.

Doch eines Tages wird er tot aufgefunden – ermordet mit einem Eispickel, seine Hände mit einem Seidenschal ans Bett gefesselt», erzählte Elvis voller Leidenschaft.

«Aha», sagte Priscilla skeptisch. «Und was passiert dann?»

«Sie steht sofort im Mittelpunkt der Ermittlungen. Nicht zuletzt, weil sie nur Monate zuvor ein Buch veröffentlicht hat: über einen Rocksänger, der beim Sex mit einem Eispickel umgebracht wurde.»

Priscilla lachte auf.

«Ach, Elvis», schmunzelte Priscilla. «Wer soll denn bitte schön so eine Geschichte glauben?»

Elvis schüttelte verständnislos den Kopf.

«Du musst mal ein bisschen über *Dallas* hinausdenken, Schätzchen. Ich sage dir, alle würden sich um diese Rolle reißen. Ganz gleich, ob Michelle Pfeiffer, Kim Basinger oder Geena Davis.»

Priscilla lachte, doch dann besann sie sich, zog die Augenbrauen hoch und sagte plötzlich ernst: «Elvis, rätst du mir ernsthaft dazu, dass ich als Jenna Wade nun plötzlich in irgendeinem völlig konstruierten Sexdrama eine brutale, gewissenlose Killerin spielen soll?»

Elvis zuckte mit den Schultern und fragte: «Erfindet sich eine gute Schauspielerin nicht immer wieder neu?»

«Schon. Nur wäre speziell dieser Film dann vielleicht meine letzte Möglichkeit, mich neu zu erfinden», sagte Priscilla scharf.

Wieder rollte Elvis mit den Augen.

Spitzbübisch sagte er: «Du willst doch lieber *Pretty Lady* machen, was?»

Priscilla lächelte gnädig. «Vielleicht überzeugt mich ja Idee Nummer drei.»

Demonstrativ ließ Elvis auch die zweite Folie zu Boden segeln. «Wie du meinst.»

Elvis atmete tief durch. Dann verstellte er seine Stimme, sodass sie so theatralisch wie möglich klang. «Kommen wir zur dritten – und letzten – Idee. Priscilla, bist du bereit für die Rolle deines Lebens?»

Er untermalte die Bedeutung seiner Frage durch ein paar dramatische Karatebewegungen.

«Ich bin ganz Ohr», antwortete Priscilla.

«In Ordnung», sagte Elvis. «Vergiss meine anderen Ideen. Diese hier ist die beste.» Elvis schaute Priscilla tief in die Augen. «Cilla. Wir beide lieben Karate.»

Priscilla nickte.

Mit jedem Satz, den Elvis nun sprach, machte er eine weitere Karatebewegung. «Lass uns einen Film darüber machen. Mit den besten Karatekämpfern der Welt. Mit all unseren Lehrern und Helden von früher. Mit Ed Parker und Master Rhee. Mit den besten Samurai-Schwertkämpfern und den besten Karateka im Steinezertrümmern. Mit Bong Soo Hong aus *Billy Jack*, mit David Chow aus *Kung Fu*, mit Jim Kelly, Joe Lewis und Bill Wallace – mit allen echten Champions. Lass uns zeigen, dass Karate keine Hautfarbe kennt, keine Religion. Lass uns zeigen, wie viel Kraft es den Schwachen, Hilflosen und Unterdrückten auf der ganzen Welt verleiht. Und du bist der Star. Nach diesem Film wirst du Karate sein. Du.» Elvis machte eine weitere Bewegung und zeigte nun direkt auf Priscilla. «Und die Geschichte endet mit den Worten: *Der Anfang*.»

Priscilla war offenbar ziemlich beeindruckt von Elvis' Show und dachte nach. Elvis wiederum konnte kaum abwarten, was sie von seiner Idee hielt.

Schließlich sagte sie kritisch: «Irgendwie kommt mir das ziemlich bekannt vor. Wolltest du diesen Film nicht schon seit den frühen Siebzigern machen? Mit dir in der Hauptrolle?»

«Meine Liebe, das mag richtig sein.» Elvis lief wild gestikulierend durchs Zimmer. «Aber jetzt ist die Zeit reif dafür. Und du – du bist ebenfalls reif dafür.»

Priscilla zog die Augenbrauen hoch und war offensichtlich noch nicht völlig überzeugt. «Und wie bitte schön willst du mit all diesen Leuten zusammenarbeiten, wenn du doch offiziell längst tot bist?»

«Ein Vollbart, eine andere Frisur, ein falsches Gebiss – da gibt es doch jede Menge Möglichkeiten.»

Priscilla nickte. «Gibst du mir etwas Bedenkzeit?», fragte sie.

Elvis setzte sich mit einer letzten Karatebewegung neben Priscilla auf die Couch. «Ich habe schon jahrelang gewartet. Da kommt es auf ein paar Tage nun wirklich nicht mehr an.»

Zögerlich beugte sich der King zu Priscilla hinüber und kam ihr langsam näher und näher. Doch kurz, bevor sich ihre Lippen trafen, wandte sie ihr Gesicht ab.

Überstürzt stand sie auf und sagte: «Ich denke darüber nach, Elvis. Vielen Dank, dass du dir so viel Mühe gemacht hast. Ich weiß das wirklich zu schätzen.»

Elvis nickte, als er sah, wie Priscilla ihre Tasche griff. «Es tut mir leid, aber ich muss schon wieder los. Ich habe noch einen wichtigen Termin.»

Nachdem Priscilla gegangen war, fühlte sich Elvis niedergeschlagen. Ihr Wiedersehen war genauso unglamourös verlaufen wie der Rest seines aktuellen Lebens. Und hier saß er nun, zwischen den Trümmern ihrer Beziehung. Mit leeren Augen starrte er ins Nichts. Früher wäre das genau der richtige Moment gewesen, ein paar Dutzend Medikamente zu nehmen.

Was zur Hölle hatte er sich nur dabei gedacht? Um ein Haar hätte er zum zweiten Mal das Leben eines Kindes zerstört. Auch wenn es diesmal nicht sein eigenes gewesen wäre.

Heute war nicht einfach nur ein großer Tag. Es war der *Magic Johnson* unter den Tagen. Neben dem heutigen waren alle anderen dreihundertvierundsechzig Tage geradezu Zwerge. Denn heute würde sich herausstellen, ob Elvis Priscilla für sein Konzept hatte begeistern können. Gemeinsam würden die beiden unaufhaltsam sein, da war der King sich sicher.

Elvis hatte sich fest in den Kopf gesetzt, dass dieser der wichtigste seiner dreiunddreißig Filme werden sollte. Schon als Jugendlicher war es sein Traum gewesen, in Hollywood groß rauszukommen. Elvis hatte immer ein ernsthafter Schauspieler werden wollen – düster, trübsinnig, rebellisch. Der nächste James Dean, der nächste Marlon Brando. Vor den Dreharbeiten zu seinem ersten Film, *Love Me Tender*, war er so nervös gewesen, dass er das gesamte Drehbuch auswendig gelernt hatte. Nicht nur seine eigene Rolle, sondern auch alle anderen. Und wenngleich ihm einige Kritiker ein großartiges Gefühl für Timing zugesprochen und seine Natürlichkeit gelobt hatten, waren andere der Meinung gewesen, seine schauspielerischen Qualitäten glichen in etwa denen eines Würstchens. Damals hatte sich schon bald eine hektische Ramschproduktion an die nächste gereiht, ohne Außenaufnahmen, mit schlecht gemachten Masken – immer ausgerichtet auf maximalen Profit. Irgendwann hatte Elvis trotz seines enormen finanziellen Erfolgs nicht mehr das Gefühl, ein Schauspieler zu sein, sondern eher ein schlechter Witz.

Aber nun – achtzehn Jahre nach seinem letzten Film – wollte er alles anders machen.

Priscilla und Elvis trafen sich zum Picknick am Ufer von Mud Island – einer kleinen Halbinsel, die vom Mississippi und vom Wolf River umgeben wurde. Die Aussicht war genauso traumhaft wie das Wetter. Gerade fuhr die *ISLAND QUEEN* vorbei – ein dreistöckiger Ausflugsdampfer, der aussah, als wäre er eben noch durch einen Western geschwommen. Und keiner der Fahrgäste hatte auch nur die leiseste Ahnung, welchem Pärchen am Ufer sie da zuwinkten.

Priscilla und Elvis hatten sich so gut verkleidet, dass selbst sie einander kaum erkannt hatten. Elvis trug eine verspiegelte Sonnenbrille, Schnurrbart, Basecap und ein hellblaues Hemd – und sah damit aus wie eine Mischung aus Autoverkäufer und *Magnum*. Priscilla hatte sich eine schwarze Kurzhaarperücke übergezogen, kombiniert mit einem schwarzen Kleid und knallroten Ohrringen.

Die beiden gaben sich zur Begrüßung nur sehr zögerlich einen Kuss. Zu unsicher waren beide, was das hier mit ihnen überhaupt war. Aber nachdem Elvis ein paar gebratene Erdnussbutter-Bananen-Sandwiches und eine Dose *Pepsi* serviert hatte, lockerte sich die Stimmung schnell auf. Elvis erinnerte Priscilla daran, wie er einmal spontan zusammen mit achtzehn Freunden von Tennessee nach Colorado geflogen war, nur um ein paar Sandwiches zu essen. Mittlerweile fühlten sich diese Anekdoten an, als würde er über einen anderen Menschen sprechen. Aber auch wenn die beiden über die alten Zeiten lachten, stand nach ihrem letzten Aufeinandertreffen doch etwas zwischen ihnen.

«Lass uns bitte einfach vergessen, was passiert ist, Cilla», sagte Elvis.

Priscilla schmunzelte. «Wovon sprichst du?»

Elvis legte seinen Arm um sie. «Du wolltest mich küssen, oder?», sagte Elvis mit hochgezogenem Mundwinkel.

Priscilla lachte.

«So, Schätzchen. Spann mich bitte nicht länger auf die Folter. Für welches Konzept hast du dich entschieden?», fragte Elvis und blickte Priscilla tief in die Augen.

Doch die seufzte und druckste herum.

«Sag schon, Cilla. Was ist los?»

Da zog Priscilla zögerlich ein Script aus ihrer Handtasche, das Elvis noch nie gesehen hatte.

«Was ... was ist das denn?», fragte Elvis irritiert und verschüttete dabei beinahe seine Cola.

«Ein Angebot. Von *Paramount*.»

Elvis sah Priscilla so vorwurfsvoll an, dass sie sich sofort zu verteidigen begann: «Ich habe es gerade erst bekommen und wollte dich nach deiner Meinung fragen.»

«Du machst Scherze, oder? Ich möchte mit dir meine Ideen besprechen, und du bringst einfach eine völlig andere mit? Ist das dein Ernst, Cilla?»

Priscilla richtete ihre Augen verlegen zu Boden. Elvis schüttelte den Kopf. «Also gut. Was ist das für eine Geschichte?»

Priscilla reichte Elvis vorsichtig das Script und lächelte. «Es ist so eine Agentenkomödie, im Stile dieser alten Fernsehserie: *Police Squad!* Kennst du die noch? Ich soll eine Sekretärin spielen, die sich in den Lieutenant verliebt.»

Elvis blätterte skeptisch durch das Drehbuch. «Und das soll lustig sein?» In einem abfälligen Tonfall zitierte er eine der Passagen: «Nordberg wird von zahlreichen Gangstern mit Kugeln durchlöchert. Doch bevor er zu Boden geht, stößt er sich den Kopf, verbrennt sich die Finger an einem Ofen, lehnt sich an eine frisch gestrichene Tür, klemmt sich die Finger in einem Fenster ein, fällt mit dem Gesicht in eine Torte, tritt in eine zufällig herumliegende Bärenfalle und fällt schließlich über Bord.»

Elvis schüttelte den Kopf. «Das klingt für mich nicht nach einer Komödie, sondern nach einer Katastrophe.»

«Wirklich?», fragte Priscilla mit leuchtenden Augen. «Ich finde es total lustig. Schau mal, hier ist ein Part mit Jane Spencer, der Sekretärin.»

Priscilla blätterte durch das Drehbuch und reichte es Elvis. Der las zuerst kurz leise, bevor er dann wieder eine Passage laut vortrug: «Lieutenant Frank Drebin sagt: *Und sie war kurvenreicher als Serpentinen. Sie schickte mir einen Blick, den ich heiß in meiner Gesäßtasche spüren konnte.*»

Elvis war fassungslos.

«Dabei hast du noch gar nicht gelesen, wie ich mich mit dem Lieutenant im Ganzkörperkondom auf einem Bett herumrollen soll …», sagte Priscilla amüsiert.

«Wirklich, Cilla? Willst du für so einen lächerlichen Mist meinen Karatefilm absagen? Diese Story ist nicht nur schlüpfrig – sie ist absolut niveaulos. So was hätte mich ja noch nicht mal der Colonel drehen lassen. Das ist ja schon beinahe ein Porno.»

Priscilla lachte. «Ach, komm. Jetzt übertreibst du aber.»

Elvis war sich nicht sicher, ob sie ihn einfach nur enttäuschen wollte, weil er sie so oft enttäuscht hatte. Ob dies eine Art Rache an ihm sein sollte. Ob sie dachte, dass es ihm hierbei nicht um sie ging, sondern mal wieder nur um ihn. Und irgendwie war er sich da selbst nicht ganz sicher.

Priscilla legte ihre Hand auf die von Elvis. «Es tut mir wirklich leid, dass du dir so viel Mühe gemacht hast, Elvis. Aber ich glaube, das ist genau der richtige Film für mich.»

Elvis zog seine Hand zurück. Wütend trat er den Picknickkorb weg und warf seine Coladose im hohen Bogen in den Fluss. Zum Glück hatte er seine Schusswaffe heute zu Hause vergessen. Ansonsten wären fünf Minuten später vermutlich selbst die Karpfen im Mississippi ausgestorben.

Der King atmete tief durch. Dann schüttelte er den Kopf und murmelte: «Ich sage dir: Dieser Film wird ein absoluter Flop. Das kann ich dir garantieren. Du setzt deine gesamte Karriere aufs Spiel.»

Priscilla seufzte. «Vielleicht hast du recht, Elvis. Aber ich weiß auch nicht – aus irgendeinem Grund habe ich ein gutes Gefühl dabei», antwortete sie.

Noch einmal atmete Elvis tief ein und wieder aus. «Gibt es denn schon einen Titel für diesen Mist?», fragte er.

«Ja», sagte Priscilla. *«Die nackte Kanone.»*

Klassen-
feinde

Jahrzehntelang hatte Elvis von Europa geträumt. Davon, in Frankreich an geradezu märchenhaften Stränden den goldbraun gebrannten Schönheiten hinterherzusehen. Davon, in Italien auf den malerischsten Plätzen erlesenen Espresso zu trinken. Davon, in Österreich ganze Stapel dieser köstlichen Wiener Schnitzel zu verspeisen.

Und da stand er nun. An einem nasskalten Septemberabend am Grenzposten des *Checkpoint Charlie*, kurz vor seiner Einreise in die Deutsche Demokratische Republik. Allerdings handelte es sich hierbei wohlgemerkt um die optimistische Einschätzung der Lage. Denn zu diesem Zeitpunkt war von Einreise bis hin zu Exekution so ziemlich alles möglich.

Die Ausstrahlung der Grenzer in ihren olivgrünen Uniformen hätte den Nieselregen eigentlich auf der Stelle in Hagel verwandeln müssen. Die Gesichter dieser Männer wirkten wie Gefrierfächer. Ganz so, als hätte der Kalte Krieg ihre Mienen schon vor Jahren schockgefrostet. Man hätte auf ihren Gesichtszügen Schlittschuh fahren können. Es wäre jedenfalls nicht sonderlich überraschend gewesen, wenn ihre Blicke noch am selben Abend eine neue Eiszeit ausgelöst hätten.

Alles in allem war die Situation für Elvis ungefähr so angenehm wie ein Ohrwurm von *Blowin' in the Wind*. Jedoch musste sich das Jahr 1989 für die andere Seite bisher so anfühlen, als hätte sie Bob Dylans gesamte Diskographie im Ohr. Hatte doch Ungarn ohne jegliche Absprache mit der DDR-Führung im Mai überraschenderweise begonnen, die Grenzanlagen abzubauen und somit ein Loch in den Eisernen Vorhang zu reißen – und das auch noch mit Billigung Gorbatschows. Seit der Perestroika konnte man sich auf die Sowjetunion ungefähr so gut verlassen wie darauf, dass Cher ihre Brüste auch morgen noch auf der Vorderseite ihres Oberkörpers tragen würde. Denn entgegen der Stimmungslage der Grenzbeamten war dies längst ein ziemlich lauwarmer Krieg geworden.

Seit den Entwicklungen in Ungarn versuchten die DDR-Bürger in Scharen das Land zu verlassen – und nun war plötzlich denkbar, dass das gesamte System daran zugrunde gehen könnte. Wenn die SED nicht aufpasste, wäre sie vielleicht schon bald nicht mehr als ein paar Buchstaben des Alphabets.

Der Grenzbeamte blätterte in Elvis' Pass und schaute den King immer wieder skeptisch an. «Name?», brummte er.

«John Carpenter», antwortete Elvis.

Es hatte den King einige Zeit und Mühe gekostet, diese eigenartige Sprache zu lernen. Denn sein Wortschatz aus der Army-Zeit hatte sich im Wesentlichen auf die Wörter *Teddybär* und *Königsberger Klopse* beschränkt. Und nun sprach er zumindest ungefähr so gut Deutsch wie die *Scorpions* Englisch. Allerdings hätte Elvis dem Grenzer bei dessen Dialekt nur zu gern selbst noch den einen oder anderen Deutschkurs empfohlen.

«Soso. Ein Amerikaner», nuschelte der Beamte mit hochgezogenen Augenbrauen.

Elvis lächelte bemüht – und versuchte, für einen Moment all den Stacheldraht, die Wachtürme, die Flutlichter, die Spürhunde und die Maschinenpistolen zu vergessen. Das hier war kein Land. Das war ein Gefängnis. Aber gerade deswegen fühlte sich die Entscheidung hierherzukommen auch so richtig an. Der King hatte sich nun wirklich lang genug mit sich selbst beschäftigt. Aber er war zu dem Schluss gekommen, dass dieser Erdball größer war als sein Ego. Und nun wollte Elvis endlich etwas Sinnvolles machen. Etwas Großes. Etwas, das die ganze Welt verändern würde.

Priscillas Absage war für den King eine solch bittere Enttäuschung gewesen, dass er die nächsten Jahre gut und gern ausschließlich damit hätte verbringen können, mit diesem neuen *Game Boy* zu spielen. Manchmal kam ihm das ganze Leben wie ein Jump-'n'-Run durchs *Super Mario Land* vor. Manchmal eher so wie *Tetris*. Allerdings türmten sich die Klötzchen in seinem Falle fast permanent bis an den oberen Spielfeldrand.

Aus dem Filmgeschäft hatte sich Elvis wieder verabschiedet, bevor er überhaupt richtig eingestiegen war. Denn wenn schon Priscilla Presley nicht an ihn glaubte, würde es Harrison Ford wohl erst recht nicht tun. Zudem hatte sich Elvis eingestehen müssen, dass seine Exfrau mit ihrer Einschätzung offenbar goldrichtig gelegen hatte. Oder besser gesagt: allein an den amerikanischen Kinokassen etwa neunundsiebzigmillionendollarrichtig. Immerhin hatte Priscilla in einem der erfolgreichsten Filme des vergangenen Jahres mitgespielt. Wobei Elvis die Theorie vertrat, dass sich ein Großteil der Zuschauer den Streifen vermutlich nur angesehen hatte, weil sie sich aufgrund des sinnentleerten Titels einen Erotikfilm erhofften.

Monoton bewegten sich die Scheibenwischer immer wieder hin und her, während der Regen auf die Windschutzscheibe nieselte. Es war, als würden hoch oben im Himmel Tausende Walter

Ulbrichts weinen. Elvis schmunzelte. Langsam ließ er seinen weißen Mercedes-Benz W123 zum zweiten Teil der Kontrolle rollen, wo ihn bereits zwei griesgrämige Zollbeamte ebenso wenig willkommen hießen. Einer von ihnen streckte einen langen Stab mit einem Spiegel an der Spitze unter das Fahrzeug. Elvis vermutete, dass der Mann dort mit aller Wahrscheinlichkeit seine Lebensfreude suchte.

«Haben Sie etwas im Kofferraum?», fragte der andere.

«Einen Koffer», entgegnete Elvis mit seinem amerikanischen Akzent, der den Beamten nur noch schlechtere Laune bereitete. Seine Antwort hörte sich ungefähr so glaubwürdig an, als hätte er Handschuhe im Handschuhfach. Andererseits fragte sich der King, ob es wohl irgendeinen Spion auf dieser Erde gab, der eine ehrliche Antwort auf diese Frage geben würde.

«Haben Sie etwas im Kofferraum?»

«Ja, durchaus. Meinen Raketenrucksack, eine Regenschirmpistole und eine Brieftaschenkamera. Und bitte seien Sie vorsichtig mit der Kugelschreiberbombe.»

Elvis musste sich alle Mühe geben, bei dieser Vorstellung nicht zu lachen.

«Mal öffnen», sagte der Zollbeamte.

Vorsichtig stieg der King aus und präsentierte dem Kontrolleur sein Gepäck. Er hatte ja nicht mal ein klitzekleines Pistölchen dabei. Und das, obwohl Elvis sich für gewöhnlich selbst mit drei Revolvern am Körper noch unbewaffnet fühlte. Geradezu enttäuscht klappte der Beamte den Kofferraum wieder zu und inspizierte nun die Rückbank. Ebenfalls erfolglos.

Zumindest aber dämmerte dem King langsam, dass die DDR touristisch gesehen nicht gerade Venedig war. Und doch hatte sie als Reiseziel einen entscheidenden Vorteil: Mit ziemlicher Sicherheit würde Colonel Tom Parker niemals hierherkommen, um Elvis zu suchen. Bereits zu dessen offiziellen Lebzeiten hatte der Manager einer möglichen Europatournee trotz zahlreicher, geradezu absurd guter Angebote stets eine Absage erteilt. Schon damals waren Gerüchte darüber im Umlauf gewesen, dass Tom Parker die Vereinigten Staaten nicht verlassen könne, weil er so eine Art illegaler Einwanderer sei: ein sogenannter *Alien*. Zudem hatten mittlerweile einige Berichte den Colonel ganz offiziell mit dem Tod Anna van den Endens in Verbindung gebracht – der Frau jenes holländischen Kartoffelhändlers, die im Jahre 1929 erschlagen worden war. Und abgesehen davon, dass Tom Parker noch nicht mal eine Reise nach Kanada angetreten hätte, lag die DDR geradezu bedrohlich nah an Holland.

Der Zollbeamte stellte sich so dicht vor Elvis, dass dieser seinen Atem spüren konnte. «Gerade wollen doch alle raus. Wieso wollen Sie also rein?», fragte er mit zusammengekniffenen Augen.

Elvis zögerte kurz. Doch dann sagte er todernst: «Ich werde die Berliner Mauer zu Fall bringen.»

Wie versteinert schaute der Beamte den King an. Elvis schlug das Herz bis zum Hals. Für einen kurzen Moment schien alles wie in Zeitlupe abzulaufen. Der King sah sich schon in einem Gefangentransport nach Bautzen davonfahren. Doch da schmunzelte der Kontrolleur, lächelte, grinste – bis er schließlich in schallendes Gelächter ausbrach. Nun stieg auch sein Kollege mit ein. Elvis zog seinen Mundwinkel hoch und zwinkerte den beiden zu. Immer noch überaus amüsiert ließen die beiden Grenzer den King wieder einsteigen und winkten ihn durch.

Grinsend fuhr Elvis die holprige Autobahn entlang. Das war also die DDR. Er fragte sich, was die Regierung hier überhaupt beschützen wollte. Diese Straßen waren kilometerlang so gähnend leer, dass ihm jeder einzelne *Trabant* ungefähr so alltäglich vorkam wie ein UFO. Wenn das Nirgendwo wirklich existierte, dann war Elvis vermutlich gerade ganz nah dran.

Knallrot waren die Buchstaben, die Elvis auf das Bettlaken pinselte. So viel Farbe hatte er schon seit seiner Grenzüberquerung nicht mehr gesehen. Vielmehr war das allgegenwärtige Grau das Einzige, was die zerbröckelnden Straßenzüge Leipzigs überhaupt noch zusammenzuhalten schien. Als würde das gesamte Land langsam verblassen.

Aber immerhin gab es hier in der Nikolaikirche Menschen. Sogar erstaunlich viele Menschen. Die Leute in dieser Gegend waren entweder sehr religiös oder sehr unzufrieden. Oder sehr beides. Jedenfalls waren die Besucherzahlen der Montagsgebete seit den frühen Achtzigerjahren wohl stetig angestiegen. Wenn Elvis also irgendwo etwas bewegen konnte, dann hier. Doch obwohl sich kaum jemand auf dieser Welt besser mit Menschenmengen auskannte als er, kam sich der King ziemlich ohnmächtig vor. Was sollte schon ein Bettlaken gegen einen ganzen Staatsapparat ausrichten? Allein würde er es ja noch nicht mal halten können. Es war, als stünden die beiden Grenzbeamten immer noch neben ihm und lachten.

Doch wie durch ein Wunder wurde Elvis just in diesem Moment plötzlich von ein paar Händen an Kragen und Hemdärmel gegriffen. Zwei junge Frauen zogen den King zur Seite hinter eine der prunkvollen Säulen. Beide höchstens Anfang zwanzig, schauten sie sich hektisch um. Doch offenbar hatte niemand die Szene beobachtet.

«Psst», zischte die eine und hielt sich ihren ausgestreckten Zeigefinger vor den Mund. «Sag mal, bist du irre? Die Stasi ist überall.»

«Okay, okay», flüsterte Elvis und zog sein Oberteil zurecht. «Aber wenn niemand etwas tut, wird das auch so bleiben.»

Als die beiden Frauen seinen Akzent hörten, schauten sie

ihn verwundert an. Und das änderte sich auch nicht, nachdem er sich ihnen als *Elvis* aus Amerika vorgestellt hatte. Doch für lange Erklärungen blieb keine Zeit. Das Einzige, was jetzt zählte, war, dass die beiden dazu bereit waren, die andere Seite des Transparents zu tragen. Und Elvis hatte ein neues Wort gelernt: *Bürgerrechtlerinnen.* Zwar konnte er es auch nach mehreren Versuchen nicht wirklich aussprechen, aber es bedeutete, dass die jungen Damen mit den langen braunen Haaren sogar noch weitere Helfer kannten. Denn Katrin Hattenhauer und Gesine Oltmanns gehörten zum *Arbeitskreis Gerechtigkeit Leipzig.*

Und so wurden aus einem Transparent vier Transparente.

In ihren unauffälligen Klamotten hätte man die beiden nicht im Entferntesten für Revolutionäre gehalten. Diese Frauen sahen so durchschnittlich aus, dass man sie fast schon wieder vergessen hatte, während sie noch vor einem standen. Aber ein Irokesenschnitt ist eben nicht gerade eine Tarnkappe, dachte sich Elvis. Und der wahre Widerstand findet nicht auf dem Kopf statt, sondern darin.

«Es heißt *OFFENES LAND*. Du hast *OFFNES LAND* geschrieben», sagte Katrin lächelnd und schob ihre große Brille zurecht.

«Ich denke, die Revolution sollte nicht an einem Schreibfehler scheitern», antwortete Elvis und zog den Mundwinkel hoch. «Oder sollen wir lieber abbrechen?»

Katrin und Gesine schüttelten amüsiert ihre Köpfe.

«Versuchen können wir es ja mal.»

Die beiden rollten die Transparente zusammen und versteckten sie unter ihren Pullovern.

«Herzlich willkommen in der DDR», flüsterte Katrin und grinste.

Elvis konnte kaum fassen, dass er offenbar eher zufällig mitten ins Herz der Revolution vorgestoßen war. Und dann schien er gleich auch noch Bekanntschaft mit zwei der Herzklappen gemacht zu haben. Es war, als hätte dieses Land nur auf ihn gewartet. Als hätte er endlich seine Bestimmung gefunden.

Die 17-Uhr-Messe war gerade beendet worden, und etwa sechshundert Besucher versammelten sich nach und nach auf dem Nikolaikirchhof: Junge, Alte, sogar Familien mit kleinen Kindern waren unter ihnen. Niemand wusste, ob dieser schöne Tag sich nicht vielleicht doch noch zu einem schlechten entwickeln würde. Denn obwohl die Stimmung friedlich war, hatte die Volkspolizei in den Nebenstraßen bereits Stellung bezogen und wartete ab, wie sich die Lage entwickeln würde. Auch einige Zivilfahnder des Staatssicherheitsdienstes standen mit ihren Vokuhilas rauchend an der Seite und beobachteten die Menge. Und selbst das Westfernsehen war mit Kameras vor Ort. Langsam liefen Katrin, Gesine und Elvis bis zur Mitte des Hofes, wo sie besonders gut zu sehen waren. Dort hielten sie einen Moment lang inne und schauten einander tief in die Augen. Katrin nickte. Dann zog sie blitzschnell das erste Transparent hervor und rollte es aus. In riesigen roten und schwarzen Lettern stand dort:

FÜR EIN OFFNES LAND MIT FREIEN MENSCHEN.

Doch kaum hielten die drei das ausgebreitete Bettlaken in den Händen, stürmten auch schon zwei Stasi-Mitarbeiter hektisch auf die Gruppe zu und rissen das Transparent rabiat herunter. Sofort brachen tumultartige Szenen aus, und die Menge geriet wellenartig in Bewegung. Katrin klammerte sich an dem Transparent fest und wurde von der Staatssicherheit ein paar Meter weit mitgeschleift, aber Gesine und Elvis konnten ihr noch rechtzeitig zu Hilfe eilen.

Vor allem jedoch waren es die laufenden Kameras, die Schlimmeres verhinderten. Nun erhoben auch andere Besucher ihre Stimme und beschimpften die Stasi-Mitarbeiter. Und doch rissen diese auch die restlichen Transparente herunter, sodass die Botschaften *REISEFREIHEIT STATT MASSENFLUCHT* und *VERSAMMLUNGSFREIHEIT* und *VEREINIGUNGSFREIHEIT* möglichst schnell wieder verschwanden. Daraufhin stimmte die Menge schließlich einen lauten Sprechchor an, der es nicht nur zur Topmeldung in der westdeutschen *Tagesschau* brachte, sondern zur Schlagzeile in der ganzen Welt: «Wir wollen raus! Wir wollen raus! Wir wollen raus!»

Es war der 4. September 1989. Elvis Presley hatte gerade die erste Montagsdemonstration in der Geschichte der Deutschen Demokratischen Republik angestoßen.

«Wir hätten auch meinen Wagen nehmen können, Schätzchen», sagte Elvis. «Ich bin mir nämlich nicht ganz sicher, ob der hier es noch bis zu Gesine schaffen wird.»

Katrin lachte. «Oh, Elvis – gerade du müsstest es doch eigentlich wissen. Manche Dinge überdauern länger, als man denkt.»

Der King saß auf dem Beifahrersitz und schaute nur für ein kurzes Lächeln hoch, bevor er seine Aufmerksamkeit wieder der Innenausstattung des perlweißen *Trabant 601* widmete. In diesem Falle ließ sich nicht behaupten, dass der Zweizylinder-Zweitaktmotor im Hintergrund knatterte. Vielmehr konnte die Geräuschkulisse eines Trabbis schon beim Anlassen jede Vollnarkose beenden. Wenn der King wirklich tot gewesen wäre, hätte er vermutlich spätestens jetzt wieder gelebt.

Mit seiner Protestaktion war Elvis innerhalb von gerade mal ein paar Minuten zur Galionsfigur der Opposition avanciert. Endlich hatten sie ihren Anführer gefunden. Und auch wenn der King in seinem *Levi's*-Jeans-Outfit und den Cowboystiefeln nicht gerade aussah wie Nelson Mandela, so war er scheinbar doch derjenige, den sie wie einen Messias herbeigesehnt hatten. Wenngleich das Wort *Erlöser* für einen Amerikaner ebenfalls nicht gerade einfach auszusprechen war.

Doch der *Arbeitskreis Gerechtigkeit Leipzig* war im Arbeiter-und-Bauern-Staat nicht zum ersten Mal unangenehm aufgefallen. Gegründet von Studenten und Gaststudenten des *Theologischen Seminars Leipzig* war es von Anfang an sein Ziel, *die freiheitsfeindliche Herrschaftsform der stalinistischen Staatsklasse zu überwinden.* Oder – wie Elvis es formulierte: «Ihr wollt auch mal in Ruhe *Madonna* hören.»

Gemeinsam mit anderen Mitstreitern wie Jochen Läßig und Thomas Rudolph hatten Katrin und Gesine schon im Juni ein großes Straßenmusikfest in Leipzig organisiert – und das ohne jede staatliche Genehmigung. Deswegen waren neben den zwanzig Bands leider auch etwa tausend Volkspolizisten und ebenso viele Zivilbeamte erschienen und hatten das Fest im Nu wieder aufgelöst. Aber trotz des großen Erfolgs war dies nur eine Revolution auf Probe. Dank Elvis erhielt der Protest der Gruppe nun endlich die Aufmerksamkeit, die er verdiente.

«Wahnsinn, echt Wahnsinn! Wir waren überall», sagte Katrin mit glänzenden Augen. «Die ganze Welt hat uns zugesehen. Jetzt ist nur die Frage, was wir als Nächstes machen. Hast du schon eine Idee?»

Momentan machte sich der King eher Gedanken darüber, dass die doppelt wirkenden Teleskopstoßdämpfer vorn und hinten entgegen der Prospektangaben in der Realität leider für keine allzu ruhige Straßenlage sorgten.

«Na, irgendwie müssen wir uns doch steigern», dachte Katrin laut. Dann schnipste sie mit den Fingern und sagte: «Ah, ich hab's: ein Megaphon. Das wär's doch, oder?»

«Vielleicht, ja», antwortete Elvis nachdenklich.

«Und ich habe auch schon eine Idee, wer es benutzen könnte», sagte Katrin glucksend. «Du bist nämlich nicht länger der einzige Ami hier.»

Elvis schaute sie erstaunt an. «Wie meinst du das?», fragte der King.

Katrin zwinkerte ihm zu. «Wir haben noch einen Gast. Sogar einen ziemlich prominenten», fuhr sie bestens gelaunt fort. «Er hat unsere Demo im Fernsehen gesehen und sich gleich auf den Weg gemacht. Aber ich will nicht zu viel verraten. Lass dich überraschen.»

Als die beiden schließlich bei Gesine ankamen, waren alle schon da: Jochen, Thomas, Rainer, Bernd, Doreen und die andere Kathrin. Mit ihren Bärten und ihren langen Haaren saßen sie dicht an dicht auf den alten Polstermöbeln vor der beige-braunen Tapete und tranken *Blauer Würger*, den ostdeutschen Kristall-Wodka. Aber heute war es ausnahmsweise mal nicht Elvis, der alle Blicke auf sich zog. Der King konnte kaum fassen, wer dort vorm Spiegel posierte, sich mit der Hand durch sein gelocktes Haar fuhr und schließlich ein Tuch um die Stirn band: Es war David Hasselhoff.

Mit seiner schwarzen Lederjacke und der grauen Jeans sah er aus, als sei er gerade erst vom *Knight-Rider*-Set gekommen. Als Hasselhoff Elvis erblickte, brach er in schallendes Gelächter aus. Ungläubig stolzierte er zu ihm herüber und betrachtete den King aus nächster Nähe, als sei dieser eine Wachsfigur.

«Das ist ja un-glaub-lich», sagte Hasselhoff. «Du siehst wirklich aus wie er.»

«Du aber auch», antwortete Elvis mit hochgezogenem Mundwinkel.

Hasselhoff zeigte völlig begeistert mit dem Finger auf Elvis' Grinsen und lachte noch einmal auf. «Was zur Hölle machst du hier?», rief Hasselhoff leidenschaftlich. «Du solltest Elvis-Imitator werden.»

Elvis lächelte milde. «Ich bin nur leider vollkommen unmusikalisch.»

Katrin unterbrach die beiden: «Na, was sagst du, Elvis? Vielleicht ahnst du jetzt, was wir mit dem Megaphon anstellen könnten. Ich glaube, David könnte noch sehr nützlich für uns sein.»

Hasselhoff grinste. Dann erzählte er davon, wie er gerade auf Einladung einer westdeutschen Zeitung zu Gast im Ostberliner *Grand Hotel* gewesen war, als er die Bilder der Demo im Fernsehen gesehen hatte. Dass ihm lustigerweise die Rolle des *Roten Elvis* angeboten worden war: Dean Reed. Nach einer bewegten Karriere als Sänger und Schauspieler in zahlreichen Ländern sei dieser in die DDR gezogen, hatte eine Ostdeutsche geheiratet und sich für Menschenrechte eingesetzt, bis er mutmaßlich von der Stasi ermordet worden war.

Elvis war überrascht. Offenbar hatte auch Hasselhoff zur Vorbereitung auf seine Rolle Deutsch gelernt. Aber er sei schon früh mit der Sprache in Kontakt gekommen. Schließlich war seine Mutter aus München in die USA gekommen.

«Und jetzt steht hier der falsche rote vor dem falschen echten», prustete Hasselhoff. «Aber weißt du was? Ich sollte vor ein paar Jahren auch mal den echten Elvis spielen, aber dann haben sie sich für Kurt Russell entschieden.» Hasselhoff lachte auf. «Ich bin ein Riesenfan. Ich fühle mich selbst wie Elvis – nur lebendig.»

Hasselhoff blickte in die Runde, als hätte er gerade den besten Witz der knapp vierzigjährigen DDR-Geschichte gemacht. Der King hingegen wusste nicht, wen er in diesem Moment mehr verabscheute: das Regime oder David Hasselhoff.

Zum Glück unterbrach Katrin das Gespräch der beiden abermals. «David war im Westen gerade mit *Looking for Freedom* auf Platz eins. Das musst du dir mal vorstellen. Er ist da drüben so groß wie damals die *Beatles*», sagte sie beeindruckt.

Der King zuckte zusammen, als der Name der Band fiel. Das war nun wirklich selbst für die eine Beleidigung. In den USA hatte dieser Aufschneider vielleicht drei Platten verkauft – und das vermutlich an sehr enge Familienmitglieder oder Masochisten. Für die Deutschen wiederum konnte Elvis nur hoffen, dass sie mit der Chartplatzierung einen gewissen Sinn für Humor ausdrücken wollten. Nur leider hatten offenbar nicht alle den Witz verstanden.

«Vielleicht ist es genau das, was wir suchen, Elvis», sagte Katrin mit großen Augen. «Den Soundtrack der Wende.»

Wenn Erich Honecker auch nur ein klitzekleines bisschen Musikgeschmack hatte, wäre allein das schon ein Grund gewesen, sofort einzugreifen.

David Hasselhoff stand mit stolzgeschwellter Brust auf dem Nikolaikirchhof und streckte einen Arm in die Luft, während er mit dem anderen das Megaphon hielt und seinen Fuß rhythmisch auf den Boden stampfte. Dieser Mann sah so dermaßen selbstverliebt aus, als wäre er Romeo und Julia in einer Person. Wahrscheinlich war er der einzige Mensch auf dieser Welt, der sich wünschte, ein siamesischer Zwilling zu sein. Schlicht und einfach, um mit sich selbst rumknutschen zu können. Aus voller Kehle sang er den Song seines siebenunddreißigjährigen Lebens.

I've been looking for freedom
I've been looking so long
I've been looking for freedom
Still the search goes on

Was für ein Glück, dass nach dem Ende der Leipziger Messe diesmal keine Westkameras anwesend waren, dachte sich Elvis. Bei diesem Anblick hätten die Bundesdeutschen vermutlich gleich eine zweite Mauer errichtet. Nur leider waren die fehlenden Kameras auch der Grund, warum es die Volkspolizei bei dieser erneuten Montagsdemonstration nicht dabei beließ, in den Nebenstraßen zu warten. Mit erhobenen Knüppeln marschierten sie direkt auf die Demonstranten zu.

Der King hätte vollstes Verständnis dafür gehabt, wenn sich die Beamten ausschließlich gegen Hasselhoff zur Wehr setzen wollten – in seinen Augen wäre dies reine Selbstverteidigung gewesen. Und Elvis wünschte sich selbst gerade nichts sehnlicher als mindestens einen Knüppel. Nur hegte er die Befürchtung, dass es die Polizisten auch auf alle anderen Demonstranten abgesehen hatten. Also riss er dem überraschten Hasselhoff das Megaphon aus der Hand und ruderte hektisch mit den Armen durch die Luft.

«Bringt euch in Sicherheit!», rief Elvis durch das dröhnende Gerät.

Erst jetzt begriffen die Menschen, dass der King seine Warnung nicht auf die Musik bezog. Einige Teilnehmer kreischten auf, als sie die Polizistentraube bemerkten, die sich schnellen Schrittes näherte. Panisch versuchte die Menge noch, sich zu spalten – doch da trafen die Beamten auch schon auf die Demonstranten. Und obwohl Hasselhoff längst aufgehört hatte zu singen, knüppelten sie die Menschen mit rücksichtsloser Brutalität nieder. Jeder, der es wagte, wieder aufzustehen, wurde sofort zurück zu Boden geschlagen. Mit Ach und Krach konnte sich der King mit seiner Gruppe in eine Nebenstraße retten. Doch als er noch einmal zurücksah, sah er Katrin, wie sie erhobenen Hauptes direkt auf die Polizisten zuging.

«Nein!», schrie Elvis. «Katrin, nein!»

Er wollte zu ihr rennen, doch Jochen und Rainer hielten ihn zurück. Der *Arbeitskreis Gerechtigkeit Leipzig* konnte gerade noch beobachten, wie ein Stasi-Mitarbeiter gezielt auf Katrin zustürmte, sich ihre langen Haare ums Handgelenk wickelte und sie voller Genuss daran zu einem Lastwagen schleifte. Neben ihr wurden an jenem Tage noch etwa hundert weitere Demonstranten festgenommen.

Der King schüttelte den Kopf. Die Freunde hatten nach ihrem Siegeszug von letzter Woche diesmal eine bittere Niederlage eingefahren. Viel schlimmer hätte es wohl kaum kommen können, dachte Elvis.

Katrin Hattenhauer saß im Gefängnis. Und David Hasselhoff immer noch nicht.

«Habt ihr noch was von diesem *Blauen Würger*?», fragte der Knight Rider.

Rainer reichte Hasselhoff den Wodka. Elvis ging langsam auf, dass Hasselhoff die Freiheit wohl ziemlich häufig in irgendeiner Flasche suchte. Als wäre er eine Freiheitsstatue für die Spirituosenindustrie: knapp zwei immer leicht schwankende Meter.

«Ich frage mich, ob du in deiner Verfassung wirklich die Mauer zu Fall bringen wirst – oder nicht eher die Mauer dich», sagte der King.

Hasselhoff grinste und schenkte sich noch mal nach. Dann streckte er seinen Zeigefinger aus, zog die Augenbrauen hoch und sagte: «Es gibt eine Grenze, die man selbst in diesem Land überqueren kann: die Promillegrenze.»

Hasselhoff lachte, hob das Glas und kippte sich den Wodka in den Rachen. Dann verzog er das Gesicht und schlug mit den Fingern auf die hölzerne Tischplatte.

Es gab kaum etwas, das der King mehr verabscheute als schlechten Humor. Wäre Hasselhoff ein Fernseher gewesen, hätte Elvis ihn längst erschossen. Aber Gesine konnte vermutlich keine Leiche in ihrer Wohnung gebrauchen. Sie hatte genug mit den Broilern in der Küche zu tun. Und bei ihr zu Hause war es mal wieder ungefähr so rappelvoll wie David Hasselhoff.

«Hat jemand was von Katrin gehört?», fragte Elvis.

Aber er kannte die Antwort längst. Schließlich war Erich Mielke nicht unter den Anwesenden. Immerhin hatte Gesine bereits eine Koordinierungsgruppe für die Inhaftierten vom 11. September gegründet. Doch es gab bisher leider ziemlich wenig zu koordinieren. Allerdings waren trotz der anhaltenden Polizeigewalt zu den letzten Montagsdemonstrationen immer mehr Leute erschienen. Die Protestbewegung wurde größer und größer – nur eben mit der steigenden Zahl der Teilnehmer bedauerlicherweise auch zunehmend unübersichtlicher. Es war höchste Zeit, sich besser zu organisieren.

«Wisst ihr, es gibt immer mehr Transparente, immer mehr Botschaften», sagte Elvis. «Aber wenn wir alles auf einmal sagen, verstehen die Leute gar nichts mehr. Fürs nächste Mal müssen wir uns etwas überlegen.» Leidenschaftlich ballte Elvis die Faust. «Wir brauchen ein Motto, eine Parole, einen richtigen Schlachtruf.»

Die Gruppe stimmte dem King zu. Doch dann kam, was kommen musste. Hasselhoff zog die Schultern hoch und rief begeistert: «Looking for Freedom!»

Enthusiastisch blickte er in die Runde, während alle anderen betreten zu Boden schauten.

«Ach ja, eines hatte ich vergessen, zu erwähnen», brach Elvis das Schweigen. «Drei Wörter sind nicht gestattet. Erstens: *Looking*. Zweitens: *for*. Und drittens: *Freedom*.»

Elvis zog den Mundwinkel hoch, als er seinen Blick kampfeslustig direkt zu Hasselhoff wendete. Von einem Moment auf den anderen verschwand das Lächeln aus dem Gesicht des Knight Rider. Doch nachdem keiner der anderen reagierte, beschloss er gedemütigt, es vorerst dabei bewenden zu lassen. Seine Chance würde schon noch kommen.

«Brust oder Keule?», fragte Gesine, als sie die dampfenden Broiler auf dem Tisch abstellte.

Die Freunde saßen noch eine ganze Weile beisammen. Nur Hasselhoff sagte kaum mehr ein Wort. Allerdings kam es ihm ausgesprochen seltsam vor, dass Elvis seinen Broiler ohne Ketchup gegessen hatte. Es konnte durchaus nur ein Zufall sein – doch Hasselhoff konnte sich noch gut daran erinnern, wie er sich beim Lesen eines Buches über Elvis Presley darüber gewundert hatte, dass auch der echte King keinen Ketchup mochte.

Konnte das möglich sein? War dieser Typ vielleicht gar kein Doppelgänger, sondern Elvis Presley höchstpersönlich? Hasselhoff setzte das Glas an die Lippen und kippte seinen Kopf nach hinten. Er schmunzelte. In der Tat wirkte sein Verdacht wie eine ziemliche Schnapsidee. Aber er beschloss, der Sache dennoch auf den Grund zu gehen. Vorausgesetzt, er würde sich auch morgen noch an sein Vorhaben erinnern.

David Hasselhoff hatte immer schon ein Held sein wollen. Für ihn war dies die einzige Möglichkeit, endlich diese unendliche Leere zu vertreiben. Denn nachdem er es endlich vom Statistenkellner zum Serienstar gebracht hatte, war ihm klargeworden, dass selbst sein Erfolg als Snapper Foster in *Schatten der Leidenschaft* ihn nicht glücklich machen konnte. Seitdem hatte er sein sinnloses Dasein nur noch beim Feiern ertragen können – und seine Texte während der Aufnahmen von Kärtchen abgelesen, wenn die Scheinwerfer gerade auf jemand anderen gerichtet waren. Doch dann hatte es durch Zufall mit *Knight Rider* geklappt – und schnell war die Figur des Michael Knight für ihn mehr als eine Rolle geworden. Er hatte das Motto der Serie zu seinem Leitspruch gemacht: *Ein Mann kann etwas verändern.*

Nachdem er Anfang der Achtziger am Set von einem leukämiekranken Jungen besucht worden war, hatte er erkannt, wie viel Hoffnung er als Serienheld den Kindern geben konnte. Der Sinn des Lebens bestand hoffentlich nicht darin, tagsüber mit einem Auto zu sprechen und abends mit einer Tequilaflasche. Zu jener Zeit war das Überraschende an *Knight Rider* nämlich mitnichten, dass das Auto reden konnte – sondern vielmehr, dass David Hasselhoff dazu noch in der Lage war.

Zumindest aber hatte er seitdem auf seinen Reisen die Kinderstationen von Krankenhäusern in über vierzig Ländern besucht. Und nun war er in die DDR gekommen, um noch mehr Menschen zu helfen – und sich ganz nebenbei zugleich selbst ein Denkmal zu setzen. Vielleicht würde er so mit seiner Musik auch endlich in den Vereinigten Staaten ernstgenommen werden. Und der neuen Serie könnte es ebenfalls Aufwind verschaffen. Die Einschaltquoten der ersten Folge waren leider nicht allzu berauschend gewesen. Aber hoffentlich würde es *Baywatch* doch noch irgendwie schaffen. Eins stand jedenfalls fest: Ganz bestimmt würde sich ein David Hasselhoff dabei nicht von irgendeinem dahergelaufenen Elvis-Verschnitt aufhalten lassen.

«Ich möchte noch mal *Looking for Freedom* singen», sagte Hasselhoff.

«Spätestens dann werden sie uns alle erschießen», antwortete Elvis überheblich.

Wütend trat Hasselhoff gegen eine der weiß lackierten Bänke – und versuchte, sich nicht anmerken zu lassen, dass er sich dabei am Fuß weh getan hatte.

«Du spielst dich auf, als wärst du unser Anführer», zischte er.

Elvis ließ seinen Blick über die anderen Gäste im Innenraum der Nikolaikirche wandern, die sich in dem prunkvollen, hellrosafarbenen Kirchenschiff mit dem grauweißen Kachelboden verteilten. Einige von ihnen hatten kurz aufgeblickt. Vereinzelt schüttelten sie sogar ihre Köpfe. Doch schnell widmeten sie sich wieder ihren Gesprächspartnern.

«Wir haben abgestimmt und uns auf ein Motto geeinigt», entgegnete Elvis ruhig.

«Und ganz zufällig stammt dieses Motto von dir», stichelte Hasselhoff.

Amüsiert ließ Elvis den brodelnden Hasselhoff stehen. Große Hunde bellen nicht zurück, dachte sich der King – wie so oft, wenn er versuchte, sein Temperament zu zügeln. Dieser Typ konnte noch nicht mal gegen eine Kirchenbank treten und wollte ein ganzes Regime stürzen. Hasselhoff war ein Chihuahua. Und er ein verdammter Bernhardiner. Außerdem wurden die Türen gerade geöffnet. Die Volkspolizei erwartete sie vermutlich schon.

Als der King aus der Kirche trat, konnte er kaum seinen Augen trauen. Bis weit in die Nebenstraßen hinein standen die Leute dicht gedrängt. Von den zwei möglichen Erklärungen dafür konnte Elvis eine mit ziemlicher Sicherheit ausschließen. Es gab kein Freibier. Das hier war eine Revolution. Noch beim letzten Mal waren sie vielleicht ein paar hundert Demonstranten gewesen, die über den Ring in die Innenstadt liefen. Aber an diesem 2. Oktober waren es bestimmt zwanzigtausend Menschen. Sie würden noch ein paar Gefängnisse bauen müssen, um all diese Widerständler festzunehmen. Je mehr Menschen hier zusammenkamen, desto deutlicher wurde der Eindruck, dass die Mauer langsam nur noch eine Türschwelle auf dem Weg in die Freiheit war. Mit Tränen in den Augen bildeten Elvis und seine Freunde die Spitze des Zugs. Die Staatsmacht ließ sich an diesem Tage eher als *Staatsohnmacht* bezeichnen – und musste die Demonstranten wohl oder übel gewähren lassen.

Am Hauptbahnhof formten dann jedoch plötzlich einige Volkspolizisten eine lockere Kette. Aber nachdem die Oppositionellen immer näher und näher gekommen waren, liefen sie einfach zwischen den Beamten hindurch. Jetzt waren es nicht mehr die Demonstranten, denen die Angst ins Gesicht geschrieben stand, sondern die Polizisten. Wobei Elvis sich nicht ganz sicher war, ob sie nicht einfach befürchteten, dass David Hasselhoff noch einmal singen würde. Mit einer derart nervtötenden Waffe schien bei der Stasi niemand gerechnet zu haben.

Allerdings sahen sich die Demonstranten am Richard-Wagner-Platz schließlich einer zweiten, diesmal dicht geschlossenen Kette gegenüber: Sondertruppen der Volkspolizei. Schwer bewaffnet standen sie dort, bedrohlich, mit Hundestaffeln an ihrer Seite. Offenbar wollten die Beamten verhindern, dass der Zug bis zum Stasi-Gebäude gleich um die Ecke vordringen konnte. Elvis hob seinen Arm und stoppte den Marsch direkt vor den Polizisten.

Nun standen sich beide Seiten direkt gegenüber, Auge in Auge. Es herrschte absolute Totenstille. Bis Elvis plötzlich laut das neue Motto ihres Protests ausrief – eben jene Parole, die er sich erst ein paar Tage zuvor ausgedacht hatte. Voller Inbrunst wiederholte er den Satz wieder und wieder, bis auch seine Freunde mit einstiegen. Als immer mehr und mehr Menschen den Schlachtruf skandierten, gab es kaum noch jemanden in dieser Stadt, der keine Gänsehaut hatte. Die Menschen riefen so laut, dass der Boden bebte. Und schließlich hörte man zwanzigtausend Stimmen durch ganz Leipzig widerhallen:

«Wir sind das Volk! Wir sind das Volk! Wir sind das Volk!»

«Schokolade!», rief Hasselhoff in freudigem Singsang – und schüttete feierlich zahlreiche Tafeln *Jupiter*, *Venus* und *Saturn* auf Gesines Wohnzimmertisch. Wenn man schon nicht verreisen durfte, sollten wenigstens die Süßwaren nach großer, weiter Welt klingen. Im Volksmund wurden diese Marken auch *Mondstaubserie* genannt. Weil man nie so genau wusste, aus welchen Ecken die Produzenten das Zeug wieder zusammengekratzt hatten.

«Vielen Dank, David», antwortete Gesine schmunzelnd und brach sich ein Stück *Saturn* ab. «Aber sei dir mal nicht zu sicher, dass es wirklich Schokolade ist.» Gesine lutschte das Stück und sagte: «Ich tippe diesmal auf rote Rüben, Fischmehl und Rinderblut.»

Hasselhoff schaute verwundert in die Runde, die sich mal wieder in der Wohnung versammelt hatte.

«Wir nennen es *Schokoladenersatzstoff-Bingo*», lachte Rainer und genehmigte sich ein Stück *Jupiter*, um ebenfalls einen Tipp abzugeben. «Erbsen. Das sind eindeutig Erbsen.»

Skeptisch betrachtete Hasselhoff den Riegel *Venus*, bevor er hineinbiss. Doch überraschenderweise schien es ihm zu schmecken. «Mmh ...», sagte er genüsslich. «Demonstranten. Die hier ist aus Demonstranten.»

Gesine tat so, als müsse sie würgen. Die Freunde lachten.

Es war durchaus förderlich für Hasselhoffs Image, den jüngsten Erfolg der Gruppe ausnahmsweise mal nicht mit Alkohol feiern zu wollen. Doch insgeheim war das nicht der einzige Grund für seine Geste.

«Elvis?», fragte Hasselhoff. «Was ist mit dir? Keine Lust auf Schokolade?»

Er warf eine Tafel *Venus* zum King hinüber. Doch der legte sie wieder zurück auf den Tisch und sagte: «Nein, danke. Ich habe eine Allergie.»

Von einem Moment auf den anderen hörte Hasselhoff auf zu kauen. Er konnte es kaum fassen. Sein Test hatte wirklich funktioniert. Dieser arrogante Wichser aß nicht nur keinen Ketchup, sondern hatte auch noch eine Schokoladenallergie. Somit sah er nicht nur haargenau so aus wie der echte Elvis Presley, sondern hatte zudem exakt die gleichen Essgewohnheiten. Oder – falls Hasselhoff mit seinem Verdacht wirklich recht behalten sollte: dieselben.

Rainer schmunzelte. «Wie gesagt: Wenn es eine Schokoladenallergie ist, kannst du diese Schokolade hier beruhigt essen», sagte er.

Doch Elvis winkte dankend ab.

«Diesmal sind wir uns zu 99,9 Prozent sicher, dass es Elvis ist.»

Kenny rieb sich die Hände und zückte eine VHS-Kassette. Der Colonel riss die Augen auf. Es gab nicht viele Leute, denen Tom Parker vertraute – aber sein Assistent Kenny Wynn war nicht nur einer seiner ältesten Mitarbeiter, sondern mittlerweile auch ein guter Freund geworden.

«Das glaube ich erst, wenn ich es sehe», sagte der Colonel und paffte an seiner Zigarre.

Es hatte seine Gründe, dass Tom Parker vorsichtig geworden war. Nachdem Louise Welling vergangenes Jahr schließlich doch noch eine Zeitung gefunden hatte, die ihre Geschichte veröffentlichen wollte, waren die Gerüchte vollkommen außer Kontrolle geraten. Die *Weekly World News* hatte mit 1,2 Millionen ihre Rekordauflage erzielt – und Elvis wurde seitdem mehrmals täglich überall auf der Welt gesichtet. Tom Parker erhielt so viele Hinweise, dass er bei weitem nicht mehr jedem einzelnen nachgehen konnte. Immerhin war er auf einige konkrete Ungereimtheiten gestoßen, die ihn nur noch weiter in seinem Verdacht bestärkt hatten. Dass eine Lebensversicherung über eine Million Dollar angeblich immer noch nicht eingelöst worden war, hatte der Colonel selbstverständlich geprüft. Genauso wie die Behauptung, dass Elvis seine Sterbeurkunde selbst unterschrieben haben sollte. Aber viele seiner Nachforschungen liefen auch vollkommen ins Leere.

Auf der Suche nach diesem kleinen Bastard war er mittlerweile kreuz und quer durchs Land gereist – so weit sein alter Rücken ihn tragen konnte. Aber nach zahlreichen Enttäuschungen hatte der Colonel beschlossen, die Glaubwürdigkeit der Quellen vor seinen Reisen nun noch genauer zu prüfen, bevor er sich auf den Weg machte. Oft war er dann doch lieber mit seiner Loanne in ihrem neuen Stadthaus in Spanish Oaks geblieben. Was ganz nebenbei den Vorteil mit sich brachte, dass er auf diese Weise immer ein paar Automaten in der Nähe hatte.

Sowieso waren die Gerüchte über den Verbleib seines ehemaligen Schützlings immer absurder geworden. Manchmal hatte Tom Parker das Gefühl, so ziemlich jeder Mensch auf dieser Welt mit Übergewicht und Sonnenbrille wurde inzwischen für Elvis Presley gehalten. Aus diesem Grund war er vor einigen Wochen nicht nach Grand Blanc in Michigan gefahren, nachdem der King dort angeblich in irgendeiner Bar einer Kellnerin erzählt haben sollte, einer seiner besten Freunde sei Tom Jones. Ebenso wenig hatte der Colonel geglaubt, dass Elvis nun als Hundefrisör in Cleveland, Ohio arbeitete. Und er war sich auch sofort ziemlich sicher gewesen, dass der King kein Außerirdischer war, der mittlerweile wieder auf dem Mars lebte.

Aber plötzlich schien der King geradezu überall zu sein – selbst auf einem Foto von 1984, zusammen mit Muhammad Ali.

Als der Boxer auf den mysteriösen Mann im Hintergrund angesprochen worden war, hatte dieser wie selbstverständlich geantwortet: «Das ist mein Freund Elvis.» Und das wohlgemerkt sieben Jahre nach dessen Tod.

Der Colonel seufzte. In letzter Zeit fühlte es sich mehr und mehr so an, als würde er einem verdammten Phantom hinterherjagen. Und manchmal fragte er sich, ob es das alles überhaupt wert war. Aber ganz so einfach wollte er diesen Mistkerl dann doch nicht davonkommen lassen.

«Also gut – auf ein Neues», sagte Tom Parker mit brüchiger Stimme und nahm auf seinem Fernsehsessel Platz.

Kenny schob die Kassette in den Videorecorder und sagte: «Glaub mir, er ist es – todsicher.»

«Todsicher», wiederholte der Colonel grinsend. «Weißt du, Kenny – seit Elvis Presley ist nichts mehr *todsicher*.»

Kenny spielte den Film ab. Es war eine eigenartige Szenerie, die dort zu sehen war. Mit offenem Mund starrte Tom Parker auf den Bildschirm. Er war so verwundert, dass er fast vergaß, rechtzeitig abzuaschen. Die Aufnahme zeigte einige ziemlich sonderbar gekleidete Menschen auf irgendeinem Kirchplatz – und mittendrin lief Elvis Presley und hielt eine Art Transparent hoch. Dem Verwunderungsgrad des Colonels nach zu urteilen, hätte er genauso gut auf einem Dinosaurier über die Bildfläche reiten können.

«Du verarschst mich, oder?», fragte er ungläubig.

Kenny schüttelte den Kopf. Doch Tom Parker ließ ihn die Sequenz wieder und wieder abspielen. Schließlich stand der Colonel auf und kniete sich vor den Fernseher, um an einer bestimmten Stelle jeden Zentimeter des flimmernden Standbilds genau analysieren zu können.

«Ist das dort, wo ich denke, da es ist?», fragte er schließlich und erhob sich wieder.

«Wenn du an Ostdeutschland denkst – ja», antwortete Kenny.

Der Colonel ächzte. Dann lehnte er sich mit dem Rücken zu Kenny auf das Gerät und schüttelte den Kopf. Wortlos griff er den Fernseher, hob ihn mit all seiner Kraft und zitternden Armen in die Höhe und schmiss ihn auf den Boden. Es gab einen lauten Knall, Kenny zuckte zusammen. Mit beiden Armen versuchte der Assistent, sein Gesicht zu schützen, als der Bildschirm zersplitterte und die abgerissenen Kabel Funken sprühten.

«Dieser Hurensohn. Dieser verdammte Hurensohn.» Tom Parker hatte Elvis gefunden – und doch würde er weiter nach ihm suchen müssen.

Die DDR stand mittlerweile kurz vor einem Bürgerkrieg. Immer wieder waren in den vergangenen Tagen die Demonstrationen im ganzen Land brutal niedergeknüppelt worden. Und auch wenn die Opposition die eigenen Reihen stets dazu aufrief, die Proteste friedlich zu halten, hätten schon eine Handvoll unvernünftige Demonstranten jederzeit die chinesische Lösung provozieren können. Und in diesem Falle bedeutete dieser Begriff nicht, sich ein leckeres Reisgericht nach Hause zu bestellen. Gerade erst vor zwei Tagen hatten die Parteifunktionäre noch das vierzigjährige Jubiläum der DDR mit *Rotkäppchen Sekt* begossen. Nun war die Frage, ob sie Blut nachschenken würden.

Die Freunde hatten sich währenddessen mal wieder in der Nikolaikirche versammelt. Nur war die Lage dieses Mal so angespannt wie nie. Deswegen machte sich David Hasselhoff Gedanken darüber, wie er die Situation etwas auflockern konnte. Nur leider machte er sich die falschen.

«Bloody Mary!», rief der Knight Rider mit verstellter Stimme, die ihn wie ein Monster klingen lassen sollte.

Es war kein Wunder, dass schon wieder niemand über seinen Witz lachen konnte außer ihm selbst. Schließlich kursierten Gerüchte über Listen von hunderttausend Personen, die in Internierungslager verfrachtet werden sollten. Gerüchte über einen Schießbefehl, der angeblich von oberster Stelle erteilt worden war. Gerüchte über massenweise Blutkonserven, die speziell für diesen einen Abend angefordert wurden. Und trotzdem fieberte ganz Leipzig den Abendstunden dieses 9. Oktobers 1989 wie keinen anderen jemals zuvor entgegen. Jeder hatte das Gefühl, dass heute Geschichte geschrieben werden würde. Nur hatte keiner eine Ahnung, in welchem Genre diese angesiedelt war.

Etwa achttausend Einsatzkräfte hatten sich für die bevorstehende Demonstration bis an die Zähne bewaffnet: eine explosive Mischung aus Polizei, Stasi, Armee und Betriebskampfgruppen. Keiner dieser Männer sah aus, als summte er in Gedanken gerade *Looking for Freedom*. Mit ihren Schutzschilden und ihren angespannten Mienen warteten sie wie Kampfhunde an der Leine, neben ihnen Wasserwerfer und Räumfahrzeuge. Zugleich stand ihnen die Angst davor ins Gesicht geschrieben, welcher Befehl ihnen in den folgenden Minuten erteilt werden könnte.

Die Friedensgebete waren gerade beendet worden. Es war Punkt achtzehn Uhr – High Noon in Leipzig. Schritt für Schritt lief Elvis vorweg zur Tür der Nikolaikirche. Doch bevor er sie öffnete, hielt er inne, schloss die Augen, atmete tief durch und bekreuzigte sich. Auch wenn er unsagbar stolz auf das Erreichte war, so überwog an diesem Abend doch die Sorge darüber, was er möglicherweise zu verantworten haben müsste. Mit großer Tapferkeit hatten die Ostdeutschen David Hasselhoff ertragen – aber das hier konnte sogar noch brutaler werden. Und obwohl Elvis bereits seit zwölf Jahren tot war, hatte er nicht vor, am heutigen Abend zu sterben. Bisher war die Bewegung zwar auf einer Welle der Euphorie geschwommen – doch niemand wusste, ob diese Welle nun brechen und in einem Blutbad enden würde.

Aber es gab kein Zurück. Der King öffnete die schwere Tür, und die Abendsonne fiel herein. Elvis blinzelte. Es war, als würde er Zeuge einer völlig neuen Fotosynthese. Als ließe die Sonnenenergie mittlerweile auch Menschenmengen wachsen. Elvis trat hinaus auf den Nikolaikirchhof – und war geradezu überwältigt von dem Anblick, der sich ihm dort bot. Leipzig war wie ein riesiger Ameisenhaufen. Aus allen Ecken strömten die Demonstranten. In diesem Moment musste der King daran zurückdenken, wie er den Protest einige Wochen zuvor mit ein paar Bettlaken und etwas Farbe begonnen hatte. Und nun stand er hier zwischen etwa siebzigtausend Menschen. Er war jetzt mehr als nur ein King. Er war die Ameisenkönigin.

Auch die Einsatzkräfte waren völlig überrumpelt. Mit diesen Menschenmassen hatte niemand auch nur annähernd gerechnet. Eines war allen klar: Wenn es hier zur Konfrontation käme, wäre Leipzig danach nur noch eine Geisterstadt. Schon ein einziger erhobener Knüppel könnte die Lage zum Eskalieren bringen.

Langsam bewegte sich der Demonstrationszug auf die Beamten zu. Immer näher und näher, bis die beiden Gruppen schließlich aufeinandertrafen. Doch die Einsatzkräfte traten nach und nach beiseite und ließen die Menschen vorbeiziehen. Keiner wagte es, sich den Oppositionellen in den Weg zu stellen. Selbst den Hauptbahnhof konnten sie ungehindert passieren – bis die Demonstranten sich letztendlich direkt vor der Stasi-Zentrale sammelten und dort in ohrenbetäubender Lautstärke wieder und wieder ihre Parole riefen.

Nun gab es keinen Zweifel mehr daran, wer hier das Volk war. Die Einsatzleitung im Berliner Innenministerium gab den Befehl, statt zum Angriff auf die Demonstranten zur Eigensicherung der

Polizeikräfte überzugehen. Die Bewegung hatte es geschafft. Das war die Wende.

Elvis hob ein Flugblatt vom Boden auf und schmunzelte. Zwanzigtausend davon hatte der *Arbeitskreis Gerechtigkeit Leipzig* mit seinem nicht lizenzierten Wachsmatrizen-Vervielfältigungsgerät vorab gedruckt und in der Innenstadt verteilt. Der King las noch einmal die Überschrift:

Reagiert auf Friedfertigkeit nicht mit Gewalt! Wir sind ein Volk!

Elvis zog den Mundwinkel hoch. Es bedauerte wohl gerade nur ein einziger Mensch auf dieser Welt, dass sie nicht den Songtext von *Looking for Freedom* verteilt hatten. Grinsend sah der King zu Hasselhoff hinüber. Aber der senkte schnell seinen Blick zu Boden.

Zum ersten Mal seit knapp zwei Monaten lächelte Katrin Hattenhauer. Fast war es ihr ein bisschen unheimlich, als sie sich dabei ertappte. Denn eigentlich war seit jenem Tag jeder Ausdruck aus ihrem Gesicht verschwunden.

Als systembekannte Dissidentin war sie schon vor ihrer Festnahme einige Schikanen gewöhnt gewesen. Aber das, was sie in den letzten Wochen im Stasi-Gefängnis an der Dimitroffstraße hatte erleiden müssen, übertraf alles Bisherige um Lichtjahre. Unter dem Vorwurf der *Zusammenrottung* waren ihr bis zu zehn Jahre Haft angedroht worden. Wie bei weiblichen Gefangenen üblich, hatte man sie zu einer *gynäkologischen Untersuchung* gezwungen und jede ihrer Körperöffnungen durchleuchtet.

«Sie wissen ja – ich stehe auf langhaarige Frauen», hatte ihr Vernehmer währenddessen süffisant gesagt.

Na, da haben sich zwei gefunden, hatte Katrin gedacht, als

der Mann ihr Poloch untersuchte. Doch trotz all der Demütigungen hatte sie ihr Schweigen die ganze Zeit über mit keinem Wort gebrochen. Überzeugt davon, dass sie erledigt gewesen wäre, wenn sie angefangen hätte zu reden. Stattdessen hatte sie ihre Peiniger einfach nur angestarrt. Fest entschlossen, dass diese Unmenschen ihren Willen niemals brechen würden. Wobei sie es auch weiterhin mit allen Mitteln versucht hatten. So war Katrin stundenlang in einen Blechspind eingesperrt oder mitten in der Nacht zur Vernehmung geweckt worden. Einmal hatte man sie sogar ihre eigene Entlassung unterzeichnen lassen und sie dann doch zurück in die Einzelzelle geführt.

Von der Außenwelt war sie vollkommen abgeschnitten gewesen. Um wenigstens per Klopfzeichen mit dem Häftling im Stockwerk unter ihr kommunizieren zu können, hatte sie das Wasser aus ihrer Toilette geschöpft. Dass aus den Protesten mittlerweile eine landesweite Massenbewegung geworden war, hatte da drinnen allerdings niemand mitbekommen. Als eines Abends vor dem Gebäude eine riesige Menschenmenge zu hören war, konnten die Häftlinge nur rätseln, was dies bedeutete. Vielleicht waren draußen gerade Panzer aufgefahren. Die Unwissenheit – sie war das Schlimmste gewesen.

Und nun saß sie plötzlich wieder hier zwischen all ihren Freunden und lachte mit ihnen. Als ob nichts gewesen wäre, frei wie ein Vogel. Oder besser gesagt: frei wie ein Vogel in einem Käfig. Schließlich befand sie sich nach wie vor in der Deutschen Demokratischen Republik. Und doch konnte sie immer noch kaum fassen, dass die Stasi sie irgendwann einfach hatte gehen lassen. Zusammen mit dem Rest des *Arbeitskreises Gerechtigkeit Leipzig* war sie daraufhin ins neue Epizentrum des Widerstands gekommen: nach Ostberlin. Deswegen saßen sie am heutigen Abend nicht bei Gesine, sondern an einem mit einer Plastikdecke überzogenen Tisch in *Heinrichs Eck*.

«Nein, wirklich», unterbrach Hasselhoff das Lachen. «Ich sag's euch: Irgendwann werde ich ein Konzert an der Berliner Mauer geben. Und die Menschen werden darauf tanzen.»

«Gott bewahre», entgegnete Elvis. «Die Selbstschussanlagen sind schon schlimm genug.»

Wieder lachten alle – bis auf Hasselhoff und Rainer. Der schüttelte den Kopf. Seit Katrins Freilassung war zwar noch mehr geradezu Unfassbares passiert: Honecker war zurückgetreten, DDR-Bürger durften mittlerweile direkt aus der ČSSR in die Bundesrepublik ausreisen – und zur Alexanderplatz-Großdemonstration in Ostberlin waren eine Million Menschen erschienen. Eine Million! Trotzdem fand Rainer die Erwartungshaltung der Gäste bei weitem überzogen.

«Ihr Amis wollt gleich die ganze Mauer einreißen. Dabei ist das völlig utopisch.» Er tippte sich mit dem Finger an die Stirn. «Uns würde es ja schon reichen, wenn sich wenigstens ein bisschen was verändert. Reisefreiheit, Meinungsfreiheit, Versammlungsfreiheit ...»

«Freedom», rief Hasselhoff grinsend.

Doch bevor er anfangen konnte zu singen, unterbrach ihn Elvis. «Oh, nein. Bitte nicht schon wieder.»

Hasselhoff streckte den Zeigefinger aus und zog die Augenbrauen hoch. «Ein Konzert», sagte er bedeutungsschwer. «Und die Mauer wird fallen.»

Elvis lächelte milde. «Ich habe da noch eine andere Idee», sagte er und legte den Arm um seinen Sitznachbarn. «Und du wirst mir dabei helfen, Rainer.»

Elvis mochte diese Leute. Es war fast so, als hätte er seine neue *Memphis Mafia* gefunden. Nur, dass es diesmal die *Leipzig Mafia* war.

Rainer nickte. «Bei was auch immer.»

«Katrin hat bald Geburtstag», sagte Elvis grinsend. «Und

wenn alles klappt, werden wir ihr ein ganz besonderes Geschenk machen.»

Katrin schmunzelte neugierig.

«Wann hast du Geburtstag?», fragte Hasselhoff überrascht.

«Oh, schon in ein paar Tagen», antwortete Katrin. «Um genau zu sein: am 9. November.»

Die Luft in diesem Saal war etwa so alt wie die DDR selbst, dachte sich der King. Trotzdem atmete Elvis tief durch – schließlich schlug ihm das Herz mal wieder bis zum Hals, und Schweißperlen bildeten sich auf seiner Stirn. Er hoffte so sehr, dass sein Plan funktionieren würde. Immerhin hatte der erste Teil wie am Schnürchen geklappt. Die Presseausweise von Rainer und ihm waren am Eingang nicht allzu genau kontrolliert worden. Und so stand der King nun direkt neben der Bühne vor der holzvertäfelten Wand des Internationalen Pressezentrums in der Ostberliner Mohrenstraße, während sein Freund an der Tür wartete.

Für Elvis' Geschmack sahen Rainer und er mit ihren riesigen Hornbrillen und den Rollkragenpullovern viel mehr wie Journalisten aus als die echten Journalisten. Wenn er sich die anderen so anguckte, hätten sein Komplize und er genauso gut im Schlafanzug kommen können. Oder im Müllsack. Aber vielleicht waren die restlichen Anwesenden ja ebenfalls keine echten Journalisten und hatten sich einfach nur schlechter verkleidet.

Zumindest waren die Presseleute offiziell aus der ganzen Welt angereist, um nun auf einem der roten Sitze Platz zu nehmen und dem Redner aufmerksam zuzuhören. Dass sich ein Mitglied des Politbüros und Sekretär des Zentralkomitees der SED vor laufender Kamera ihren ungefilterten Fragen stellte, war allein schon eine kleine Sensation. So etwas hatte es noch nie gegeben.

Für eine derartige Aufmerksamkeit musste man normalerweise schon ein Leichtflugzeug auf dem Roten Platz landen.

Günter Schabowski trug einen grauen Anzug, graue Haare und ein graues Gesicht. Nachdem er bereits eine ganze Weile über andere Themen referiert hatte, war absehbar, dass irgendwann die Reiseregelung zur Sprache kommen würde. Schließlich war die Stimmung diesbezüglich mehr als aufgeheizt. Kaum jemand glaubte dem stellvertretenden Innenminister, Generalmajor Dieter Winderlich, dass nunmehr auch Anträge auf ständige Ausreise in der DDR selbst angeblich *unbürokratisch und schnell entschieden und nur in ausgesprochenen Ausnahmefällen, bei denen es um legitime staatliche Interessen gehe, abgelehnt würden*. Aber Elvis hatte die Frage danach dennoch nicht dem Zufall überlassen wollen – und einen vermeintlichen Kollegen freundlich und mit hundert Dollar in der Hand gebeten, sie zu stellen.

Um 18.53 Uhr war es schließlich so weit. Riccardo Ehrman, Chefkorrespondent der italienischen Nachrichtenagentur ANSA, fragte Schabowski, ob der Reisegesetzentwurf nicht ein großer Fehler gewesen sei. Der Sekretär versuchte gerade, sich wenigstens einigermaßen gelassen aus dieser Frage hinauszumanövrieren, als Elvis Rainer das Erkennungszeichen gab. Daraufhin tat sein Komplize das, was er mit dem King verabredet hatte: Mit einem Schwung öffnete Rainer die Tür des Saals.

Elvis grinste. Es sah ganz danach aus, als ob sein Plan aufgehen würde. Denn da die Tür auf der anderen Seite des Saals ebenfalls offen stand, kam es plötzlich zu einem starken Durchzug – und Günter Schabowskis Zettel flog im hohen Bogen von seinem Pult herunter durch die Luft. Bis er schließlich auf dem Boden landete.

«Bleiben Sie sitzen, Herr Schabowski», sagte Elvis – und ging schnellen Schrittes zu dem Dokument, um es aufzuheben. Dann gab er Schabowski einen Zettel zurück.

«Sehr freundlich», bedankte sich der Sekretär.

«Oh. Sie wissen doch, wie wir Amerikaner sind», antwortete Elvis mit hochgezogenem Mundwinkel.

Schabowski lächelte milde. Als er sich den Text des Ministerrates durchlies, stutzte er, wollte sich aber nichts anmerken lassen. Zögerlich gab er den Beschluss nun laut zum Besten: «Und deshalb, äh, haben wir uns dazu entschlossen, heute eine Regelung zu treffen, die es jedem Bürger der DDR möglich macht, äh, über Grenzübergangspunkte der DDR, äh, auszureisen.»

Urplötzlich war ein Stimmengewirr in dem zuvor so stillen Publikum zu hören.

«Ab sofort?», fragte jemand.

Ungläubig kratzte sich Schabowski am Kopf. «Also, Genossen, mir ist das hier also mitgeteilt worden ...» Er setzte sich seine Brille auf, um auch wirklich nichts Falsches vorzulesen. «... dass eine solche Mitteilung heute schon, äh, verbreitet worden ist. Sie müsste eigentlich in Ihrem Besitz sein.»

Doch Schabowski war selbst so verunsichert, dass er noch einmal den genauen Text laut vortrug.

«Also, Privatreisen nach dem Ausland können ohne Vorliegen von Voraussetzungen – Reiseanlässe und Verwandtschaftsverhältnisse – beantragt werden. Die Genehmigungen werden kurzfristig erteilt. Die zuständigen Pass- und Meldewesen der VPKÄ – der Volkspolizeikreisämter – in der DDR sind angewiesen, Visa zur ständigen Ausreise unverzüglich zu erteilen, ohne dass dafür noch geltende Voraussetzungen für eine ständige Ausreise vorliegen müssen.»

«Mit Pass?», fragte Ehrman erstaunt.

«Äh ...» Wieder musste Schabowski sich vergewissern. «Ständige Ausreisen können über alle Grenzübergangsstellen der DDR und BRD erfolgen. Damit entfällt die vorübergehend ermöglichte Erteilung von entsprechenden Genehmigungen in Auslandsvertretungen der DDR beziehungsweise die ständige Ausreise mit dem Personalausweis der DDR über Drittstaaten.»

Schabowski blickte wieder auf.

«Äh, die Passfrage kann ich jetzt nicht beantworten. Das ist auch eine technische Frage. Ich weiß ja nicht, die Pässe müssen ja ... also, damit jeder im Besitz eines Passes ist, überhaupt erst mal ausgegeben werden. Wir wollten aber ...»

«Wann tritt das in Kraft?», fragte einer der Journalisten.

Wieder blätterte Schabowski in seinen Papieren. «Das tritt nach meiner Kenntnis ... ist das sofort, unverzüglich.»

«Auch in Berlin?», fragte ein Journalist verwundert. «Sie haben nur BRD gesagt – gilt das auch für Westberlin?»

Schabowski zuckte mit den Schultern, zog seine Mundwinkel nach unten und schaute in die Papiere.

«Also – doch, doch: Die ständige Ausreise kann über alle Grenzübergangsstellen der DDR zur BRD beziehungsweise zu Westberlin erfolgen.»

Die Journalisten waren offensichtlich allesamt ziemlich irritiert von dem, was Schabowski da gerade verkündet hatte. Und Elvis' Grinsen war so breit, dass man gut und gern eine Wäscheleine daran hätte befestigen können. Zufrieden spannte der King Schabowskis eigentlichen Zettel unter die Klammer seines Klemmbretts.

Rainer und er hatten gerade mit einem kurzen Windstoß die Grenze der Deutschen Demokratischen Republik geöffnet.

«Alles Gute zum Geburtstag», sagte Elvis und nahm Katrin fest in die Arme.

Offenbar hatte seine Freundin die *Aktuelle Kamera* von 19.30 Uhr nicht gesehen. Sie wäre nicht so beschäftigt damit gewesen, hier drinnen die heutige Feier vorzubereiten, wenn sie gewusst hätte, dass sich draußen gerade die Welt veränderte.

«Danke dir, Elvis», antwortete Katrin und streichelte dem King über den Rücken.

«Rainer und ich würden dir gern unser Geschenk geben», schmunzelte Elvis. «Allerdings haben wir es nicht hier.»

Katrin winkte ab. «Kein Problem. Ihr müsst es mir nicht heute geben.»

«Das würden wir aber gern», sagte Elvis. «Komm, Schätzchen. Wir nehmen alle mit. Unten warten zwei Autos. Es ist eine Überraschung.»

Katrin stutzte. «Wir haben hier doch jetzt extra alles vorbereitet.»

Der King strich über ihre Wange und sagte mit samtiger Stimme: «Glaub mir: Du wirst es nicht bereuen.»

Katrin willigte ein – und so machten sich die Freunde auf den Weg. Knatternd fuhren die beiden Trabbis durch die dunklen Straßen Ostberlins. Als sie schließlich um die Ecke zur Bornholmer Brücke bogen, konnte Katrin kaum ihren Augen trauen.

«Was ist denn da los?», fragte sie völlig entgeistert.

Direkt vor dem Grenzübergang stand eine gigantische Menschenmenge, daneben eine lange Schlange Autos. Es sah aus, als wären Joe Cocker, David Bowie, Bruce Springsteen und Udo Lindenberg gleichzeitig in der Stadt. Doch Katrin dämmerte langsam, was dort wirklich vor sich ging.

Absichtlich nicht allzu professionell fing Elvis an zu singen: «Happy birthday to you ...»

Nun setzten auch die anderen Fahrgäste mit ein, und alle sangen gemeinsam: «Happy birthday to you, happy birthday, liebe Katrin, happy birthday to you.»

Die Freunde parkten ihre Fahrzeuge und stellten sich mit der völlig verblüfften Katrin in der Schlange an. Wobei das hier eher eine ganze Schlangengrube war. Und so weit hinten konnte man kaum beurteilen, was da vorne überhaupt vor sich ging.

«Tor auf! Tor auf! Tor auf!», skandierte die Menge wieder und wieder. Und ließ gleich darauf eine neue Parole folgen: «Wir kommen wieder! Wir kommen wieder! Wir kommen wieder!»

Doch nichts bewegte sich. Erst, als unter zahlreichen Sprechchören der Druck größer und größer wurde, öffneten die völlig überforderten Grenzer schließlich den rot-weiß gestreiften Schlagbaum. Vollkommen desillusioniert betrachteten sie die Menschenmassen, die laut jubelnd an ihnen vorbei in die Freiheit strömten. Kreischend, weinend, fassungslos.

Katrin machte einen Freudensprung und fiel Elvis in die Arme.

«Und? Gefällt dir dein Geschenk?», fragte der King.

Katrin sah ihn mit Tränen in den Augen an. Dann gab sie Elvis einen Kuss. «Wie in aller Welt hast du das nur geschafft?», fragte sie.

Der King zog seinen Mundwinkel hoch. «Nennen wir es einfach *Wind of Change*.»

Elvis zwinkerte Rainer zu.

Wie auf Wolken liefen die Freunde mit der Menge hinüber zum Brandenburger Tor, wo sich bereits Tausende versammelt hatten. Einige Menschen tanzten auf der bunt bemalten Mauer. Andere hatten sogar Hämmer und Meißel mitgebracht und versuchten, kleine Stücke aus dem Beton herauszuschlagen. Vollkommen baff bestaunte Elvis die Szenerie und schüttelte den Kopf. Dies war größer als alles, was er in seinem ganzen Leben erreicht hatte. Mit aller Wahrscheinlichkeit war er in diesem Moment so stolz wie niemals zuvor.

Da griff ihn plötzlich jemand am Arm. Es war Hasselhoff. Er konnte kaum noch stehen, hielt eine Flasche Sekt in der Hand und lallte: «Ich will immer noch hier singen.»

Elvis lachte schallend. «Verdirb den Leuten doch nicht die gute Laune.»

Dann drehte er sich um und ließ Hasselhoff stehen. Der Knight Rider sah ihm mit blitzenden Augen hinterher und rief: «Ich weiß es!»

Unbeirrt lief der King weiter und fragte: «Was weißt du?»

«Ich weiß, wer du wirklich bist!», sagte Hasselhoff.

Da blieb der King plötzlich stehen und schloss für einen kurzen Moment seine Augen. Dann öffnete er sie wieder und drehte sich um. «Wovon sprichst du?», fragte er und lief wieder zurück.

«Oh, ich denke, das weißt du ganz genau», entgegnete Hasselhoff – und sagte triumphierend: «Elvis.»

Der King kniff seine Augen zusammen und sah Hasselhoff prüfend an. Der Knight Rider grinste.

«Weißt du, es gibt nicht sonderlich viele Menschen auf dieser Welt, die kein Ketchup mögen und zugleich eine Schokoladenallergie haben. Ich für meinen Teil kannte bisher nur einen: Elvis Presley.»

Elvis schüttelte ungläubig den Kopf und schmunzelte. «Du bist betrunken, Hasselhoff.»

Doch der sah ihm direkt in die Augen und sagte: «Und du bist Elvis Presley höchstpersönlich.»

Elvis lachte auf und versuchte möglichst amüsiert zu klingen, als er antwortete: «Hey, du kannst ja doch lustig sein. Das ist so dermaßen absurd! Aber nehmen wir einfach mal an, du hättest recht. Würdest du mich dann auffliegen lassen? Oder was? Mich erpressen?»

Hasselhoff zuckte mit den Schultern. Elvis winkte ab und sagte immer noch lachend: «Das ist wirklich vollkommen lächerlich, Hasselhoff. Wenn es dir darum geht, hier aufzutreten – meinetwegen. Tu, was du nicht lassen kannst. Von mir aus. Bald ist Silvester, die perfekte Gelegenheit. Zieh dir irgendeine blinkende

Jacke an, sing dein beschissenes Lied und erzähl der ganzen Welt, dass du die Berliner Mauer zu Fall gebracht hast.»

Nun wurde Elvis plötzlich todernst und stellte sich so nah vor Hasselhoff, dass sich ihre Nasen fast berührten. Der King konnte die Fahne des Knight Rider riechen, als er leise zischte: «Aber wir beide, Hasselhoff – wir beide wissen, wie es wirklich war.»

Das Königs- treffen

Wenn man erst einmal die Welt gerettet hat, ist es nicht gerade einfach, seinem Leben einen neuen Sinn zu geben. Deswegen wusste Elvis selbst knapp vier Jahre nach dem Mauerfall noch nicht so recht etwas mit sich anzufangen. Deutschland hatte sich mittlerweile wiedervereinigt, der Kalte Krieg war vorbei, und selbst die Apartheid hatte ein Ende gefunden. Allerdings ließ sich nicht genau rekonstruieren, inwiefern David Hasselhoff auch dafür verantwortlich war. Zumindest hatte dieser Knallkopf mit seiner Fernsehserie erstaunliche Erfolge gefeiert. Um ehrlich zu sein: *Baywatch* war die meistgesehene Serie des zwanzigsten Jahrhunderts. Sie wurde in hundertvierundvierzig Ländern ausgestrahlt und hatte jede Woche eine Milliarde Zuschauer. Und Elvis musste zugeben: Gewisse Ausschnitte gefielen sogar ihm.

Allerdings hatten selbstverständlich auch die Neunziger nicht nur Gutes hervorgebracht: zum Beispiel den Zweiten Golfkrieg und *Vanilla Ice*. Von *Nirvana, Pearl Jam* und den *Red Hot Chili Peppers* ganz zu schweigen. Für Elvis' Geschmack war jede dieser Bands eine Kriegserklärung für sich. Zu seiner Zeit musste man in dieser Branche neben seiner Persönlichkeitsstörung wenigstens noch einen Funken Talent mitbringen. Heute reichte es offenbar völlig aus, einen Laden zu kennen, der Holzfällerhemden verkauft.

Der King seufzte. Lisa war mal wieder zu spät und ließ ihn in diesem eigenartigen Café warten. Dieser Laden war ungefähr so bodenständig wie der Accent aigu über dem e. Doch obwohl es in dieser Gegend eher nach Geld hätte stinken müssen, lag erstaunlicherweise der warme Duft frisch gemahlener Bohnen in der schweren Luft. Um die Wartezeit zu überbrücken, zückte Elvis sein neustes Spielzeug: das *Motorola International 3200*, den sogenannten *Knochen*. Damit fiel man selbst hier noch auf. Dieses *Mobiltelefon* war zwar zum Mitnehmen gedacht, allerdings hätte man von der Größe her genauso gut eine Telefonzelle bei sich tragen können. Zudem besaß Lisa leider bisher keins von diesen Dingern, und es war dementsprechend zwecklos, sie anzurufen. So eine Erfindung bringt einem eben herzlich wenig, wenn niemand sonst sie nutzt. Elvis schmunzelte. Schon erstaunlich, dass er mit seinen achtundfünfzig Jahren immer noch offener für neue Technologien war als seine fünfundzwanzigjährige Tochter. Es würde den King nicht mal wundern, wenn sie noch nie vom World Wide Web gehört hätte. Aber gut – das war auch relativ neu. Und er war schon froh, dass sie im Besitz eines Festnetztelefons war.

Endlich kam Lisa zur Tür herein. Wenn man erst mal sein zwölftausend Quadratmeter großes Anwesen überqueren musste, konnte offenbar selbst der Weg von Hidden Hills, Kalifornien nach Hidden Hills, Kalifornien einige Zeit in Anspruch nehmen. In ihren verschlissenen Jeans, dem weißen T-Shirt und der schwarzen Lederjacke passte Elvis' Tochter an diesen Ort ungefähr so gut wie Pink zu Rot. Im Gegensatz zu ihr wirkte alles in diesem Laden geradezu europäisch vornehm: das alte Porzellan, der üppige Kronleuchter, die Tische mit den gusseisernen Füßen und die antiken Ölgemälde an der Wand. Man sah diesem Café bis in den letzten Winkel an, dass es von hier aus nur ein Katzensprung zu der abgeschotteten Reitergemeinde in Calabasas war, in der Lisa neuerdings zu Hause war. Vermutlich wäre es in diesem Café weniger aufgefallen, wenn Ludwig der XIV. zur Tür hereinspaziert gekommen wäre. Allerdings lag das nicht nur an der Kleiderwahl der jungen Dame. Denn Lisa Marie Presley hatte ein Gesicht, mit dem man sich überall anziehen konnte, wie auch immer man wollte: das ihres Vaters. Sie sah aus wie der junge Elvis – nur mit roten Lippen, Brüsten und schulterlangen braunen Haaren.

Und so hatte sie den King trotz seiner üblichen Verkleidung schon auf den ersten Blick erkannt. Schließlich war es fast, wie in den Spiegel zu gucken. Elvis strahlte übers ganze Gesicht, als sich die beiden begrüßten. Er freute sich so sehr, dass es seiner Tochter mittlerweile gutging. Aus dem verwöhnten Teenager-Tyrann war eine junge Frau geworden, die mit beiden Beinen im Leben stand. Und das auch noch mit zwei sehr hübschen Beinen. Ihre früheren Drogenprobleme hatte Lisa schon lange überwunden. Seit einigen Jahren war sie mit dem Musiker Danny Keough verheiratet und hatte Elvis zwei zauberhafte Enkel geschenkt: Danielle Riley und Benjamin Storm. Opa Elvis war stolz auf seine große Tochter.

«Es ist so schön, dich zu sehen, Lisa», sagte der King glücklich und umarmte sie. Dann sah er sie an, legte die Hände auf ihre Schultern und fragte: «Seid ihr schon eingezogen?»

Lisa ächzte genervt und schüttelte den Kopf. «Oh nein. Es ist alles noch eine Riesenbaustelle.»

Elvis winkte ab und lächelte milde. «Das wird schon, Kleines.» Der King wandte sich zur Kellnerin. «Noch einen Cappuccino, bitte.» Dann widmete er sich wieder seiner Tochter. Lisa betrachtete seine Hand, als Elvis sie auf ihre legte. «Und ansonsten? Alles in Ordnung, Schätzchen? Wie geht's dir?», fragte er.

«Ach. Gut, gut», antwortete Lisa.

Ihr Vater stutzte. «Nur *gut, gut*? Warum nicht *phantastisch*? Oder *wunderbar*?», fragte der King und zog seinen Mundwinkel hoch. «Es ist doch phänomenal, am Leben zu sein. Lass dir das von einem Experten gesagt sein.»

Lisa lächelte etwas bemüht und senkte ihren Blick. «Es ist alles okay, Dad.»

Elvis griff ihr Kinn, hob ihren Kopf an und sah ihr tief in die Augen. «Hey, komm schon, Lisa. Sei ehrlich. Ich merke doch, dass du was auf dem Herzen hast.»

«Ach, weißt du ...», sagte Lisa nachdenklich und strich gedankenverloren über die Tischplatte. «Ich bin mir mit Danny irgendwie nicht mehr so sicher.»

Elvis fiel fast die Kaffeetasse aus der Hand. Hatte sie das gerade wirklich gesagt?

«Was?», fragte ihr Vater erstaunt. «Was ist denn los? Ihr habt doch gerade erst ein neues Haus gekauft und ... noch ein Kind bekommen. Für mich wart ihr immer eine absolute Bilderbuchfamilie. Ich dachte, ihr wärt ... glücklich.»

«Ich weiß, Dad. Das dachte ich auch. Aber ...» Lisa zögerte. «Es gibt da noch jemand anders.»

«Du ... du hast eine Affäre?», fragte Elvis fassungslos.

«Nein, das ist es nicht», antwortete Lisa und sah ihren Vater scharf an. «Die Presleys hatten schließlich schon mehr als genug Affären, oder?»

Elvis beschloss, diese Spitze zu ignorieren. «Wie meinst du es dann?»

«Ich habe jemanden kennengelernt. Das heißt: Eigentlich kannten wir uns schon als Kinder. Aber vor kurzem haben wir uns wiedergesehen. Und irgendwie war da diese Verbindung zwischen uns.»

Für Elvis brach in diesem Moment sein halbes Weltbild zusammen. Doch er versuchte, ganz ruhig zu bleiben.

«Was ist das für ein Typ?», fragte er mit kritischem Blick.

«Du kennst ihn», antwortete Lisa.

Elvis fiel fast die Kinnlade herunter. «Ich kenne ihn?»

«Ja, das tust du. Du hast uns sogar einander vorgestellt.»

Elvis sah sie noch immer völlig ratlos an.

«Ich spreche von Michael Jackson», sagte Lisa.

Der King riss die Augen auf. «Michael Jackson?», fragte er fassungslos.

Lisa nickte. «Ja.»

«Du ... du machst Witze, oder?», fragte ihr Vater ungläubig.

Lisa schüttelte den Kopf. «Nein, Dad. Es ist die Wahrheit.»

Elvis sank in seinem Stuhl zusammen. Doch Lisa fuhr fort: «Weißt du noch, wie du mich als Kind auf dieses *Jackson-5*-Konzert im *MGM Grand Hotel* mitgenommen hast, weil ich so ein Riesenfan war? Mein ganzes Zimmer war mit Postern tapeziert.»

Elvis nickte und versuchte zu lächeln.

«Ich war vielleicht sechs Jahre alt, Michael muss sechzehn gewesen sein. Aber als ich ihn damals kennenlernte, hielt ich ihn für ziemlich durchgedreht.»

Elvis nickte demonstrativ zustimmend und breitete seine Arme aus. «So wie der Rest der Welt», sagte ihr Vater.

«Aber, weißt du – er ist so vollkommen anders, als alle denken», antwortete Lisa mit leuchtenden Augen. «Ich meine, er ist ein richtiger Kerl. Ich war selbst überrascht. Er flucht, er trinkt, er ist lustig. Und er hat auch nicht immer diese hohe Stimme.»

Ihr Vater schüttelte den Kopf und nahm einen Schluck von seinem Kaffee.

«Ich bin gerade etwas durcheinander», sagte Elvis nachdenklich. «Reden wir von demselben Michael Jackson? Von dem Typen, der vermutlich außerirdischer aussieht als so ziemlich jeder Außerirdische? Der Typ, der auf einem Rummelplatz wohnt? Der in einem Sauerstoffzelt schläft, um hundertfünfzig Jahre alt zu werden? Von dem Mann, der sich die Knochen des *Elefantenmenschen* einsetzen lassen wollte? Dessen *bester Freund* ein Schimpanse ist? Reden wir von diesem Michael Jackson?»

Lisa seufzte. «Ach, Dad. Ich glaube, der letzte Mensch, der sich über solche Eigenheiten aufregen sollte, sitzt mir gerade gegenüber.»

Elvis zog die Augenbrauen hoch. «Willst du deinen Vater allen Ernstes mit diesem Freak vergleichen?»

Lisa zuckte mit den Schultern. «Wenn ich mich recht erinnere, hattest du auch eine ganze Weile einen Schimpansen. Dieser kleine Exhibitionist, der die ganze Zeit den Mädchen unter die Röcke schauen wollte. Wie hieß er noch gleich? Scatter?»

Ihr Vater hob die Hand, um ihr Einhalt zu gebieten.

«Lisa, ich bitte dich. Schimpanse hin oder her. Dieser Typ könnte ohne Maske in einem Horrorfilm mitspielen», sagte Elvis eindringlich. «Mein Gott, wirklich. Wirf doch für diesen Psycho nicht alles weg. Ich meine: Du bist verheiratet. Du hast Kinder.»

Lisa ächzte gequält. «Ja, ich mag verheiratet sein, Dad – aber bin ich glücklich? Das ist doch die Frage. Bin ich verdammt noch mal glücklich?», zischte sie sauer. «Weißt du, Michael und ich sind wie Seelenverwandte. Wir telefonieren jeden Tag. Es gibt so unglaublich viele Parallelen zwischen uns. Er ist der *King of Pop* – ich bin die Tochter des *King of Rock 'n' Roll. Neverland, Graceland.* Wir hatten beide keine richtige Kindheit, konnten niemals irgendjemandem vertrauen, standen immer im Rampenlicht. Er will mir sogar bei meiner Musik helfen. Wer weiß? Vielleicht kann er mich ja bei *Sony* unterbringen. Übrigens bewundert Michael dich total. Früher hat es ihn wohl immer geärgert, dass dich alle den *King* nannten und Bruce Springsteen den *Boss* – er wollte unbedingt auch so einen Titel.»

Elvis schüttelte den Kopf. Dann fragte er gespielt irritiert: «Aber hatte er nicht schon immer einen? Nannten ihn nicht seit jeher alle den *Durchgeknallten*?» Der King schmunzelte.

Bitter enttäuscht sah ihn seine Tochter an. «Hey, du bist mein Vater», sagte sie mit feuchten Augen. «Solltest du nicht jeden akzeptieren, der mich glücklich macht?»

Elvis griff ihre Hand und sah ihr tief in die Augen. «Aber, Lisa, bei aller Liebe – doch nicht Michael Jackson», sagte er verständnislos – und sprach den Namen aus, als redete er von *Donald Duck*. «Da wäre es mir ja noch lieber gewesen, du hättest dich in seinen Affen verknallt.»

Lisa war stocksauer. Sie drehte sich zur Kellnerin um und sagte kalt: «Zahlen, bitte.»

Ziemlich beeindruckt sah Elvis sich um. Diese Filmsets hatten sich in den letzten fünfundzwanzig Jahren offenbar ganz schön verändert. Selbst für einen Streifen wie *Die nackte Kanone 33⅓* wurde heutzutage offenbar, ohne mit der Wimper zu zucken, ein komplettes Gebäude angemietet, um die Oscarverleihung bis ins kleinste Detail nachzustellen. Zudem war Priscillas Garderobe in etwa so groß wie zu Elvis' Zeiten das gesamte Studio. Und trotzdem war seine Exfrau in diesem silbern glänzenden Kleid selbst mit ihren siebenundvierzig Jahren in seinen Augen immer noch das Eindrucksvollste hier am Set.

«Sag mal, Cilla, eines verstehe ich nicht. Was soll dieser ganze Blödsinn mit 2½ und 33⅓?», fragte Elvis verständnislos. «Soll das lustig sein? Falls ja – ich verstehe den Witz irgendwie nicht so ganz.»

«Wenn ich mich recht erinnere, fandest du aber auch schon Teil 1 nicht sonderlich lustig», schmunzelte Priscilla und verteilte einen Spritzer Parfüm auf ihren Armen.

Elvis lachte auf. «Wenn ich mich recht erinnere, hast du damals zwei meiner Filmkonzepte ziemlich belächelt, die mittlerweile fast eins zu eins zu Blockbustern wurden.»

Priscilla lächelte milde. «Lass uns nicht streiten, Elvis. Ich habe nicht viel Zeit – und du wolltest mit mir über Lisa reden, oder?»

«Du hast recht», lenkte ihr Exmann ein. «Wir sollten uns lieber mal ganz in Ruhe streiten. So wie früher.» Elvis warf Priscilla ein kurzes Lächeln zu. Doch schon im nächsten Moment legte er seine Stirn in Falten. «Unsere kleine Lisa ...» Elvis schüttelte den Kopf. «Weißt du, ich kann das alles immer noch nicht fassen, Cilla. Sie hätte sich so ziemlich jeden auf dieser Welt aussuchen können. Ich hätte es akzeptiert. Meinetwegen sogar Phil Collins. Oder *MC Hammer*. Oder sämtliche Mitglieder der *New Kids on the Block* auf einmal. Aber Michael Jackson – das ist ...» Elvis seufzte. «Das ist, als hätte ich *Polstergeist* zum Schwiegersohn.»

Der King fuhr sich durch sein graues Haar und kratzte sich am Kopf.

Priscilla seufzte nun ebenfalls und legte ihre Hand auf seine Schulter. «Ganz ehrlich: Ich habe keine Ahnung, wie wir damit umgehen sollen. Sie ist eine erwachsene Frau, aber ...»

«Nur ist sie offenbar eine völlig verblendete erwachsene Frau», unterbrach sie Elvis. «Ich weiß nicht, vielleicht liegt es an mir. Vielleicht habe ich ihr einfach ein eigenartiges Männerbild vermittelt. Aber wenn das so sein sollte, fühle ich mich dazu verpflichtet, es wiedergutzumachen. All das, was ich in ihrer Kindheit versäumt habe.» Elvis vergrub für einen Moment sein

Gesicht in den Händen. Dann sah er wieder hoch und sagte mit brüchiger Stimme: «Ich will ein guter Vater sein, weißt du. Und ein guter Vater lässt es nicht zu, seine Tochter an einen derartigen Freak zu verlieren.»

Priscilla strich mit ihrer Hand durch sein Haar. «Ach, Elvis. Wir können die Vergangenheit nicht ungeschehen machen. Und du musst dir nicht für alles auf dieser Erde die Schuld geben. Lisa ist Lisa. Sie trägt selbst die Verantwortung für das, was sie tut.»

Elvis ächzte. «Weißt du, manchmal kommt es mir vor, als würde es mir leichter fallen, die Welt zu retten als meine eigene Tochter. Eins steht jedenfalls fest: Wir werden ihr diesen Verrückten nicht einfach ausreden können.»

«Das stimmt. Gott weiß: Ich habe es versucht.» Priscilla schüttelte den Kopf, während sie sich in dem riesigen Ganzkörperspiegel mit dem goldenen Rahmen betrachtete, der an der beigefarbenen Wand hing. Dann sagte sie schmunzelnd: «Ich habe keine Ahnung, von wem sie das hat – aber sie ist wirklich ein furchtbarer Dickkopf.»

Elvis lachte. Doch dann sagte er ernst: «Wir müssen einen anderen Weg finden, Cilla. Und ich glaube, ich habe auch schon eine Idee.»

Priscilla sah ihren Ex neugierig an. Offenbar hatte er sich seine neue Aufgabe diesmal nicht suchen müssen. Diesmal hatte sie ihn gefunden.

«Wenn Lisa dieser Wahnsinnige noch nicht wahnsinnig genug ist – dann lass ihn uns doch einfach noch wahnsinniger machen», sagte Elvis schmunzelnd. «Lass uns die verrücktesten Gerüchte an die Presse streuen, die jemals über *Wacko Jacko* in Umlauf gebracht wurden.»

Lisas Haus in der Long Valley Road als *Haus* zu bezeichnen, wurde ihm keineswegs gerecht. Es war eher die halbe Straße. Jedenfalls hätte man gut und gern innerhalb des Grundstücks verreisen können. Und es hätte niemanden überrascht, wenn man auf dem Weg mindestens einmal die Zeit hätte umstellen müssen.

Wie ein kleiner schwarzer Punkt irgendwo in dieser riesigen Villa lag Elvis' Tochter in ihrem Jogginganzug auf dem Sofa und versuchte, ohne Fernglas das Holzgebälk an der Decke ihres gigantischen Wohnzimmers zu betrachten. Lisa telefonierte, während das Sonnenlicht durch die breiten Glasfronten der Terrassentüren fiel. Neben ihr auf dem Couchtisch lag ein buntes Magazin, auf dem Cover ein Bild von Michael Jackson mit seinem Affen. Darüber prangte in großen Lettern die Schlagzeile:

HATTE JACKO SEX MIT BUBBLES?

Lisa grinste. «Sag mal, was sollen diese ganzen verrückten Berichte in letzter Zeit?», fragte sie. «Wenn du Sex mit deinem Affen hast – warum flirtest du dann die ganze Zeit mit mir?»

Am anderen Ende der Leitung war ein leises Kichern zu hören. «Immerhin schreiben sie auf diese Weise nicht mehr, dass ich schwul sei. Das wird meine Familie schon mal gutheißen», sagte Michael mit leiser Stimme.

«Oh ja, sie werden sicherlich beruhigt sein», antwortete Lisa. «Ich meine, ich weiß nicht – vielleicht ist da ja wirklich was dran. Immerhin schläft Bubbles in deinem verdammten Bett. Er isst gemeinsam mit dir am Tisch. Ihr schaut euch sogar zusammen Filme an. Ich hätte wirklich allen verdammten Grund, eifersüchtig zu sein.»

Wieder kicherte Michael am anderen Ende. «Ich kann dich beruhigen, Lisa», sagte er. «Ganz so einsam bin ich dann doch nicht.»

Lisa lachte. «Hey, aber kommt dir das nicht komisch vor

in letzter Zeit? All die Schlagzeilen alleine diese Woche? Montag sollst du Sex mit deinem Affen haben. Dienstag sind du und deine Schwester Janet angeblich ein und dieselbe Person. Mittwoch singst du nicht selbst und sie geben dir den Spitznamen *MICHAEL VANILLI*. Und heute führst du eine Dreierbeziehung mit *Right Said Fred*.»

«Oh, wie gemein. Das mit *Right Said Fred* nehme ich ihnen wirklich übel», hauchte Jacko nachdenklich.

«Aber woher zur Hölle kommen diese ganzen Verleumdungen?», fragte Lisa. «Stammen die von deinen PR-Leuten?»

«Nein, Lisa. Diesmal wirklich nicht. Glaub mir bitte. Meine Leute lassen sich zwar wirklich eine Menge verrücktes Zeug einfallen – aber wer diese neuen Gerüchte streut? Ich weiß es nicht.»

«Eigenartig ...», sagte Lisa. «Weißt du, ich glaube, du bist so viel besser als diese ganzen komischen Geschichten. Dein Image wird dir nicht gerecht.»

«Hey, glaub mir: Ich habe wirklich nichts damit zu tun, Lisa. Vielleicht will mir irgendjemand damit schaden. Ich habe nur absolut keine Ahnung, wer das sein könnte.»

«Hmm ...», sagte Lisa nachdenklich.

«Aber ich weiß eines: Wer auch immer das alles in Umlauf bringt – in Wirklichkeit tut er mir damit einen Gefallen. Schließlich ist das alles PR-Arbeit. Und ich muss nicht mal einen Cent dafür bezahlen.»

Lisa schüttelte den Kopf und rollte die Augen.

«Sorry, Darling. Ich muss Schluss machen. Ich habe hier noch was zu erledigen», sagte sie plötzlich kurz angebunden und legte auf.

Sie hielt kurz inne und sah durch die Glasfront in ihren Garten. Dann wählte sie eine neue Nummer.

«Hey Dad, ich bin's», sagte Lisa. «Sag mal, ich habe mich nur gefragt, ob du vielleicht irgendwas mit diesen ganzen Lügenartikeln über Michael zu tun hast?»

«Welche Lügenartikel?», fragte ihr Vater scheinheilig.

«Du weißt schon: Er hat Sex mit seinem Affen und dieser ganze Blödsinn», antwortete Lisa.

«Er hat Sex mit seinem Affen?», sagte Elvis gespielt fassungslos und amüsiert zugleich.

«Das ist ganz und gar nicht lustig, Dad.»

Elvis lachte. «Würde ich aber auch meinen. Vielleicht sollte der Junge mal über eine Therapie nachdenken.»

Am anderen Ende der Leitung herrschte Stille.

«Moment mal», sagte Elvis. «Du denkst doch nicht ernsthaft, dass deine Mutter und ich ...»

Gerade wollte der King weitersprechen, als Lisa ihn schroff unterbrach. «Ich sag dir eines, Dad. Das ist kein Spaß. Wenn du da hinter meinem Rücken irgendwas mit Mum ausheckst, gibt's richtig Ärger.»

Lisa legte auf.

Elvis sah sich in dem kleinen Wohnwagen um, in dem er gerade zu Hause war. Offenbar war es vollkommen zwecklos, Lisas Meinung über Michael Jackson auf diese Weise ändern zu wollen. Die Boulevardpresse war eben nur die Boulevardpresse. Es hätte Lisa wahrscheinlich noch nicht mal interessiert, wenn Jacko zum Frühstück Kinder essen würde.

Elvis seufzte. Wahrscheinlich müsste er zu drastischeren Mitteln greifen. Und sollte ihn nicht alles täuschen, hatte er auch schon eine ganz hervorragende Idee.

Aufgeregt tastete Michael mit dem Finger seine Nasenspitze ab. Die Betäubung zeigte bereits Wirkung. Jacko konnte kaum noch etwas spüren. Doch auch wenn eine Nasenspitzenkorrektur im Vergleich zu anderen Nasenkorrekturen mit verhältnismäßig wenig Aufwand verbunden war, fühlte sich der King of Pop doch angespannt. Schließlich sollte er am heutigen Tag zum ersten Mal nicht von seinem Stammchirurgen operiert werden. Dabei hatte Doktor Hoefflin sämtliche seiner Eingriffe seit seinem Bühnensturz im Jahre 1979 durchgeführt. Mittlerweile war er quasi der Familienchirurg – und kümmerte sich auch um Janet und La Toya. Dementsprechend überrascht war Jacko, als ihm sein Leibarzt derart spontan *aus persönlichen Gründen* absagte. Aber der Star wollte diese OP unbedingt noch vor dem zweiten Teil seiner *Dangerous World Tour* hinter sich bringen. Immerhin hatte ihm Doktor Hoefflin eine Vertretung empfohlen. Da konnte hoffentlich nichts schiefgehen.

Nur hasste Jacko die Vorstellung, gleich live mitzuerleben, wie seine vordere Nasenscheidewand über die Nasenlöcher verkürzt würde. Deswegen summte er demonstrativ die Melodie eines Kinderliedes, als die Assistentin ihn darüber aufklärte, dass einige Knorpel abgetragen werden müssten, um seine Nasenspitze in die gewünschte Form zu bringen. Aber er wollte sich die Vollnarkose um jeden Preis ersparen. Jacko hatte keine Lust, sich in den nächsten Tagen wieder so benebelt zu fühlen.

Endlich war die Schwester am Ende ihres Vortrags angelangt. Und da kam auch schon sein Vertretungsarzt hinein. Als Jacko ihn sah, musste er kichern. «Oh, das ist magisch», sagte Michael amüsiert. «Sie haben ja eine Riesenähnlichkeit mit Elvis Presley. Ich kenne seine Tochter, wissen Sie?»

Doktor Carpenter winkte ab. «Oh, Mister Jackson – Sie sind selbstverständlich nicht der Erste, der mir das sagt», schmunzelte Elvis. «Aber als Schönheitschirurg hat man eben die Freiheit, so auszusehen, wie man möchte. Und ich denke, fast jeder Mensch auf dieser Welt will aussehen wie der King of Rock 'n' Roll.» Elvis zwinkerte Jacko zu. «Wobei Sie offenbar lieber aussehen möchten wie *Peter Pan*.»

«Oh ja, ich liebe *Peter Pan*!», rief Michael.

«Na, mal sehen, was ich für Sie tun kann», antwortete Elvis und streckte Jacko seine Hand entgegen. «John Carpenter.»

Jacko schüttelte dem Doktor die Hand. «Michael Jackson.»

In seinen eigenartigen Klamotten sah Jacko aus, als wäre er geradewegs von der Bühne gekommen. Aber wahrscheinlich war für diesen Typen die ganze Welt eine Bühne, dachte sich Elvis. Michael trug einen schwarzen Hut, dazu ein knallrotes Hemd mit Schulterstücken und irgendeine skurrile Binde am rechten Arm. Dieser Freak erinnerte Elvis mehr an einen Zinnsoldaten als an einen Menschen.

Freundlich nickte der King Jacko zu und streifte sich einen Mundschutz über. Plötzlich machte Elvis eine von Michaels Tanzposen nach, streckte seinen Arm aus und zeigte mit dem Finger nach unten. Zudem untermalte er die Pose mit einem von Jackos typischen Lauten.

«Tschukkutschukku», flüsterte er – und verharrte kurz, bevor er sagte: «Sehen Sie. Schon haben wir zwei Ähnlichkeit miteinander.» Elvis lachte auf.

Jackos Lächeln wiederum wirkte etwas bemüht.

Der vermeintliche Arzt zog sich zwei türkisfarbene Handschuhe über. Doktor Carpenter sah seine Hände an und sagte: «Und mit diesen Dingern könnte ich beinahe als Ihr Double durchgehen, oder?»

Noch einmal lächelte Jacko angestrengt. Elvis zwinkerte ihm zu. Nachdem die Gerüchte Lisa nicht von diesem Typen hatten abbringen können, war der King umso gespannter darauf, was seine Tochter nach dieser Sitzung von ihrem neuen Schwarm halten würde. Elvis hatte extra einen Crashkurs in plastischer Chirurgie besucht und Doktor Hoefflin eine stattliche Summe zukommen lassen, um diesem Freak die absurdeste Nase zu verpassen, die die Menschheit je gesehen hatte.

Genüsslich werkelte Elvis an Jacko herum. Mit der Zeit sahen die Assistentinnen die beiden immer öfter immer irritierter an. Doch keine von ihnen traute sich, etwas zu sagen. Dabei hatte ihr Verstörungsgrad mittlerweile etwa den eines Erwachsenen bei *Beavis and Butt-Head* erreicht. Glücklicherweise konnte unter dem Mundschutz niemand Elvis' breites Grinsen erkennen. Nach einer Viertelstunde war sein Werk schließlich vollendet. Falls es mit der Musik irgendwann nicht mehr klappen sollte, konnte Michael Jackson spätestens jetzt in einer Geisterbahn anfangen. Das war eher *Peter Panik* als *Peter Pan*. Der King war gerade fertig geworden und platzierte ein Pflaster auf dem Rest von Jackos Nase, als es plötzlich an der Tür klopfte. Elvis drehte sich um und zuckte beinahe zusammen. Im Türrahmen stand seine Tochter: Lisa.

Michael hob seine Hand und zeigte das Victory-Zeichen. «Hey Lisa», hauchte er.

Einen Moment lang starrte Lisa die beiden einfach nur an. Dann sagte sie: «Hey Michael.»

Jacko deutete mit der Hand in Richtung seines vermeintlichen Arztes. «Darf ich vorstellen? Das ist Doktor Carpenter. Und das ist die wunderbare Lisa Marie Presley», sagte er geschwächt. «Wahnsinn – oder, Lisa? Sieht er nicht total aus wie dein Vater? Ist das nicht absolut kosmisch?»

Noch immer stand Lisa völlig konsterniert in der Tür. Doch schließlich versuchte sie, sich ein Lächeln abzuringen. «Was für eine Überraschung», sagte Lisa und ergänzte sehr betont: «Doktor Carpenter.» Sie gab Elvis die Hand und drückte sie, so fest sie nur konnte. «Sie könnten in der Tat mein Vater sein.»

Der King gab sich alle Mühe, sich nicht anmerken zu lassen, wie weh ihm der Händedruck tat. Es war klar, dass Lisa diese Aktion als Kampfansage interpretieren würde.

«Du hast ihm seine Nase ruiniert! Seine! Nase!», brüllte seine Tochter wutentbrannt. «Er sieht aus wie die gottverdammte Sphinx!»

Elvis hob seine Handflächen. «Beruhig dich bitte, Lisa. Ich gebe ja zu: Vielleicht bin ich ein bisschen zu weit gegangen.»

«Ein bisschen zu weit gegangen?», schrie Lisa. Völlig außer sich griff sie eine Vase und warf sie nach ihrem Vater. Mit einem lauten Knall zersplitterte das Gefäß an der Wohnwagenwand direkt neben Elvis. Wäre er nicht ausgewichen, hätte seine Tochter ihn voll getroffen.

Aufgewühlt und schuldbewusst zugleich sah der King Lisa an. «Es tut mir leid», sagte ihr Vater. «Aber bitte versteh doch: Ich möchte dich nur vor diesem Verrückten beschützen.»

Lisa tippte sich mit ihrem Zeigefinger an die Stirn und kniff die Augen zusammen. «Ach ja? Ich frage mich, wer hier der verdammte Verrückte ist», blaffte sie. «Erst machst du ihm das Gesicht kaputt – und jetzt auch noch diese Sache mit Jordies Vater?»

Fassungslos wischte sie mit der Hand vor ihrem Gesicht herum, als hätte Elvis völlig den Verstand verloren.

«Jordies Vater?», fragte er verwundert.

Lisa atmete genervt aus. «Nun tu nicht so verdammt scheinheilig! Glaubst du ernsthaft, euch nimmt irgendjemand ab, dass Michael Jackson diesen Jungen auch nur angefasst hat?»

Elvis wusste nicht so recht, was er sagen sollte.

«Komm schon, Dad! Dieser Spinner will zwanzig Millionen

dafür, dass er sich irgendeinen Schwachsinn ausdenkt?» Nun stellte sich seine Tochter direkt vor ihren Vater und zischte: «Weißt du, ein paar lustige Gerüchte sind eine Sache – aber das, das ist Rufmord.»

Elvis sah Lisa mit großen Augen an. «Lisa – ehrlich: Ich habe keine Ahnung, wovon du sprichst.»

Seine Tochter griff eine weitere Vase und hielt sie drohend in die Luft.

Elvis seufzte. «Lisa, ich bitte dich. Mein Gott, ist das wirklich wahr? Er schläft mit kleinen Jungs?»

Lisa ächzte und schüttelte genervt den Kopf. Doch selbst wenn sie auch diese Vase nur zu gern geworfen hätte, stellte sie das Gefäß zurück und antwortete ruhig: «Wenn sich diese Sache nicht ganz schnell in Wohlgefallen auflöst, bin ich nicht länger deine Tochter. Und das meine ich verdammt noch mal ernst.»

«Was?» Elvis war fassungslos. Völlig entgeistert schaute er seine Tochter an. «Lisa, ich habe nichts damit zu tun. Das musst du mir glauben. Bis gerade eben hatte ich noch nie von diesem Jordie gehört. Das schwöre ich.»

Lisa lachte demonstrativ auf. «Ach ja? Weißt du was? Wenn der Colonel demnächst erfahren sollte, wo du diesen dreckigen kleinen Wohnwagen geparkt hast, dann werde ich es auch nicht gewesen sein.»

«Lisa, ich bitte dich», sagte Elvis eindringlich. Er wollte seine Tochter gerade am Arm greifen, doch sie riss sich los, öffnete die Wohnwagentür und stampfte wütend hinaus.

«Lisa!», rief Elvis ihr hinterher. «Lisa, du musst mir glauben!»

Doch da saß Lisa auch schon in ihrem gelben *Porsche 911* und ließ den Motor aufbrüllen, bevor sie mit quietschenden Reifen davonfuhr.

«Ich werde diesem Lügner nicht einen Dollar bezahlen», sagte Michael mit gedämpfter Stimme.

Es gab keinen Menschen auf dieser Welt, den er auch nur annähernd so hasste wie Evan Chandler: Jordies Vater. Nicht mal seinen eigenen verabscheute er mehr. Und der hatte ihn früher mit Kabeln und Gürteln ausgepeitscht. Aber die Tabletten hatten selbst Jackos Wut betäubt. Er war kaum noch in der Lage, auch nur irgendetwas zu fühlen. Die Missbrauchsvorwürfe der letzten Wochen und die damit verbundene Klage machten ihn fertig. Am Anfang hatte er noch gedacht, Evan Chandler sei nur eifersüchtig, weil Jordie seine Wochenenden zuletzt lieber in *Neverland* verbrachte, als seinen Vater zu besuchen. Aber dieser Typ schien es mit seiner absurden Forderung bitterernst zu meinen. Nur war das längst nicht Michaels einziges Problem. Dazu kamen diese unglaublichen Schmerzen an Jackos Kopfhaut, die ihn seit knapp zehn Jahren unaufhörlich begleiteten, seitdem seine Haare beim Dreh eines Werbespots für *Pepsi* versehentlich in Flammen aufgegangen waren. Außerdem litt Jacko unter den Nachwirkungen einer Zahnbehandlung. Und der ständige Druck während seiner Tour hatte sein Übriges getan. Es war fast unmöglich, unter diesen Umständen normal zu funktionieren und mit einem Lächeln auf dem Gesicht *Heal the World* zu singen. So krank, wie er war, hätte er noch nicht mal die nächste Kleinstadt heilen können. Michael war schneller abhängig geworden, als es irgendjemand aus seinem Stab hätte merken können. Und er selbst merkte sowieso kaum noch etwas. So langsam bekam er das Gefühl, seine einzigen Freunde seien Percodan, Demerol, Codein, Valium, Xanax und Ativan.

Aber zum Glück gab es auch noch Lisa. Mit ihr telefonierte Jacko so ziemlich jeden Abend. Und heute war er dazu auch noch halbwegs in der Lage. Während er in seinem japanischen Hotelzimmer auf dem Bett lag, lief sie durch den Garten ihres Mietshauses in Canoga Park, Kalifornien. Noch immer war sie nicht komplett nach Hidden Hills umgezogen.

Lisa war zutiefst besorgt über Michaels Umgang mit Tabletten – schließlich hatte sie schon sehr früh erleben müssen, was Medikamente mit einem Menschen anrichten können. Und auch wenn sie nach wie vor mit Danny verheiratet war, so gehörte ihr Herz doch längst einem anderen.

«Nicht einen Dollar», wiederholte Jacko.

«Ich verstehe das. Wirklich, Michael», sagte Lisa. «Aber ich bitte dich: Lass dir helfen. Wenn du diesen Kampf durchstehen willst, brauchst du all deine Kraft. Bitte, Michael – versprich mir das. Mach eine Therapie.»

Michael sagte eine ganze Weile nichts.

«Du bist so süß, Lisa», flüsterte er schließlich. «Wirklich. Du bist das einzig Gute in meinem Leben.» Jacko atmete einmal tief ein und wieder aus. Dann nahm er all seinen Mut zusammen und fragte: «Wenn ich dich bitten würde, mich zu heiraten – würdest du es tun?»

Lisa stutzte. Mit dieser Frage hatte sie nicht im Traum gerechnet. Doch nach einer kurzen Pause sagte sie entschlossen: «Ja. Ich würde es tun.»

Stille.

«Warte, ich muss kurz ins Bad», antwortete Michael.

Vorsichtig setzte er sich auf, drückte leise eine Tablette aus der Packung, spülte sie mit Wasser herunter und hauchte dann: «Meine Liebe für dich ist echt. Bitte glaube mir.»

Lisa lächelte. Eine Träne rollte über ihre Wange.

Der November war als Monat an sich ja schon deprimierend genug. Aber es gab vermutlich kaum einen Platz auf dieser Welt, an dem er deprimierender ausfiel als in der Charter Nightingale Klinik in London. Mit hängenden Schultern saß Jacko zwischen lauter Fremden, deren einzige Gemeinsamkeit ihre leeren Augen waren.

Während der King of Pop einige Tage zuvor für ein Konzert in Mexico City gewesen war, hatte sich sein Zustand dramatisch verschlechtert. Dünn, müde und völlig ausgezehrt hatte er daraufhin das Ende seiner Welttournee bekanntgegeben. Das Personal des *Presidente Hotels* war nach dem Auszug des King of Pop vom Zustand seiner Fünfzimmersuite schockiert gewesen. Im Putz der Wohnzimmerwand hatten die Angestellten tiefe Beulen und Risse vorgefunden. Ganz so, als hätte jemand immerzu seinen Kopf dagegen geschlagen. Auf den Sofas Erbrochenes, überall wirre Kritzeleien.

Jacko selbst sah auch nicht viel besser aus als sein ehemaliges Hotelzimmer: Wie ein Transvestit, der monatelang vergessen hatte sich abzuschminken. Zu allem Übel klaffte auf seiner Nasenspitze eine offene Wunde, deren bloßer Anblick Schmerzen bereitete. Längst hatte die Sucht seine Eitelkeit besiegt. Michael Jackson brachte nicht mal mehr die Energie auf, seine neue Latex-Nasenspitze aufzusetzen und sie mit Bühnen-Make-up abzudecken. Und während er hier drin in Gruppentherapie saß, wartete draußen die Presse wie Aasgeier auf irgendeine Neuigkeit von ihm.

Zum Glück bekam man in der Klinik von der Außenwelt rein gar nichts mit. Stattdessen beschäftigte man sich hier ausschließlich mit sich selbst. Und die meisten anderen Patienten hielten Jacko vermutlich eh für eine Halluzination. In der heutigen Sitzung berichtete ein gewisser Julian von seinen Alkoholproblemen. Stephanie wiederum hatte eine ausgeprägte Leidenschaft für Kokain. Jonathan kiffte nur, weswegen er von den anderen nicht so recht ernstgenommen wurde. Zumindest aber hatten die Süchtigen allesamt eine ganze Menge zu erzählen. Nur einer in der Runde sagte nie ein Wort: Michael Jackson. Zu groß war die Angst, einer der Patienten könne seine Geschichte an die Regenbogenpresse verkaufen. Jacko schüttelte ungläubig den Kopf. Gerade erst hatte ihm EMI hundertfünfzig Millionen für die Verwaltung seines ATV-Katalogs zugesagt. Und nun saß er hier zwischen lauter Leuten, für die vermutlich schon hundertfünfzig Pfund einem Vermögen gleichkamen. Er musste daran denken, was sein Vater immer gesagt hatte: *Im Leben ist man entweder Gewinner oder Verlierer. Und keiner meiner Söhne wird ein Verlierer sein.*

Der Popstar vergrub sein Gesicht in den Händen. Es ließ sich schwer einschätzen, zu welcher Gruppe er gerade gehörte. Aber eines wusste er dafür ganz genau: wer ihn hierhergebracht hatte. Doch was auch immer noch geschehen mochte – er würde Jordies Vater nicht auszahlen. Niemals.

Sechzehn Jahre. Sechzehn Jahre lang hatte der Colonel auf diesen Moment gewartet. Und nun trennten den Manager nur noch etwa dreißig Meter von seinem ehemaligen Schützling. Tom Parker ließ das Fernglas sinken und lachte leise. Lisas Tipp war zwar völlig unerwartet gekommen, aber offenbar hatte das kleine Miststück nicht gelogen. Es war dem Colonel immer noch schleierhaft, warum ausgerechnet seine missratene Tochter Elvis verraten hatte. Aber wahrscheinlich plagte sie einfach ein schlechtes Gewissen, weil sie den Colonel damals um sein wohlverdientes Geld gebracht hatte. Zumindest jedoch versteckte sich ihr Vater allen Ernstes auf einem Campingplatz in Van Nuys, Kalifornien.

Der gottverdammte King of Rock 'n' Roll wohnte in einem gottverdammten Wohnwagen!

Das Lachen des Colonels verwandelte sich in einen rasselnden Husten. Zwar verzichtete er seit einigen Jahren auf seine geliebten Zigarren, aber diese ekelhafte Bronchitis und seine Atemprobleme waren ihm als Souvenirs geblieben. Dazu gesellten sich eine Herzerkrankung und ausgesprochen hinterhältige Gelenkschmerzen. Längst war der Colonel kein Häufchen Elend mehr. Sondern Elend in der Größe der Schweizer Alpen. Tom Parker war genauso ungesund, wie er aussah. Das Fleisch in seinem Nacken hing wie Crêpes an ihm herunter – allerdings ohne die Marmelade. Seine Haut war so blass, dass der Mann beinahe durchsichtig wirkte. Zugleich war sie derartig von Leberflecken übersät, dass diese seine Handrücken fast vollflächig braun färbten. Das Schlimmste aber waren die Nachwirkungen seines zweiten Schlaganfalls.

Der Colonel seufzte und strich mit den Händen über die Griffe seines Rollstuhls. Tom Parker wusste, dass sein Leben jeden Moment vorbei sein konnte. Sein ganzer Körper war eine einzige Problemzone. Aber zumindest im Kopf war er auch mit seinen vierundachtzig Jahren immer noch topfit. Und trotz seines gesundheitlichen Zustands ließ der Colonel sich nicht unterkriegen. Loanne und er waren mittlerweile verheiratet. Noch immer gingen die beiden jeden Tag auswärts essen und danach schob sie ihn durchs Casino. Seine Kur, wie der Colonel zu sagen pflegte. Fast war es, als hielte das Dudeln der Automaten ihn am Leben – wie sein ganz persönliches EKG. Da es allerdings ziemlich schwierig war, von da unten die Geräte zu bedienen, ließ er andere Leute unter seiner Aufsicht spielen.

Die Elvis-Sichtungen hatten auch in den letzten Jahren nicht abgenommen. Doch in seinem Zustand war der Colonel verständlicherweise nur noch den wenigsten Meldungen nachgegangen.

Zumal diese immer absurder wurden. Selbst bei *Kevin – Allein zu Haus* wollten Zuschauer den King hinter der verzweifelten Mutter am Flughafen erkannt haben.

Aber nun sah er diesen Mistkerl leibhaftig durch das Fenster seines Wohnwagens beim Abwasch. Beim eigenhändigen Abwasch! Der Colonel hätte bezweifelt, dass dieser Bastard zu so etwas überhaupt in der Lage war. Genüsslich beobachtete Tom Parker den King dabei, wie er das Geschirr abtrocknete. Auch Elvis war älter geworden, sein Haar ergraut – allerdings hatte er deutlich abgenommen. Vermutlich wäre er sonst auch nicht mehr am Leben, dachte sich der Colonel.

Dann gab er seinem Assistenten ein Zeichen. Langsam schob ihn Kenny über den Asphalt hinüber zum Wohnwagen. Sie mussten vorsichtig sein. Niemand konnte abschätzen, was passieren würde, wenn der King sie entdeckte. Vielleicht hatte sich dieser Wahnsinnige mittlerweile ja ein paar Panzerfäuste zugelegt. Oder das Fahrzeug selbst hatte Schusswaffen eingebaut. Elvis wäre es sogar zuzutrauen gewesen, dass er den Boden vermint hatte. Doch Tom Parker und sein Assistent schafften es unbeschadet bis zum Wagen. Kenny parkte den Colonel und klopfte. Tom Parker grinste übers ganze Gesicht. Dieser Moment war das Einzige, was er im Leben noch hatte erreichen wollen. Gleich würde dieser verdammte Hurensohn sein blaues Wunder erleben.

«Hallo?», fragte eine dunkle Stimme von drinnen.

«Hallo Elvis», antwortete der Colonel. «Ich bin's.»

Doch niemand öffnete.

«Mach schon auf, du kleiner Bastard. Es gibt kein Entkommen. Der ganze Wagen ist umstellt», sagte Tom Parker triumphierend. Er nickte Kenny zu, dass er sich auf der anderen Seite des Fahrzeugs platzieren sollte.

Schließlich wurde die Tür unter leisem Quietschen vorsichtig geöffnet. Da stand er im Türrahmen. Langsam sah der Colonel an Elvis hoch, bis er ihm mit scharfem Blick direkt in die Augen schaute. Von einem Moment auf den anderen verschwand das Grinsen aus Tom Parkers Gesicht.

Das war nicht der echte Elvis. Dieser widerliche Schwanzlutscher hatte ihn mit einem Double geködert. Der Colonel ballte seine Faust so sehr, dass er am ganzen Körper zitterte. Offenbar reichte es dem Mistkerl nicht, ihn zu hintergehen. Er wollte sich sogar noch über ihn lustig machen. Das schrie nach Rache. Und zwar so laut, dass man nicht mal Ohren gebraucht hätte, um es hören zu können.

Der Colonel atmete tief durch und sagte mit bebender Stimme: «Richten Sie diesem Hurensohn aus, dass ich ihn umbringen werde.»

In seinem neuen Apartment und einem dicken Wollpullover saß Elvis neben dem reich geschmückten Weihnachtsbaum und konnte nicht fassen, was sein angehender Schwiegersohn da im landesweiten Fernsehen von sich gab. Die langen, lockigen, dunklen Strähnen, die am Rande seines Gesichts herunterhingen, betonten nur noch mehr, dass dieser Schwarze mittlerweile weißer aussah als der weißeste Weiße auf diesem Planeten. Wahrscheinlich hatte gut die Hälfte der Zuschauer gerade einen Ohrwurm von *Black or White*, ohne dass auch nur eine Note davon gespielt worden war. Dieses Wesen hätte genauso gut aus Porzellan sein können. Und es wirkte genauso zerbrechlich. Eindringlich blickte Michael Jackson direkt in die Kamera, als er sich der Nation erklärte. Oder vielmehr: der ganzen Welt.

«Wie viele bereits wissen, bin ich nach meiner Tour nicht sofort in die USA zurückgekehrt, weil ich wegen meiner Schmerzmittelabhängigkeit in Therapie war. Die Medikamente wurden mir ursprünglich verschrieben, weil ich nach einer Kopfhautoperation unter schlimmen Schmerzen litt.»

Aufgewühlt fuhr Jacko fort. «In letzter Zeit wurden widerliche Behauptungen über mich aufgestellt. All diese Aussagen sind vollkommen falsch. Wie ich schon eingangs betonte, hoffe ich auf ein schnelles Ende dieser scheußlichen, scheußlichen Erfahrung, der ich ausgesetzt bin. Leider darf ich an dieser Stelle nicht im Einzelnen auf die Anschuldigungen eingehen. Meine Anwälte haben mich darauf hingewiesen, dass dies nicht der angemessene Rahmen dafür sei. Am meisten verletzt mich, wie unglaublich grausam die Presse mit dieser Angelegenheit umgeht. Die Medien haben jede Gelegenheit genutzt, die Situation zu manipulieren, um ihre eigenen Rückschlüsse zu ziehen. Ich bitte Sie, die Wahrheit abzuwarten, bevor Sie mich verurteilen. Ich bin kein Krimineller. Ich bin unschuldig.

Anfang der Woche wurde ich zu einer unmenschlichen und demütigenden Untersuchung durch das *Los Angeles Police Department* gezwungen. Sie hatten die Erlaubnis, meinen Körper zu untersuchen und zu fotografieren – inklusive meines Penis, meines Pos, meiner Schenkel, meines Unterleibs und aller Körperteile, die sie sehen wollten. Angeblich suchten sie nach Hautverfärbungen, die auf eine Krankheit namens *Vitiligo* hinwiesen, über die ich bereits berichtete.»

Der King schüttelte den Kopf. Er hatte von Priscilla bereits einige Details dieser Untersuchung gehört. Die ganze Sache stank zum Himmel. Woher hätte dieser kleine Junge wohl von den Verfärbungen an Michael Jacksons Genitalien und an seinem Po wissen können? Selbst La Toya erzählte mittlerweile der Presse, ihr Bruder sei ein Pädophiler. Jacko war nur noch auf freiem Fuße, weil Jordan Chandler fälschlicherweise behauptet hatte, der Star sei beschnitten. Da passte es ins Bild, dass Jacko die Entscheidung getroffen hatte, die Familie nun doch auszuzahlen. Angeblich durfte niemand in seinem Lager auch nur noch den Namen des Jungen erwähnen. Wie konnte Lisa bloß immer noch zu diesem Verrückten halten – selbst nach all den Vorwürfen? Glaubte sie ernsthaft, er hätte diese ganze Geschichte nur inszeniert? Angeblich waren Jacko und seine Tochter mittlerweile sogar verlobt. Verlobt!

Der King schüttelte fassungslos den Kopf. Da wäre es ihm ja noch lieber gewesen, Lisa wäre drogenabhängig geblieben. Allein wegen dieser Geschichte hätte er sich mindestens zwanzigmal im Grabe umgedreht. Wie ein Hähnchen am Drehspieß. Es war höchste Zeit, sich etwas einfallen zu lassen. Er musste seine Tochter irgendwie davon abbringen, diesen Psychopathen zum Mann zu nehmen. Koste es, was es wolle.

Mit aller Wahrscheinlichkeit war dies das Paradies. Über siebenundzwanzigtausend Morgen erstreckte sich die reinste Idylle, in der Ferne lag ein tiefblauer See. Die Wege waren von Blumenbeeten gesäumt – darin verborgen als Steine getarnte Lautsprecher, aus denen leise *Disney*-Musik ertönte. Statuen von *Peter Pan* standen auf dem ganzen Gelände verteilt. Es gab eine Achterbahn, ein Riesenrad, ein Karussell, Autoscooter, Hüpffrösche, Dampfloks und Feuerwehrautos. Dazu einen Zoo mit Giraffen, Löwen, Krokodilen, einer dreieinhalb Meter langen Albino-Pythonschlange, dem Elefanten *Gypsy*, dem Zwerghengst *Cricket*, dem Hängebauchschwein *Petunia*, dem kleinen Schaf *Linus* und dem Schimpansen *Bubbles*. Nicht zu vergessen: das Kino und der kostenlose Süßigkeitenautomat.

Michael Jackson trug seinen schwarzen Hut, dazu ein blaues Jeanshemd und eine schwarze Hose. Er breitete die Arme aus und lief vorneweg, hinter ihm die geradezu unendlich lange Reihe von

Kindern, die er an diesem Tag auf die *Neverland-Ranch* eingeladen hatte. Es war, als würden ihre Augen um die Wette leuchten. Ganz im Gegensatz zu denen von Michael Jacksons Beratern. Die schlugen die Hände über dem Kopf zusammen. Offenbar schien ihr Chef den Ernst der Lage immer noch nicht zu begreifen. Nur, weil er die Chandlers ausgezahlt hatte, hieß das nicht, dass er einfach so weitermachen konnte wie zuvor.

Aber Michael Jackson war wie ein trotziges Riesenkind mit einem schier unendlich großen Vermögen. Wahrscheinlich hätte es ausgereicht, um jede einzelne der Familien dieser Kinder auszuzahlen. Und der heutige Tag war ein deutliches Signal an seine Gegner. Dieser Mann hatte auch in Zukunft nicht vor, sich irgendetwas vorschreiben zu lassen.

Die Idee von diesem Mister Burrows war ihm gerade recht gekommen: zweihundert unterprivilegierte Kinder zu Gast in *Neverland* – und das weltweit in den Nachrichten zu sehen. Ganz offensichtlich musste keines dieser Kinder Angst vor Michael Jackson haben. Er war ihr Freund. Und der Name von Burrows' Wohltätigkeitsorganisation traf an diesem Tage voll ins Schwarze: *SMILEMAKERS*. Michael bedankte sich bei dem Chef für die gelungene Organisation und die beinahe kostenlose PR.

«Und Sie haben nicht nur sie zum Lachen gebracht», sagte Jacko glücklich.

«Vielen Dank, Mister Jackson», antwortete Mister Burrows. «Was für ein wundervoller Tag.»

Der Chef verabschiedete sich, stieg in seinen Kleinbus ein und beobachtete durchs Fenster, wie Michael Jackson und seine Kinderschar davonrannten. Dann griff sich der Geschäftsführer plötzlich ins Gesicht, zog seinen angeklebten Vollbart herunter, setzte seine Perücke ab und grinste. Erst jetzt konnte man erkennen, wer da wirklich am Steuer des Wagens saß.

Es war Elvis Presley.

Lisas Herz schlug bis zum Hals – erschien ihr dieser Moment doch geradezu surreal. Sobald der Richter seinen Satz zu Ende gesprochen hätte, würden Michael und sie Mann und Frau sein. Bis zu diesem 26. Mai 1994 hätte keiner der beiden auch nur im Traum daran gedacht, einmal in einer solchen Blitzzeremonie zu heiraten. Heimlich. Ohne einen einzigen Gast. Lisa hatte selbst ihre Eltern nicht in ihre Pläne eingeweiht – und Michael nicht mal Elizabeth Taylor. Und dann fand ihre Hochzeit auch noch vor einer derartigen Kulisse statt: im Wohnzimmer eines Richters in Las Vegas. Zumal sich dieses Las Vegas nicht mal in den Vereinigten Staaten befand, sondern fünfundachtzig Meilen östlich von Casa de Campo, einem Ferienort in der Dominikanischen Republik. Die Zeremonie wurde auf Spanisch abgehalten und dem Hochzeitspaar durch einen Rechtsanwalt übersetzt. Nachdem sich die beiden, ganz in Schwarz gekleidet, ihre schweren goldenen Eheringe übergestreift und einander geküsst hatten, war das Spektakel auch schon wieder vorbei. Es ging alles viel zu schnell, als dass Lisa wirklich hätte begreifen können, was da gerade passiert war. Ihre Mutter hatte damals den berühmtesten Sänger ihrer Zeit geheiratet – nun war Lisa ihrem Beispiel gefolgt.

Dabei war sie gerade mal seit knapp drei Wochen von Danny geschieden. Und trotzdem war Lisa fest überzeugt davon, dass dies die richtige Entscheidung war. Auch wenn sie keinerlei Verständnis dafür hatte, dass Michael sich nach wie vor mit kleinen Kindern umgab, war ihre Beziehung über die letzten Monate doch immer intensiver geworden. Der Sex mit ihm war geradezu unglaublich. Atemberaubend. Als wäre das Bett seine Tanzfläche. Seit ihrem ersten Mal in *Mar-A-Lago*, dem 118-Zimmer-Schloss von Donald Trump in Palm Beach, konnten die beiden kaum noch die Finger voneinander lassen. Es schien dem Paar vollkommen egal zu sein, dass die Öffentlichkeit ihre Liaison belächelte. Das kümmerte weder Lisa noch Jacko. Sie wussten, dass ihre Liebe echt war.

Michael legte seine Stirn an Lisas und sagte leise: «Da gibt es noch etwas, das ich mir von dir wünsche.»

Lisa lächelte. «Was denn?»

Michael gab ihr einen Kuss. «Ein Kind.»

Priscillas Augen blitzten auf.

«Siehst du nicht, was er im Schilde führt?», fragte sie aufgebracht. «Es ist so offensichtlich.»

Genervt nahm Lisa einen Schluck von ihrer *Coke light*. Es hatte beinahe eine Woche gedauert, bis sie sich überhaupt mit ihrer Mutter hatte treffen wollen. Aber die Presse rätselte längst, ob an den Hochzeitsgerüchten etwas dran war – und jeder einzelne Tag machte den Vertrauensbruch nur noch schlimmer. Und nun saßen Lisa und Priscilla auf der Terrasse des *Ivy*, unter den großen weißen Schirmen an einem der begehrten Tische. Ihre Mutter war nicht nur enttäuscht. Sie war furchtbar wütend.

«Was für ein Timing!», lachte Priscilla, ohne es auch nur ansatzweise lustig zu finden. «Klingelt es da nicht bei dir? Mein Gott! Benutze deinen Instinkt!», rief sie etwas zu laut, sodass nur noch mehr Gäste die beiden Presleys anstarrten. Selbst Bruce Willis und Demi Moore, die am Nebentisch saßen, sahen nun zu ihnen hinüber.

Priscilla konnte nicht fassen, dass sich Lisa von allen Männern auf diesem Planeten ausgerechnet Michael Jackson hatte aussuchen müssen. Mit gesenktem Blick stocherte ihre Tochter schlechtgelaunt in dem, was man seit einigen Jahren *New Ame-*

rican Cuisine nannte: eine kulinarische Mischung aus kalifornischer, mexikanischer, italienischer und französischer Küche.

Lisa konnte durchaus verstehen, dass ihre Mutter sauer war. Sie sollte es bloß nicht übertreiben. Das alles nervte Lisa wahnsinnig. All die Leute, die meinten, es besser zu wissen: Ihr Exmann, ihre Freunde – sogar Colonel Parker hatte sich in der Presse geäußert, dass Elvis diese Hochzeit nicht gutgeheißen hätte. Anscheinend war der verbitterte alte Mann immer noch beleidigt wegen dieser Double-Geschichte.

«Ich meine – was sagt dir dein Bauchgefühl?», fragte Priscilla verständnislos.

Plötzlich sah Lisa von ihrem Teller hoch. «Es sagt mir, dass du dich verdammt noch mal um deine eigenen Angelegenheiten kümmern solltest», antwortete sie scharf. Lisa kniff ihre Augen zusammen, während ihre Mutter sie verwundert anschaute. «Es ist an der Zeit, dass ich mein Leben selbst in die Hand nehme. Und für dich ist es an der Zeit, dich da rauszuhalten.»

Lisa schien das Lampenfieber ihres Vaters geerbt zu haben. Wie ein Tiger im Käfig lief sie in ihrem schwarzen Abendkleid immer wieder auf und ab – auch wenn sie ein ziemlich sexy Tiger war. Und es war kein Wunder, dass sie aufgeregt war. Viel besonderer hätte ein Abend schließlich kaum ausfallen können. Nicht nur, dass Michael und sie sich heute zum allerersten Mal rund zweihundertfünfzig Millionen Fernsehzuschauern als Mann und Frau präsentieren würden – nein, sie sollten die *1994 MTV Video Music Awards* sogar eröffnen. Noch hielten sich die beiden im Backstage-Bereich der *Radio City Music Hall* auf. Doch der Lautstärke nach zu urteilen, schien da draußen bereits halb New York City auf sie zu warten.

Michael schob seine Sonnenbrille nach oben und nestelte an der roten Armbinde, die er über den Ärmel seines schwarzen Jacketts geschoben hatte. «Mach dich auf eines gefasst, Lisa. Ich werde dich küssen, wenn wir da draußen sind», sagte er lächelnd.

Entgeistert sah Lisa ihren Mann an. «Oh nein. Das wirst du ganz bestimmt nicht», antwortete sie.

Michael lachte. «Oh doch, das werde ich.»

Lisa fauchte: «Nein, Michael. Auf keinen Fall. Ich will das nicht.»

«Doch, das willst du. Glaub mir. Und es wird magisch werden», antwortete Michael lächelnd.

Lisa griff seinen Arm und zog ihn zu sich. Dann zischte sie eindringlich: «Ich sage es dir noch einmal: Mach das verdammt noch mal nicht, Michael. Ich meine es ernst.»

Doch da hob sich der gigantisch große goldene Vorhang auch schon – und die beiden gingen unter tosendem Applaus auf die Bühne. Sie liefen über einen schmalen Ausläufer, der quer in den Saal ragte und standen nun inmitten der kreischenden Fans. Michael kostete den Moment voll aus und blickte erst mal eine Weile in die Menge, ohne auch nur ein einziges Wort zu sagen. Lisa biss sich währenddessen nervös auf ihren Lippen herum.

«Hallo», sagte Michael schließlich trocken.

Noch einmal jubelte die Menge. Nach einer kurzen Pause ergänzte der King of Pop feierlich: «Willkommen zu den *MTV Video Music Awards*. Ich freue mich sehr darüber, hier zu sein.» Für einen kurzen Moment sah Jacko Lisa an, bevor er seinen Blick wieder zum Publikum wendete. «Denkt nur dran», sagte der Popstar triumphierend. «Niemand dachte, dass dies halten würde.» Michael nickte in Lisas Richtung.

Dann umarmte er sie und tat es. Er gab ihr einen innigen Kuss. Der ganze Saal geriet daraufhin völlig aus dem Häuschen.

Lisa war stinksauer. Hinter der Bühne machte sie ihrem Ärger Luft. Sie fühlte sich, als sei sie eine gottverdammte Requisite. Und es beruhigte sie keineswegs, dass Michael sagte, die Menschen würden sich noch Jahrzehnte später diesen Clip ansehen. Sowieso war sie in den letzten Monaten immer genervter von ihrem Ehemann gewesen. Am allermeisten ärgerte sie, dass in seiner Welt immer irgendjemand anders für seine Probleme verantwortlich war – nur eben niemals er selbst. Michael suhlte sich viel lieber in Selbstmitleid, statt die Dinge einfach in die Hand zu nehmen. Wäre der Sex nicht so gut, würde den beiden so ziemlich gar nichts mehr bleiben, wenn Lisa es sich recht überlegte. Und ein Kind von ihm wollte sie ganz bestimmt nicht. Er war ja selbst noch eins.

Elvis war auf dem Weg in die Praxis von Doktor Arnold Klein. Er musste einfach etwas unternehmen. Mit diesem Freak an ihrer Seite würde seine Tochter wahrscheinlich schon bald ebenfalls aussehen wie *Barbie*. Oder – wer weiß? Vielleicht sogar wie *Ken*. Heutzutage war schließlich alles möglich. Und Jacko sah ja selbst aus wie eine etwas missglückte Mischung aus beiden.

Elvis parkte seinen schwarzen *Cadillac Coupe DeVille* am Straßenrand. Er hatte Lisa längst verziehen, dass sie ihn an den Colonel verraten hatte. Schließlich hatte er ihr allen Grund dafür gegeben. Nur leider hatte es der King nicht mal mit seiner Wohltätigkeitsaktion geschafft, ihr die Augen zu öffnen. Es war ein schreckliches Gefühl, als Vater versagt zu haben. Dabei hatte er immer nur das Beste für sie gewollt. Schon als Fünfjährige hatte er sie mit Geschenken überschüttet: Pelzmäntel, Juwelen – alles, was das Herz begehrt. Und auch wenn sich Elvis nicht ganz sicher mit seinem neusten Vorhaben war, so wollte er es doch nicht unversucht lassen, Lisa zu retten. Allerdings stand eines fest: Wenn diesmal etwas schiefging, würde sie ihm ganz bestimmt niemals verzeihen. Es war sein letzter Strohhalm. Um dieses Spiel zu gewinnen, würde Elvis alles auf eine Karte setzen müssen.

Er stieg aus dem Wagen und ging die Treppe zur Praxis von Doktor Klein hinauf. Der King hatte von dieser Krankenschwester gehört, die Michael Jackson angeblich schon seit den frühen Achtzigern kannte. Sie arbeitete bei dem Dermatologen, der Jacko bereits einige Jahre lang behandelte. Es hieß, sie würde signierte Booklets und CD-Hüllen in der gesamten Praxis aufhängen. Doch man munkelte, sie sei nicht nur ein Riesenfan, sondern vielmehr eine gute Freundin des Popstars. Und von ihrer Seite aus vielleicht sogar mehr als das.

Elvis öffnete die Tür zur Praxis. Er konnte seine Überraschung nicht verbergen, als er die Schwester sah. Sie war üppig gebaut, blond und blauäugig – und in ihrem weiten weißen Hemd sah sie so gar nicht aus wie eine Freundin des größten Popstars auf diesem Planeten. Hinter dem Empfangstresen saß eine völlig normale Frau.

«Miss Rowe?», fragte Elvis. «Miss Debbie Rowe?»

Wie fast immer in den letzten Monaten schwiegen sich Lisa und Michael auch bei diesem Frühstück die meiste Zeit über an. Jacko las mal wieder den neusten Pressespiegel über sich, während Lisa ihren Gedanken nachhing. Bei den beiden kriselte es nun schon etwa seit einem Jahr. Und alles hatte mit diesem Streit bei den *MTV Video Music Awards* angefangen. Lisa hatte ihren Mann immer über seine Krise hinweghelfen wollen. Aber mittlerweile hatte sie begriffen, dass er selbst die personifizierte Krise war.

Ihr gemeinsames Video zu *You Are Not Alone* von Michaels neuem *HIStory*-Album lief bei *MTV* nach wie vor rauf und runter. Allerdings war sich Lisa schon lange nicht mehr sicher, ob dieser Titel auf ihre Situation wirklich noch zutraf. Die fünfundzwanzig Zimmer der *Neverland-Ranch* in Santa Ynez konnten einem ziemlich einsam vorkommen. Lisa strich mit den Fingern ein paar Krümel von dem schweren Holztisch und beobachtete ihren lesenden Ehemann unter dem goldenen Kronleuchter. Alles zu haben konnte verdammt wenig sein.

Warum in aller Welt war Michael nur so unglaublich egoistisch? Selbst nach dem Riesendrama um Jordie umgab er sich mit immer wieder neuen Kindern, fuhr sogar mit ihnen in den Urlaub – wie zuletzt erst mit den Cascio-Brüdern nach Paris. Und das als verheirateter Mann! Offenbar war es ihm vollkommen egal, wie das seine Frau aussehen ließ. Es wirkte jedenfalls nicht so, als wüsste er zu schätzen, was sie alles für ihn tat.

Als sich Lisa bei ihrem gemeinsamen Fernsehinterview mit Diane Sawyer darum bemüht hatte, Michaels Ruf wiederherzustellen, schnitt er sogar hinter ihrem Rücken Grimassen und alberte herum. Dann noch seine völlig an den Haaren herbeigezogenen Äußerungen über ihren Vater gegenüber der Presse. Und nicht zuletzt die seltsamen Gerüchte über diese Krankenschwester.

Vor kurzem war Lisa extra in die Praxis gefahren, um sich die Frau anzusehen. Aber dort angekommen hatte sie lachen müssen – diese Wuchtbrumme war nun wirklich absolut nicht Michaels Typ. Lisa fand es irgendwie lustig. Vielleicht dachte Michael, sie auf diese Weise eifersüchtig machen zu können. Vielleicht stand diese Debbie auch wirklich auf ihn. Wer weiß? Vielleicht trafen sich die beiden sogar. Lisa war klar, dass Michael einige Geheimnisse vor ihr hatte. Nur bekam sie so langsam das Gefühl, dieser ganze Mensch war ein einziges Geheimnis. Und mittlerweile lief es bei den beiden nicht mal mehr im Bett so richtig.

«Was ist los mit dir, Lisa?», fragte Michael.

Wenigstens schien er ausnahmsweise mal irgendwas zu merken.

«Was soll sein?», fragte sie patzig zurück.

«Du siehst nicht gerade aus, als hättest du gute Laune», antwortete Jacko.

«Ich wüsste nicht, warum ich welche haben sollte», sagte Lisa kalt.

Michael wartete einen Moment, bevor er antwortete:

«Vielleicht wäre deine Laune besser, wenn wir endlich ein Kind hätten.»

Lisa zischte genervt und sah Michael direkt in die Augen.

«Ich glaube eher, sie wäre deutlich schlechter.»

Michael zögerte kurz. Doch dann antwortete er: «Hör mal, wenn du kein Kind von mir haben willst, würde ich da jemand anders kennen.»

Lisa stutzte. «Wie meinst du das?»

«Meine Freundin Debbie hat mir erzählt, dass sie gern schwanger wäre. Sie schlug vor, mein Baby auszutragen, wenn du es nicht möchtest.»

Lisa versuchte, sich nicht anmerken zu lassen, wie unverschämt, wie weltfremd, wie vollkommen absurd sie diesen Vorschlag fand. So unauffällig wie möglich atmete sie einmal ganz tief ein und wieder aus. Schließlich sagte sie wie selbstverständlich: «Kein Scherz? Okay, cool. Ich bin einverstanden. Sag ihr, sie kann loslegen.»

Lisa war nun schon so lang in der Küche im Kreis gelaufen, dass ihr Vater an ihrer Stelle vermutlich bereits fünf bis zehn Kilo abgenommen hätte. Es war erstaunlich, dass so viel Wut in ihren flachen Bauch überhaupt hineinpasste. Aber Lisa hatte allen Grund dazu, sauer zu sein. Ihr Ehemann war seit über einer Woche unauffindbar. Einfach verschwunden. Ohne ein Wort. Und sie hatte keinen blassen Schimmer, ob er bei seinen Freunden auf dem Mars war, bei den sieben Zwergen oder wieder unterwegs mit irgendwelchen Kindern. Oder bei dieser Krankenschwester, die eher wie ein verdammter Krankenbruder aussah. Bei Michael Jackson lag alles im Bereich des Möglichen. Vielleicht war dieser Typ auch seit einer Woche im Bad und schminkte sich. Oder er hatte sich in seiner Traumwelt verlaufen. Jedenfalls war er weder bei Lisa in Hidden Hills noch in *Neverland*. Zumindest sagten das seine Angestellten. Und Lisa hatte es längst aufgegeben, ihn erreichen zu wollen. Er meldete sich eh nicht zurück. Als hätte er völlig vergessen, dass er verheiratet war. Aber vielleicht versteckte er sich ja tatsächlich bei dieser Debbie. Und wenn diese Schlampe wirklich eine Vagina hatte, würde ihn wahrscheinlich bald sein eigenes Kind verklagen.

Lisa ächzte. Schon ohne diese Geschichte wäre sie bereit dazu gewesen, Michael zu töten. Sie konnte immer noch nicht fassen, dass er in dieser Coverstory im *TV Guide* allen Ernstes behauptet hatte, laut ihr hätte sich Elvis ebenfalls einer Nasen-OP unterzogen. Wenn es so weiterginge, würde sie wohl oder übel …

Da klingelte es an der Haustür. War das Michael? Traute er sich wirklich, einfach so bei ihr aufzutauchen? Lisa riss die Tür auf. Doch vor ihr stand nur ein Bote, der ihr mit ziemlich großen Augen ein Dutzend rote Rosen überreichte. Nachdem sie ihn verabschiedet hatte, las sie die kleine Karte, die an dem Strauß befestigt war. Darauf stand: «In Liebe, Michael».

Lisa Augen blitzten auf. Sie dachte einen Moment lang nach. Dann zerriss sie die Karte, stopfte die Blumen in den Müll und trat einmal fest gegen die Tonne.

Lisas Stöckelschuhe klackerten mit voller Wucht auf den PVC-Boden, als sie durch den Seiteneingang des New Yorker *Beth Israel North Hospital* einmarschierte. Elvis' Tochter war eine weibliche Ein-Mann-Armee in einem schwarzen Colani-Mantel. Selbst ihre Sonnenbrille konnte den Zorn in ihren Augen kaum verbergen. Schon jetzt bereute sie es, an diesem PR-Manöver teilzunehmen. Dieses ganze Theater war fast noch widerlicher als der Krankenhausgeruch, der einem hier sofort in die Nase kroch. Aber Michaels Presseleute hatten sie geradezu angefleht, an die Seite ihres Ehemanns zu eilen. Schlicht und einfach, weil sie sich um Michaels Image gesorgt hatten. Darum, wie es aussähe, wenn seine Frau in diesen schweren Stunden nicht bei ihm wäre. Die Schlagzeilen waren ja jetzt schon schlimm genug. «Jacko on his Backo», hatte beispielsweise die New York Post getitelt. Vom Krankenhaus war sogar extra eine Hotline eingerichtet worden, unter der sich die Anrufer täglich über Michaels Gesundheitszustand informieren konnten. Und auch wenn Lisa das alles vollkommen lächerlich fand, hatte sie irgendwann nachgegeben.

Angeblich war Michael am Nikolaustag während einer Probe für sein Konzert im *Beacon Theatre* zusammengebrochen. Eigentlich hätte seine Show *Michael Jackson – One Night Only* drei Tage später vor über zweihundertfünfzig Millionen Zuschauern im Kabelfernsehen übertragen werden sollen. Jedoch hatten seine Ärzte nach seinem Zusammenbruch diagnostiziert, dass Jacko an einer Herzrhythmusstörung litt, ausgelöst durch ernsthafte

Dehydration, Gastroenteritis und ein chemisches Ungleichgewicht, welches seine Leber und Nieren angriff. Außerdem hätte sich der King of Pop eine Virusinfektion zugezogen.

Lisa war der Meinung, es sei vielmehr einfach wieder eine seiner Panikattacken gewesen, hervorgerufen durch das bevorstehende Konzert. Aber vielleicht hatte Michael all das auch nur inszeniert. In der Hoffnung, Lisa würde den armen kleinen Michael nach seinem plötzlichen Wiederauftauchen auf diese Weise nicht vollkommen unangespitzt in den Boden rammen. Und nun stand hier selbst Diana Ross auf dem Flur herum.

Elvis' Tochter schüttelte den Kopf, als sie Michaels Krankenzimmer betrat. Als Erstes fielen ihr die gerahmten Poster von Shirley Temple als Kinderstar auf. Dann *Mickey Mouse* und *Topo Gigio*, die eigenartige Puppenmaus aus der *Ed Sullivan Show*. Dieser Typ schien in der Tat eine ernste Krankheit zu haben, dachte sich Lisa. Nur eben nicht die, aufgrund derer er eingeliefert worden war. Michael lag dermaßen theatralisch in seinem Bett, als sei es seine letzte Ruhestätte. Als ob in jeder seiner Gliedmaßen mindestens ein Schlauch befestigt wäre. Unweigerlich musste Lisa an *E. T.* denken. An den pathetischen Anblick ganz am Ende des Films. Allerdings hatte Michael dafür in letzter Zeit ziemlich selten nach Hause telefonieren wollen.

«Hi Lisa», flüsterte er. «Wie geht es dir?»

Seine Frau brodelte innerlich. «Wie es mir geht?», blaffte sie. «Wie es mir verdammt noch mal geht?» Völlig fassungslos sah sie Jacko an. «Was denkst du, wie es mir geht? Nachdem du einfach wochenlang verschwindest? Und mich irgendwann deine verfickten PR-Berater anrufen, um mich darüber zu informieren, dass du im Krankenhaus liegst? Weißt du was? Ich wüsste keinen Grund, warum mir das alles nicht völlig egal sein sollte.»

Normalerweise wäre Michael dieser Situation einfach aus dem Weg gegangen. Aber diesmal war er ans Bett gefesselt. Und es gab schlichtweg keine Möglichkeit, sich aus dem Staub zu machen.

«Lisa, ich …», hauchte Michael leise.

«Oh, ich bitte dich, Michael. Tu verdammt noch mal nicht so, als würdest du hier gerade im Sterben liegen.» Fassungslos schüttelte Lisa den Kopf. «Wo zur Hölle warst du die ganze Zeit? Ich meine – bedeute ich dir eigentlich noch irgendwas?»

Michaels Herz schlug wie ein Presslufthammer. Noch dazu hatten die Cascio-Brüder erst fünf Minuten zuvor sein Zimmer verlassen – und Michael hoffte inständig, dass Lisa sie nicht gesehen hatte.

«Du machst immer nur Ärger», sagte Michael.

«Ich?», schrie Lisa. «Ich mache Ärger?»

«Ganz genau. Deinetwegen bekomme ich hier noch einen Herzinfarkt. Ich glaube, es ist besser, wenn du gehst», antwortete Michael geschwächt.

«Oh, ja. Das trifft sich gut. Ich hatte eh nicht vor zu bleiben. Das ist doch alles völlig verrückt.»

Die Armee bereitete sich auf den Rückzug vor. Wie eine Furie stampfte Lisa aus dem Zimmer und knallte die Tür hinter sich zu. Ohne auch nur irgendjemanden im Flur eines Blickes zu würdigen, eilte sie stocksauer zum Fahrstuhl. Es war ihr vollkommen gleichgültig, dass jeder ihrer Schritte verbrannte Erde hinterließ.

«Frau Jackson, meine Güte!», mahnte einer der Ärzte. «Ihr Ehemann darf sich nicht so aufregen. Dafür ist er zu schwach. Wenn Sie sich so verhalten, werden Sie ihn nicht mehr besuchen dürfen.»

Lisa warf ihm einen Blick zu, der nun dem Arzt selbst unmissverständlich Krankenhausreife androhte. Dann wandte sie sich ab. Doch während Lisa noch auf den Fahrstuhl warten musste, kam Michaels Mutter Katherine zu ihr herüber.

«Was stimmt nicht mit dir, Lisa?», fragte sie vorwurfsvoll. «Du bist so verwöhnt. Ich kann nicht glauben, dass du Michael so etwas antust.»

Zu Katherines Glück kam just in diesem Moment der Fahrstuhl. Pling! Ansonsten hätte Michaels Mutter wohl gleich neben ihrem Sohn einziehen können.

Elvis surfte gerade im Internet, als es plötzlich klingelte. Eigenartig. Er erwartete gar keinen Besuch. Doch schon als der King durch den Spion sah, ging ihm das Herz auf. Überglücklich öffnete er die Tür. Vor ihm stand seine Tochter, die er nun schon seit über zwei Jahren nicht mehr gesehen hatte. Nur weinte Lisa bitterlich. Ihre Wimperntusche war vollkommen verschmiert. Sie fiel ihm in die Arme und drückte ihn, so fest sie nur konnte.

«Du hattest recht», schluchzte sie. «Du hattest so recht mit allem, Dad.»

Lisa erzählte ihm die ganze Geschichte. Wie Michael und sie seit einigen Wochen kaum noch ein Wort miteinander gesprochen hatten. Wie er plötzlich unauffindbar gewesen war. Wie sie vergeblich versucht hatte, ihn zu erreichen. Wie sie nach Wochen als erstes Lebenszeichen von seinen Presseleuten angefleht worden war, ihn nach einem Zusammenbruch im Krankenhaus zu unterstützen. Wie sie sich erst geweigert hatte und schließlich doch gefahren war. Wie sie sich am Krankenbett fürchterlich mit ihm gestritten hatte. Wie der Jackson-Clan ihr daraufhin verboten hatte, Michael noch einmal zu besuchen. Wie Lisa sich schließlich voller Wut auf den Weg zurück nach Los Angeles gemacht hatte. Wie völlig fassungslos sie gewesen war, als Michael nach seiner Entlassung mit mindestens einem Dutzend Kindern Urlaub im *Disneyland Paris* gemacht hatte. Wie es ihr plötzlich wie Schuppen von den Augen gefallen war.

«Ich will die Scheidung», sagte Lisa, während ihr die Tränen wie Regen über die Wangen liefen.

Elvis strich ihr mit seiner Hand über die Wange und küsste ihre Stirn. «Und du glaubst gar nicht, wie sehr ich sie will», antwortete der King.

Denn nun konnte er endlich wieder das für sie sein, was ihm so lange verwehrt geblieben war: ihr Vater. Mittlerweile hatte auch Elvis Tränen in den Augen. Nichts auf dieser Welt hätte ihn glücklicher machen können, als seine Tochter zurückzuhaben.

«Weißt du, wahrscheinlich hätte ich all das noch verkraften können», weinte Lisa. «Aber eines brachte das Fass wirklich zum Überlaufen. Ich traue mich gar nicht, es zu erzählen, aber ... Michael schlug mir vor, er könne ja mit einer anderen Frau ein Kind bekommen, wenn ich keines von ihm wolle.»

Nun ließ Lisa ihren Tränen völlig freien Lauf.

«Du meine Güte», antwortete ihr Vater, offenbar geradezu geschockt. «Wie in aller Welt kommt er nur auf so eine Idee?»

Elvis nahm sie wieder in die Arme. Als sie sein Gesicht nicht mehr sehen konnte, lächelte er zufrieden. Für ihn war dies ein noch viel größerer Erfolg als der Fall der Berliner Mauer.

Die Dead-line

Christopher George Latore Wallace stützte seinen schweren Körper auf einen schwarzen Gehstock mit einem goldverzierten Griff. Das musste mindestens Panzerstahl sein, dachte sich Elvis. Alles andere würde unter diesen hundertachtzig Kilo schon bei der ersten Berührung wie ein Streichholz zerbersten. Zumindest war die Statur dieses 1,91 Meter großen Fettbergs derart imposant, dass es niemanden gewundert hätte, wenn Reinhold Messner in seiner Nähe gesehen worden wäre. Neben diesem Mann fühlte sich Elvis fast schon magersüchtig. Wie eine untergewichtige Balletttänzerin, die nach einer wochenlangen Magen-Darm-Grippe grundlos in den Hungerstreik getreten war.

Die Spitznamen des Dicken waren dementsprechend wenig verwunderlich. Mal wurde er *Biggie*, mal *Biggie Smalls* und mal *Big Poppa* genannt – am häufigsten aber einfach *The Notorious B. I. G.* Christopher Wallace zufolge stand diese Abkürzung offiziell für *Business Instead of Game* – wenngleich seine Homies sie gern in *Bullet in the Gut* umwandelten. Für manche war Biggie auch *The Black Frank White* oder *The King of New York*. Trotz seiner vierundzwanzig Jahre hatte der Dicke schon ähnlich viele Spitznamen wie Einträge in seinem Führungszeugnis.

Aber so war das eben, wenn man aus Bedford-Stuyvesant in Brooklyn kam. In *Bed-Stuy* konnte man schon froh sein, wenn der einzige verbliebene Name nicht auf einem Grabstein stand. Es war eine schwarze Gegend, die zweitschwärzeste in ganz Amerika. Und Biggie war tiefschwarz. Im Vergleich zu ihm sahen die meisten anderen Schwarzen aus wie Weiße.

Mit einem breiten Grinsen humpelte der Dicke an einer Reihe gerahmter Schwarzweißfotos entlang, die an der Wand des Chefbüros der Agentur *Relife* hingen. Notorious war schon froh, dass er überhaupt wieder laufen konnte. Erst vor ein paar Wochen hatte er sich bei einem Autounfall sein rechtes Bein gebrochen und nur mit Glück überlebt. Sie hatten ihn aus dem Dodge herausschneiden müssen. Notorious war gerade erst aus dem *Kessler Institute for Rehabilitation* entlassen worden – aus demselben Zimmer, wo sich schon Christopher Reeve von seinem Reitunfall erholt hatte. Wenigstens hatte es Biggie ein bisschen trösten können, dass so etwas selbst *Superman* passierte. Und im Gegensatz zu ihm hatte er den Rollstuhl mittlerweile immerhin gegen einen Stock eintauschen können.

Amüsiert musterte Notorious die Fotos mit seinen schiefstehenden Augen. Unter den Bildern von Keith Moon, Sid Vicious, Ian Curtis, Bon Scott, John Lennon, Bob Marley, Marvin Gaye und Kurt Cobain waren kleine Plaketten befestigt, auf denen Jahreszahlen standen. Das erfolgreichste Projekt aber hatte kein Foto nötig. Schließlich saß der seit nunmehr neunzehn Jahren tote King of Rock 'n' Roll mit seinen einundsechzig Jahren quietschlebendig auf diesem ächzenden Bürostuhl und war ziemlich offensichtlich noch ziemlich am Leben. Für seine Selbstmordagentur konnte es keine bessere Werbefigur geben als den Chef selbst.

«Eine beeindruckende Kundenliste», sagte Notorious mit dunkler Stimme.

«Nun», sagte Elvis mit hochgezogenem Mundwinkel. «Die Selbstmordbranche richtet sich nicht unbedingt an Hinz und Kunz.»

Biggie lächelte und deutete auf die Jahresplaketten. «1980 hatten Sie viel zu tun, oder? Ian Curtis, Bon Scott und John Lennon auf einmal?», fragte er.

Der King nickte. Fast hätte man meinen können, er sei wirklich stolz darauf. «Da haben Sie nicht ganz unrecht, Mister Wallace. Es war in der Tat ein stressiges Jahr», antwortete er. «Und schon damals gab es bei uns alles aus einer Hand – vom offiziellen Totenschein über das passende Todesdouble bis hin zur Traumimmobilie im Land nach Wahl.»

Beeindruckt zog Biggie die Augenbrauen hoch und nickte anerkennend. Er konnte nicht wissen, dass Elvis – abgesehen von seinem eigenen – bisher nicht einen einzigen Selbstmord vorgetäuscht hatte. Aber schließlich war das hier das Showbusiness. Und die Fotos seiner vermeintlichen Klienten boten eine ziemlich gute Show, fand Elvis. Außerdem ist irgendwer immer der erste Kunde. In seinem Falle war es eben The Notorious B. I. G.

Nachdem Lisa Anfang des Jahres ihre Scheidung von Michael Jackson eingereicht hatte, war Elvis die Idee gekommen, seine Expertise auf diesem ungewöhnlichen Gebiet weiterzugeben. Der King war sich im wahrsten Sinne des Wortes todsicher, eine Marktlücke gefunden zu haben. Zudem war er ziemlich gespannt darauf, wie es sich anfühlen würde, zum ersten Mal im Leben ein waschechter Geschäftsmann zu sein. Den Kontakt zu Biggie hatte seine Tochter hergestellt, nachdem ihr zu Ohren gekommen war, dass dieser sich seit Tupac Shakurs Tod letzten Monat nicht mehr sicher fühlte. Notorious hatte in letzter Zeit vermehrt mit Lisas Exmann zusammengearbeitet – wenngleich deren gemeinsamer

Song *This Time Around* nicht gerade zum Kassenschlager geworden war. Zumindest aber hatte sich Biggie Smalls eine gute Zeit zum Sterben ausgesucht. *Macarena* stand gerade auf Platz eins der amerikanischen Charts.

«Ich hatte gehofft, dass Tupacs Foto hier vielleicht auch irgendwo hängen würde», sagte Biggie.

«Da muss ich Sie leider enttäuschen, Mister Wallace», entgegnete Elvis. «Der scheint wirklich mausetot zu sein.»

Einen Moment lang sah Biggie zu Boden. Oder vielmehr in Richtung der beigefarbenen *Timberland*-Stiefel Größe 14EEE, die er zu seinen blauen Jeans und dem mit bunten Fäden durchzogenen Extra Extra Extra Large *COOGI*-Wollpullover trug. Unruhig drehte er einen der diamantbesetzten Goldringe an seinem Finger.

«Haben Sie Angst, jemand könnte Rache an Ihnen nehmen?», fragte Elvis.

Von einem Moment auf den anderen hörte Notorious auf, den Ring zu drehen. «Ich würde es nicht *Angst* nennen», antwortete er.

Elvis zog den Mundwinkel hoch. «Oh, ich bitte um Entschuldigung. Da, wo Sie herkommen, hat man selbstverständlich keine Angst, richtig?», fragte er schnippisch.

Plötzlich funkelten Biggies Augen angriffslustig. In letzter Zeit war ihm oft unterstellt worden, er sei mit dem Erfolg weich geworden. Als ob ein Rapstar immer noch an der Ecke Crack verkaufen würde. Dabei war ihm die Straße längst ins Blut übergegangen. Nicht nur, dass er sich unterwegs nach wie vor ständig umdrehte – auch in geschlossenen Räumen setzte er sich jedes Mal so, dass er stets die Tür beobachten konnte. Biggie hatte mittlerweile lediglich die Armeejacke gegen Filzhut, Rolex und von Zeit zu Zeit auch Alligatorslipper eingetauscht. Und er war sich sicher, dass jeder einzelne dieser Neider es ganz genauso tun würde, wenn er nur könnte. Deswegen waren ihm die Vorwürfe ziemlich egal. Während diese Nigga Scheiße redeten, zählte er Geldscheine. Am liebsten hätte Notorious noch eine dritte Hand gehabt, um noch mehr Schmuck tragen zu können. Dabei trug er schon jetzt allein an seinem Mittelfinger mindestens ein Jahresgehalt dieser Wichser.

Aber andererseits steckte Biggie in seinem neuen Leben auch in völlig anderen Schwierigkeiten. Mehr Geld, mehr Probleme. Und ganz abgesehen von zahlreichen Klagen wegen Drogen- und Waffenbesitz und angeblicher Körperverletzung würde er bald zum zweiten Mal Vater werden. Außerdem musste Biggie noch ein paar Hits schreiben, um sein Leben nach dem Tod auch finanzieren zu können. Und vielleicht würde es ja auch noch für ein Haus für seine Mama reichen.

«Okay, okay», sagte Elvis und winkte ab. «Einigen wir uns einfach darauf, dass es Ihnen gerade schlecht in den Terminkalender passt zu sterben.»

Notorious kniff seine Augen zusammen. «Bei allem Respekt, Mister Presley», antwortete er. «Sie scheinen sich das verdammte Rapgame vorzustellen wie *Mensch ärgere dich nicht*. Aber wenn ich nicht aufpasse, zieht schon bald jemand mit Kreide einen Umriss um mich.» Biggie sah dem King nun direkt in die Augen und sagte eindringlich: «Es geht nicht darum, ob ich Angst vor dem Tod habe oder nicht. Ich will einfach nicht der nächste Mutterficker sein.»

Elvis schluckte. Dieser Typ klang nicht gerade wie die Königin von England. Allerdings hätte es ihn auch überrascht, wenn sich jemand mit einem derartigen Hintergrund allzu hochgestochen ausdrücken würde. «Mich beschleicht der Verdacht, man trachte mir nach dem Leben», sagte in Brooklyn gewiss so ziemlich niemand. Der Straßenalltag war schließlich kein Kostümfilm. Doch auch wenn diese Wortwahl für manche Menschen im Jahre 1996 offenbar völlig selbstverständlich war, erschien sie dem King recht befremdlich. Der King wollte es sich mit seinem potenziellen Klienten zwar nicht verscherzen, trotzdem fiel es ihm schwer, diese Ausdrucksweise einfach so hinzunehmen.

«Mister Wallace», sagte Elvis streng. «Ich weiß nicht: Ist das so ein Rap-Ding – oder reden in New York heutzutage alle so?» Etwas unbeholfen ahmte der King mit den Händen ein paar frei erfundene Gangzeichen nach und verstellte seine Stimme: «Yo, ich hätte gern drei mutterfickende Hot Dogs, du Muschi. Und bevor du irgendeinen Bitchmove machst, gib mir noch ein paar von den schwanzlutschenden Hurensöhnen da drüben.»

Einen Moment lang sah Notorious Elvis ohne jede Gefühlsregung an. Doch dann brach er in schallendes Gelächter aus. Der Dicke hielt sich die Faust vor den Mund und konnte sich kaum noch einkriegen.

«Mister Presley, Sie würden im Ghetto vermutlich nicht einen einzigen Tag überleben», giggelte Notorious.

«Nun», entgegnete Elvis. «Im Gegensatz zu Ihnen bin ich glücklicherweise längst tot.» Der King zog den Mundwinkel hoch und bot Notorious an, sich zu setzen. «Aber wir sind nicht zum Spaß hier, Mister Wallace. Lassen Sie uns zum geschäftlichen Teil kommen – zum Briefing. Denn bevor ich Ihnen ein Angebot unterbreiten kann, brauche ich von Ihnen noch ein paar weitere Informationen.»

«Kein Problem», antwortete Biggie. «Was wollen Sie wissen?»

Elvis zückte eine Liste und arbeitete Punkt für Punkt seinen Fragenkatalog ab. Notorious erzählte davon, dass Tupac und er ursprünglich Freunde gewesen waren. *Dawgs*, wie er es nannte. Dass ihn der *Duke* früher immer unterstützt hatte. Nicht nur, dass Biggie des Öfteren zusammen mit Tupac aufgetreten war – die beiden hatten sogar gemeinsam Songs aufgenommen. Bis

Tupac vor zwei Jahren im Foyer eines New Yorker Aufnahmestudios überfallen worden war. Fünf Kugeln, Hodendurchschuss, Goldketten und Diamantringe im Wert von vierzigtausend Dollar gestohlen. Biggie war damals mit seinen Homies im selben Gebäude gewesen – und daraufhin von Tupac als Drahtzieher des Attentats beschuldigt worden. Angeblich aus Rache dafür, dass Tupac nicht seine Plattenfirma in L. A. hatte verlassen und in New York hatte unterschreiben wollen.

Seit diesem Zeitpunkt hatte er Biggie nur noch *Fat Motherfucker* genannt. *Dr. Dre, Snoop Doggy Dog, Daz Dillinger* und ihr Produzent Suge Knight hatten mit Diss-Tracks und Interviews Stimmung gegen ihn gemacht. Schnell war aus der Fehde zwischen *Bad Boy Records* und *Death Row Records* ein Krieg zwischen East Coast und West Coast geworden. Biggie hatte diesen ganzen Mist nie erwidert – selbst als Tupac sich damit brüstete, eine Affäre mit seiner Frau Faith Evans zu haben. Allerdings hatte Notorious kurz nach der Schießerei den Titel *Who Shot Ya?* veröffentlicht. Und Tupac hatte ihm nie geglaubt, dass er das Stück schon lang vor dem Überfall aufgenommen hatte.

Schlussendlich war Tupac nach einem Mike-Tyson-Kampf in Las Vegas bei einem Drive-by-Shooting erschossen worden. Er hatte an diesem Abend ausnahmsweise mal nicht seine schusssichere Weste getragen, weil ihm zu heiß gewesen war. Als ein Polizist ihn im Sterben nach dem Täter befragt hatte, sprach Tupac seine letzten Worte: «Fick dich.»

«Und – nur so aus Neugier – hatten Sie da Ihre Finger im Spiel?», fragte Elvis.

«Zur Hölle, nein», antwortete Notorious. «Ich meine, dieser Mutterficker wurde ständig angeschossen. Normalerweise hat er dann einfach ein bisschen Gras geraucht, einen Hennessy getrunken und einen Song darüber gemacht. Dann war für gewöhnlich alles wieder gut. Aber diesmal – diesmal war er wirklich tot.»

Elvis schmunzelte. «Na, dann sollten wir uns alle Mühe geben, Sie ebenfalls unter die Erde zu bekommen, bevor es jemand anders tut.»

«Oh ja», sagte Biggie. «Das wäre ganz in meinem Sinne. Aber der Spaß wird mich vermutlich ein paar *Benjamins* kosten, nicht wahr?»

«Benjamins?», fragte Elvis.

Biggie lachte auf und zog ein Geldbündel aus seiner Hosentasche. Er zeigte dem King einen Hundertdollarschein – mit dem Porträt Benjamin Franklins darauf. *«Benjamins»*, sagte er.

Der King zog die Augenbrauen hoch. «Nun ja, für zwei Millionen Dollar erhalten Sie unser Komplettpaket: den Rundumservice für Ihr neues Leben. Dann präsentiere ich Ihnen schon in ein paar Wochen eine individuell auf Sie zugeschnittene Strategie.»

Biggie lächelte milde und streckte Elvis seine Hand entgegen. «Alles klar. Dann haben wir einen Deal, Mister Presley», sagte der Dicke.

Auf dem Chart an der Wand prangte in großen Lettern der Titel der heutigen Präsentation: *You're Nobody (Til Somebody Kills You)*. Dazu ließ Elvis in voller Lautstärke Biggies Track *Ready to Die* aus den Boxen dröhnen. Erwartungsfroh betrachtete der King seinen Klienten, während Notorious amüsiert mit dem Kopf wippte. Offenbar hatte der alte Mann sich in den vergangenen Wochen mit seinem Auftraggeber auseinandergesetzt.

Dabei war es dem King nicht gerade leichtgefallen, diesen komischen Vogel zumindest ein bisschen ernst zu nehmen. Da war dieser Bengel gerade erst auf der Welt und wollte schon wieder sterben. Außerdem ließen sich seine Top-Ten-Hits an einer Hand abzählen. Elvis wunderte sich, wie man damit bei den *Bill-*

board Music Awards allen Ernstes zum *Rap Artist of the Year* werden konnte. Demnächst wurde man wahrscheinlich schon mit Preisen überschüttet, wenn man mal irgendjemandem etwas auf den Anrufbeantworter gesprochen hatte. Und dazu dieses lächerliche Gangstergehabe. Zu Elvis' Zeiten war *Beef* noch Rindfleisch gewesen. Heutzutage wurde man dafür erschossen. Nichtsdestotrotz bildete es eine Grundvoraussetzung für die Zusammenarbeit der beiden, sich auf die Welt seines Klienten einzulassen. Und auf irgendeine verrückte Weise war ihm Biggie mit all seinen albernen Ausdrucksweisen auch nicht ganz unsympathisch.

«Das ist gar kein schlechter Titel», sagte Biggie und nickte. «Vielleicht mache ich einen Track daraus.»

«Vielen Dank für das Kompliment, Mister Wallace. Das wäre überhaupt kein Problem. Selbstverständlich sind alle Rechte inklusive», antwortete Elvis mit einem sehr professionellen Lächeln.

Lachend las Notorious den Satz noch einmal laut vor: «You're Nobody (Til Somebody Kills You)».

Grinsend zückte der Dicke einen Blunt und zündete ihn an. Es knisterte, und der süßliche Duft des Ghettos stieg dem King in die Nase. Elvis beschloss, nichts dagegen zu sagen. Er hatte zu viel Arbeit investiert, um seinen Klienten nun wegen einer derartigen Lappalie zu verprellen.

Also führte der King Notorious durch die Präsentation. Er zeigte die einsame Insel in der Karibik, die gerade zum Verkauf angeboten wurde. Dazu ein Timeline, das Biggie einen Überblick über die zeitlichen Abläufe verschaffen sollte. Auch die vermeintlichen Auftragskiller und der Rest des Teams wurden kurz vorgestellt. Dazu Gangster-Moodboards von Jungs in *Bloods*-Outfits, um zu verdeutlichen, dass *Relife* großen Wert auf absolute Authentizität legte. Ganz nebenbei ermöglichte es dieser Umstand Elvis, Biggies harte Tour spaßeshalber auf die Probe zu stellen.

«Wir hatten die Idee, Sie kurz vor Ihrem Tod vermehrt an die West Coast zu schicken – unter dem Vorwand, endlich Frieden zwischen den Küsten stiften zu wollen», sagte der King. «Nur ein paar Konzerte, Partys, Preisverleihungen – so was.»

Biggie blies etwas Rauch aus, bevor er den Kopf schüttelte und sagte: «Scheiße! Wollen Sie mich umbringen?»

Elvis zog seinen Mundwinkel hoch.

«Um ehrlich zu sein: ja.»

Notorious hob seine Augenbrauen. Vielleicht hatte der alte Mann das Rapgame doch immer noch nicht so recht verstanden. Aber Elvis versuchte, den Dicken von seinen Plänen zu überzeugen.

«Überlegen Sie doch mal. Das ist das ultimative Drama. Wenn Sie nun – nach Tupacs Tod – in einem Racheakt an der West Coast umgebracht werden, macht Sie das zum absoluten Märtyrer. Und wir lassen Sie noch ein letztes Album produzieren, das erst kurz nach Ihrem Tod veröffentlicht wird. Glauben Sie mir, Mister Wallace – ich spreche aus Erfahrung: Eine bessere Promotion können Sie sich gar nicht wünschen. Sie werden nur so in Benjamins schwimmen.»

Notorious ließ den Gedanken in seinem Kopf kreisen und nahm einen Zug von seinem Blunt. Elvis klickte noch einmal, sodass ein neues Chart mit einer Fotomontage an die Wand gestrahlt wurde.

Feierlich sagte der King: «Und auf dem Cover posieren Sie vor Ihrem eigenen Grab.»

Erst wusste Notorious nicht so recht, was er davon halten sollte – doch dann lächelte er: «Vielleicht ist das gar keine so schlechte Idee.»

Er wendete seinen Blick zu Elvis und fragte: «Darf ich denn

wenigstens noch selber rappen, wenn Sie sich schon den ganzen Rest für mich ausdenken?»

Elvis schmunzelte. «Keine Sorge. Das überlasse ich allein Ihnen.» Dann fügte er grinsend hinzu: «Ach ja – einen Titel hat Ihr Album übrigens auch schon.»

Der King klickte noch ein Chart weiter. An der Wand stand nun in riesigen Buchstaben: *Life After Death*.

Elvis zog seinen Mundwinkel hoch. «Ich denke, das werden alle Mutterficker lieben, oder?»

Eigentlich sah David Mack gar nicht aus wie ein Psychopath. An diesem Dezemberabend trug der junge Mann nur noch Shorts und T-Shirt, als er sich die Augen rieb und hundemüde in sein Schlafzimmer hinüberging. Für einen kurzen Moment betrachtete er die glitzernde Skyline von Los Angeles und zog anschließend den Vorhang zu. Mack räusperte sich und strich mit seinen Fingern über seinen schwarzen Schnurrbart, bevor er auf dem beigefarbenen Teppich niederkniete. Mack schloss die Augen, senkte seinen glattrasierten Kopf und hielt ein paar Sekunden lang inne. Dann bekreuzigte er sich, faltete seine Hände und murmelte leise sein Gebet.

«Vater unser im Himmel,
geheiligt werde dein Name.
Dein Reich komme.
Dein Wille geschehe,
wie im Himmel, so auf Erden.
Unser tägliches Brot gib uns heute.
Und vergib uns unsere Schuld,
wie auch wir vergeben unseren Schuldigern.

Und führe uns nicht in Versuchung,
sondern erlöse uns von dem Bösen.
Denn dein ist das Reich
und die Kraft und die Herrlichkeit
in Ewigkeit. Amen.»

Nachdem er das Vaterunser beendet hatte, öffnete David Mack seine Augen wieder. Sein Blick fiel nun direkt auf einen kleinen Schrein, den er auf dem weißen Sideboard aufgebaut hatte. Davor flackerte eine Kerze – und in einem kunstvoll verzierten Rahmen war das Foto von Tupac Shakur befestigt.

Notorious B.I.G. saß mit seiner *Versace*-Sonnenbrille und einem bunten Hawaiihemd an einem schneeweißen Strand auf einem goldenen Thron und blickte hinaus auf das scheinbar unendlich weite Meer. Am Horizont gingen gerade zwei Sonnen unter, die den Himmel in ein wunderschönes, rötlich-violettes Licht tauchten. In der Ferne sprang in hohem Bogen eine Formation Delphine vollkommen synchron aus dem Wasser und tauchte wieder hinein. Biggie trug eine leicht schief sitzende, mit Juwelen verzierte Krone auf dem Kopf und rauchte grinsend einen gigantisch großen Blunt, dessen süßlicher Duft die Luft erfüllte. Dazu hielt der Dicke ein Zepter in der einen Hand und ein riesiges Glas *Chandon* in seiner anderen. Ein paar leichtbekleidete, goldbraungebrannte Mädchen mit Bananenröckchen und langen schwarzen Locken fächerten Biggie währenddessen mit Palmwedeln Luft zu und summten leise: «No – No – No – Notorious!»

Dazu legte im Hintergrund an den Plattentellern eine DJane mit Engelsflügeln mit einer funkelnden Nadel einen entspannten Beat auf. Zufrieden lehnte sich Biggie zurück und atmete die frische Meeresbrise ein. Doch plötzlich fing es aus heiterem Himmel an zu regnen. Es schüttete wie aus Kübeln, ohne dass weit und breit auch nur eine einzige Wolke zu sehen war. Biggie stutzte. Bis er einen der Regentropfen auffing und etwas genauer unter die Lupe nahm. Das war kein Wasser. Das waren Millionen kleiner Diamanten, die da vom Himmel fielen. Biggies Bauch wackelte, als er leise zu lachen begann – dann lauter und lauter, bis sein schallendes Gelächter schließlich nicht nur am gesamten Strand zu hören war, sondern auf der ganzen Welt.

«Ich sage euch: Genauso wird es sein», sagte Notorious grinsend. Neben Biggie wirkten der blinkende Christbaum und die goldenen Geschenke mit den weißen Bändern drum herum geradezu winzig. Er stand in seinem großzügigen Wohnzimmer und blickte erwartungsvoll in die Runde, hinter ihm ein Poster von Al Pacino in *Scarface* und ein paar Gewehre mit Nachtsichtaufsätzen an der Wand. An diesem Weihnachtsabend hatte sich Biggies gesamte Familie versammelt. Gerade erst hatte Notorious seinen Liebsten eröffnet, dass dies aller Voraussicht nach ihr letztes Fest in New York sein würde. Und nun waren allesamt ziemlich verdutzt.

Da war seine Mutter Voletta, die in den Sechzigern aus Jamaika gekommen war und bei ihrer Ankunft gedacht hatte, die Leute in den Vereinigten Staaten müssten sehr religiös sein, weil sie all die gemauerten Häuser für Kirchen hielt. Auch hatte sie nicht gleich verstanden, dass das allnächtliche Knallen in Bed-Stuy nicht durch explodierendes Feuerwerk verursacht wurde. Aber nachdem ihr *Chrissy Pooh* auf die Welt gekommen war und sein Vater sie hatte sitzenlassen, beschloss sie, ihren Sohn mit allen Mitteln vor der Straße zu beschützen. Sie hatte sich sogar gleich zwei Berufe gesucht, um ihrem Sohn das bieten zu können, was sie sich für ihn wünschte. Während andere nur mit Glück überhaupt eine Spielekonsole im Zimmer stehen hatten, besaß Christopher gleich drei – und das allein aus dem Grund, damit er nicht so viel vor die Tür ging.

Eine Zeitlang hatte der Plan seiner Mutter auch wunderbar funktioniert. Big war ein guter Schüler gewesen, sogar Stufenbester, ganz offiziell hochbegabt. Auszeichnungen und Preise hatte er nur so gesammelt, für seine Zeichenkünste war er hochgelobt worden. Doch mit zwölf Jahren hatte Biggie dann doch angefangen zu dealen, zusammen mit seinem Freund *D-Roc*, vor dem Hähnchengrill auf der Fulton Street. Wenngleich seine Mutter das Crack unter seinem Bett zuerst für Kartoffelbrei gehalten hatte. Und schon den hätte sie dort ausgesprochen ungern gefunden.

Aber irgendwann kam, was in diesem Viertel kommen musste: erst der Schulverweis, dann das Gefängnis. Nur ein Plattenvertrag hatte Biggie schließlich von der Straße holen können – und das eher durch Zufall. Oder besser gesagt: durch Sean *Puffy* Combs, einen aufstrebenden A&R-Manager von *Uptown Records*. Denn bis dahin war Biggies Beruf Crack gewesen – und Rap für ihn nicht mehr als ein Hobby. Aber wenn seine Mutter nun in Biggies Zimmer gekommen war, um ihn zu sagen, dass er diesen Lärm ausmachen solle, hatte er geantwortet: «Dieser Lärm wird dich eines Tages reich machen.»

Und damit hatte er recht behalten. Mittlerweile war *Puff Daddy* Chef seiner eigenen Plattenfirma – und Voletta Wallace' Sohn ein Star. Der größte Rapper der Ostküste. Eine weltweite Berühmtheit. Aber das Wichtigste für sie war: Ihr Sohn war glücklich.

Heute Abend ganz besonders. Sogar seine Exfreundin Jan und ihre gemeinsame Tochter T'yanna waren gekommen. Schon mit einundzwanzig Jahren war Biggie Vater geworden, nachdem er in Jan eine Freundin gefunden hatte, die genauso übergewichtig, arm und schwarz gewesen war wie er. Doch auch wenn es mit den beiden nicht lang gehalten hatte, kamen sie immer noch gut miteinander aus. Sie hatte sich sogar damit arrangiert, dass Biggie mittlerweile eine andere geheiratet hatte. Nicht zuletzt waren auch seine Frau Faith und ihr gemeinsamer Sohn Christopher junior am heutigen Abend unter den Anwesenden – dazu Faiths Tochter Chyna aus einer früheren Beziehung. Biggie hatte Faith etwa zweieinhalb Jahre zuvor bei einem Fotoshooting kennengelernt.

«Du bist die Art Mädchen, die ich heiraten würde», hatte Notorious damals gesagt.

«Warum tust du's nicht?», war ihre Antwort gewesen.

Zu diesem Zeitpunkt hatte Biggie sie noch für irgendeine Backgroundsängerin gehalten – und nichts davon gewusst, dass Faith ebenfalls bei *Bad Boy* unter Vertrag stand. Puffy war der Ansicht gewesen, ihre Stimme klinge wie Regen.

Keine zwei Monate später hatte Notorious sie beim Wort genommen, und die beiden heirateten. Allerdings hatten sich Faith und er im Laufe der Zeit mehr und mehr auseinandergelebt. Sie waren ständig unterwegs gewesen, und Notorious hatte sie mehr als nur einmal betrogen. Dass sie schwanger gewesen war, hatte Faith erst herausgefunden, nachdem sie aus ihrem Haus in Fort Greene, Brooklyn ausgezogen war. Und auch wenn es immer noch jede Menge Spannungen zwischen ihnen gab, hatten die beiden beschlossen, sich für ihren Sohn zusammenzuraufen. Der kleine Christopher war keine zwei Monate alt.

«Ich bin mir nur noch nicht ganz sicher, wie ich die Insel nennen werde», sagte Biggie amüsiert. «*Big Island* wäre zu einfach. Vielleicht *Notorious I. S. L. E.*? Oder *Poppa Isle*? *Bad Boy Isle*?»

Doch seine Mutter erwiderte das Lächeln ihres Sohnes nicht. «Ich kann es noch gar nicht fassen», sagte sie. «Du willst dein ganzes Leben einfach so hinter dir lassen?»

Notorious lächelte.

«Yo, Ma, bitte versteh doch», sagte er. «Ich lasse lieber mein Leben hinter mir, bevor es mich hinter sich lässt.»

Seine Mutter senkte ihren Blick zu Boden.

Biggie sah nun auch dem Rest seiner Familie in die Augen.

«Wisst ihr, früher an der Ecke dachte ich immer, ich würde keine fünfunddreißig werden. Ich lebte einfach nur von Tag zu Tag. Heute denke ich, ich könnte sogar richtig alt werden. Steinalt. Vielleicht sogar ... vierzig.»

Notorious lachte. Und auch seine Familie schien sich langsam von dem Schock zu erholen. Grinsend fügte Biggie hinzu: «Zumindest, wenn ich nicht mehr ganz so viel Häagen-Dazs esse.»

Seine Mutter seufzte. Sie hatte erst ein paar Jahre zuvor den Brustkrebs besiegt. Offenbar erwartete sie nun die nächste Prüfung.

«Aber was wird aus uns, Chrissy Pooh?», fragte seine Mutter.

Biggie stutzte. «Ma, erstens: Du sollst mich nicht immer so nennen. Zweitens: Ich mag nicht gerade der Dünnste sein – aber um eines musst du dir keine Sorgen machen: Auf meiner Insel ist trotzdem genug Platz für uns alle.»

«Dieser Mutterficker wird schon sehr bald ein toter Mutterficker sein», sagte Marion *Suge* Knight und lehnte sich in seinem federnden Chefsessel zurück.

Und auch wenn *Death Row Records* klang wie eine weitere branchenübliche Übertreibung, war der Name seiner Plattenfirma ziemlich ernst gemeint. Vermutlich war es auch kein Zufall, dass der CEO mit dem grimmigen Gesichtsausdruck einen tiefroten Anzug trug – und selbst die Einrichtung seines Büros im zwölften Stock des Hochhauses auf dem 10900 Wilshire Boulevard in Beverly Hills wie in Blut getränkt war. Man munkelte, dass Knights besondere Vorliebe für diese Farbe mit seinen Verbindungen zu den *Mob Piru Bloods* zu tun hatte. Denn wenn man im Ghetto von Compton aufwuchs, war die Welt entweder rot oder blau. Gerüchten zufolge stammte sogar das nötige Startkapital zur Gründung *Death Rows* von dem Drogendealer Michael *Harry-O* Harris.

Zumindest konnte Suge Knight schon mit seinen Blicken allein töten. Und wenn sie mal jemanden am Leben ließen, hauten sie ihm zumindest ordentlich in die Fresse. Der Einzige auf dieser Welt, der keine Angst vor Suge Knight hatte, war Suge Knight selbst. Jedenfalls war dieser Mann absolut kein *Sugar Bear*, auch wenn ihm seine Mutter als Kind einst diesen Spitznamen verliehen hatte.

Dieser 1,88 Meter große Hüne war ein ehemaliger Verteidiger der *Los Angeles Rams*, wenngleich er seine kurze Zeit in der *NFL* zum größten Teil auf der Ersatzbank verbracht hatte. Schon damals war die Nummer 54 vor allem für sein Talent bekannt gewesen, den Gegner zu schlagen, zu treten und anzuschreien. Und mittlerweile hatte er es mit seinen Fertigkeiten ziemlich weit gebracht. In den Jahren nach seinem Karriereende hatte er sich vorerst als Bodyguard durchgeschlagen, unter anderem als Beschützer Bobby Browns. Als Nächstes war er Manager geworden – und auch hier stets seinem persönlichen Stil treu geblieben.

Nachdem sein Klient Mario *Chocolate* Johnson ihm davon berichtet hatte, dass er *Vanilla Ice* seinen Song *Ice Ice Baby* kostenlos überlassen hatte, hing der weiße Möchtegernrapper schon kurz darauf kopfüber vom Hotelbalkon. Innerhalb von ein paar Minuten war *Chocolate* um eine halbe Million Dollar reicher gewesen. Und diese Methode führte immer wieder zum Erfolg. Auch um *Dr. Dre* und *The D. O. C.* von ihren Knebelverträgen mit dem *N. W. A.*-Manager Jerry Heller zu befreien und gemeinsam mit ihnen *Death Row* zu gründen, hatte Knight ein unschlagbares Verhandlungsargument: das Metallrohr in seiner Hand.

Zumindest überraschte es niemanden im Raum, dass Suge Knight nach dem Tod eines seiner bekanntesten Künstler nicht allzu guter Laune war. Bei dem Mordanschlag auf Tupac hatte der Plattenboss selbst direkt neben ihm gesessen – am Steuer des schwarzen *BMW 750*.

«Vermutlich könnt ihr euch schon denken, wer diesen Mutterficker für mich töten wird», sagte Knight und schaute jedem einzelnen der drei dunkelhäutigen Männer ihm gegenüber mit scharfem Blick in die Augen. «Ihr.»

Nur einer der drei war bereits vorab in Knights Pläne eingeweiht worden: David Mack. Nachdem der Plattenboss von dessen Tupac-Schrein gehört hatte, wusste er, dass er mit Mack den richtigen Mann für diesen Job gefunden hatte. Allerdings konnten die anderen beiden Männer ihre Überraschung nicht verbergen. Rafael *Ray* Pérez und Nino Durden guckten Knight verwundert an.

«Ist das dein Ernst?», fragte Pérez ungläubig. «Wir sollen Notorious B. I. G. töten?»

Langsam strich sich Knight erst über seine Glatze, dann über seinen Vollbart. «Verdammt richtig. Und er soll aussehen wie ein verfickter Springbrunnen, wenn ihr mit ihm fertig seid.»

Pérez schaute Mack und Durden an und erhoffte sich irgendeine Reaktion – doch beide sahen stur in Knights Richtung.

«Erzähl ihnen von dem Bonus, Suge», sagte Mack.

Der Plattenboss schmunzelte. «Ach ja: der Bonus.» Knight holte eine Sporttasche unter dem Tisch hervor. «Wenn ich euch bis jetzt nicht überzeugen konnte, schaffen es vielleicht diese drei Millionen Dollar.»

Er öffnete den Reißverschluss der Tasche und schüttete einen ganzen Haufen Geld auf seinen Schreibtisch. Ein Blick in die großen Augen seiner Gesprächspartner reichte Knight, um zu erkennen, dass dieser Vertrag unter Dach und Fach war.

«Dieser fette Hurensohn wird Anfang März in L. A. sein. Das *Vibe Magazine* veranstaltet die Afterparty der *Soul Train Music Awards* – und gleichzeitig wird das wohl so etwas wie die inoffizielle Record Release Party des neuen Albums von diesem Fettsack. Nur dass einer der Anwesenden die Veröffentlichung nicht mehr erleben wird.» Knight schmunzelte. «Ich habe alles schon mit David besprochen. Einer von euch wird vor Ort für die Security arbeiten und Bescheid geben, wann das dicke Monster die Feier verlässt. Der Zweite fährt. Der Dritte schießt.»

Erwartungsfroh nickte Mack seinen beiden Kollegen zu. Pérez und Durden nickten mit ernsten Gesichtern zurück. Die drei waren ein so eingespieltes Team, dass sie nicht mal für eine solche Entscheidung ein Wort wechseln mussten. Nicht umsonst trugen sie alle schon seit ein paar Jahren die gleiche dunkelblaue Uniform.

Zugegeben: Elvis hätte lieber eine Mücke im Ohr gehabt, als sich freiwillig die Songs seines Klienten anzuhören. Wenn er es sich recht überlegte, vielleicht sogar eine Hornisse. Aber irgendwas mussten die Leute offensichtlich an dieser Musik finden. Allein in diesem kleinen Café auf dem Sunset Boulevard trug gut die Hälfte der Leute *Baggy Pants* – für Elvis weniger ein Kleidungsstück als eine Slapstickeinlage. Dem King fiel höchstens ein einziger Vorteil ein, den diese albernen Hosen hatten: Sie hingen so tief, dass man sie auf dem Klo vermutlich gar nicht mehr wirklich herunterziehen musste. Elvis hatte gelesen, dass diese Mode ihren Ursprung in den amerikanischen Gefängnissen hatte, weil den Neuankömmlingen dort als Erstes der Gürtel abgenommen wurde, damit sie sich nicht erhängen konnten. Wobei Elvis schätzte, dass diese Hosen die Suizidgedanken meist erst verursachten. Und in diesem Café sah kaum jemand so aus, als würde er sich überhaupt irgendwelche Gedanken machen.

Zu allem Übel lief im Hintergrund nun auch noch *No Diggity*. Elvis versuchte, sich möglichst lässig zurückzulehnen. Zumindest, soweit dies in diesem neongrünen aufblasbaren Sessel möglich war. Vor allem aber musste er aufpassen, die lila-rote Lavalampe neben ihm nicht umzustoßen. Der King biss mittlerweile bereits in seinen dritten Cookie und schüttelte den Kopf, während er die anderen Gäste beobachtete. Diese jungen Leute konnten schon ziemlich bescheuert sein. Und irgendwie fanden junge Leute in jedem Jahrzehnt wieder etwas Neues, um noch bescheuerter sein zu können.

Zum Glück hatte Los Angeles aber auch seine guten Seiten: zum Beispiel Lisa und Priscilla. Elvis genoss es, mal wieder in ihrer Nähe zu sein – und erfreute sich daran, dass seine Tochter momentan weder mit David Copperfield noch mit Hulk Hogan oder sonst wem verheiratet war.

Ansonsten war dem King allerdings oft ganz schön langweilig – besonders vor dem Hintergrund, dass er eigentlich gerade einen ziemlich aufregenden Job hatte. Nur konnte Elvis als *Suicide Director* abgesehen vom Projektmanagement leider nicht allzu viel beitragen. Schließlich war sein Gesicht immer noch zu auffällig, als dass er sich persönlich um die Waffe, die kugelsichere Seitenverkleidung oder andere organisatorische Dinge hätte kümmern können. Zumindest aber konnte sich Elvis auf seine Angestellten zu hundert Prozent verlassen.

Als er *Relife* vor ein paar Monaten eröffnet hatte, war er sich noch nicht so ganz sicher gewesen, ob er dieses Projekt auch wirklich stemmen können würde. Schließlich bewegte er sich mit seinem Team mehr als nur an der Grenze der Legalität. Dies war nicht einfach irgendein Selbstmord – dies war ein inszenierter Mord. Und der King hatte sich ganz bestimmt nicht zwei Jahrzehnte lang versteckt, um nun für einen kleinen Kick ins Gefängnis zu gehen.

Plötzlich stutzte Elvis. Auf der gegenüberliegenden Straßenseite stand ein Mann und machte Fotos – und wenn den King nicht alles täuschte, fotografierte der Typ nicht das Café oder irgendeinen der Suizidgefährdeten, sondern ihn höchstpersönlich. Doch offenbar hatte der Kerl bemerkt, dass Elvis wiederum ihn bemerkt hatte. Hektisch öffnete der Unbekannte die Tür eines Wagens, der am Straßenrand parkte. Elvis versuchte gerade noch, aufzustehen, um hinüberzurennen und den Typen zur Rede zu stellen. Doch leider war auch das in diesem Sessel kein einfaches Unterfangen – ganz besonders für einen frischgebackenen Zweiundsechzigjährigen.

Als der King sich schließlich erhoben hatte, sah er das Auto nur noch davonfahren.

Die drei jungen Männer hatten ihre Gesichter mit roten Tüchern vermummt. Wären da nicht ihre Jacken gewesen, hätten diese Banditen in ihrem Aufzug geradewegs aus einem Western geritten kommen können. Allerdings trugen die wenigsten der damaligen Revolverhelden Oberteile der *San Francisco 49ers*, *Philadelphia Phillies* oder *Chicago Bulls*. Wobei es diesen drei Gangstern weniger ums Team ging als vielmehr um die Jackenfarbe. Sie waren *Bloods* – und dank ihnen war der Westen immer noch genauso wild wie früher. Fast alles, was man in der Januarkälte von siebzehn Grad von ihren Körpern sehen konnte, war mit Tattoos übersät: Schriftzüge wie *RIDAH*, *THUG* oder *CRIP-KIL*-

LER, Kronen, Fünfen oder der Buchstabe *B*. Die drei hätten gut und gern einen Tätowierer fest anstellen können. Sie hatten die Fenster ihres 1964er *Impala* Lowriders heruntergelassen und Tupacs Song *Hit 'Em Up* bis zum Anschlag aufgedreht. Während das Fahrzeug den Sunset Boulevard entlangrollte, brachten die Hydraulikpumpen ihren *Fat Dancer* zum Springen.

Die *Bloods* waren ursprünglich in den sechziger Jahren als *Pirus* gegründet worden, nachdem sich zwei Studenten der kalifornischen *Centennial High School* gegen eine andere Straßengang zur Wehr setzen wollten: die *Crips*. Diese wiederum trugen nur Blau, und nachdem sie in den Siebzigern schließlich den ersten Menschen für einen Ledermantel umgebracht hatten, waren die *Pirus*, die *Black P. Stones*, die *Athens Park Boys* und andere Banden immer öfter mit den *Crips* aneinandergeraten – und daraufhin zu den *Bloods* fusioniert. In den folgenden Jahren hatte die neue Gang mit hemmungsloser Brutalität alles daran gesetzt, ihre Macht auszubauen. Noch dazu war sie in den Achtzigern in den Crackhandel eingestiegen.

Aber heute hatten die Gangster ein völlig anderes Ziel – und dieses parkte in der Dämmerung am Straßenrand. Langsam bogen die drei Männer in eine Seitenstraße. Alles lief wie in Zeitlupe ab, als sie dem schwarzen Jeep immer näher kamen. Immer fester biss der Mann auf dem Beifahrersitz auf den Zahnstocher in seinem Mund. Dann hob er eine Halbautomatik, legte an und schoss. Die Waffe feuerte so viele Kugeln ab, dass die komplette Seite des Jeeps mit Löchern übersät war. Als der Lowrider den geparkten Wagen schließlich passiert hatte, beschleunigte er mit quietschenden Reifen und bog blitzschnell um die nächste Ecke.

Völlig aufgedreht fuhren die Banditen nach einer kurzen Fahrt schließlich auf einen Hof, parkten ihren Wagen in einer Garage und stiegen aus. Der Schütze schlug sich wie *Tarzan* auf die Brust.

«Wow!», rief Jason aus voller Kehle.

«Mann, war das krass!», brüllte sein Kollege Tyler.

«Dieser Wagen sah aus wie ein verfickter Schweizer Käse», blaffte Will, der Dritte im Bunde.

Die drei jubelten und hüpften ausgelassen herum. Da trat ein Mann aus dem Schatten und antwortete seelenruhig: «Hauptsache, es sah auch echt aus.»

Es war Elvis, der die Gangster bereits erwartet hatte. Mit hochgezogenem Mundwinkel sagte er: «Schließlich war das eure verfickte Generalprobe, ihr Mutterficker.»

Biggie ging es schon wieder viel besser. Nicht nur, dass sein Bein nicht mehr ganz so sehr schmerzte – noch dazu hatte er fast sieben Kilo abgenommen. Das entsprach in etwa dem Gewicht seines kompletten kleinen Fingers. Seiner Mutter hatte Notorious deswegen kürzlich erzählt, dass er Mark Wahlberg bald als Unterwäschemodel für *Calvin Klein* ablösen würde. Und auch ansonsten war Biggie guter Dinge. Elvis hatte ihn gerade erst darüber informiert, dass alles nach Plan verlaufe. Notorious grinste. Schon bald würde er sterben.

Mit den Aufnahmen für *Life After Death* klappte es ebenfalls bestens. Sie hatten schon genug Material für ein ganzes Doppelalbum zusammen – nach Tupacs *All Eyez On Me* das zweite in der Geschichte des Raps. Biggie war zuversichtlich, nach seinem Tod umgehend zur Legende zu werden. Er werde der *Elvis des Raps*, hatte er dem King gesagt. Notorious dachte sogar darüber nach, neue Geschäftsfelder zu erschließen und eine Restaurantkette zu eröffnen: *Big Poppa's Chicken And Waffles*. Alles in dem Laden sollte riesig sein: vom Essen und vom Besteck über die Stühle und die Tische bis hin zur Wanduhr und zur Jukebox.

Am meisten aber bereitete Biggie gute Laune, dass Suge Knight mittlerweile im Gefängnis saß. Dieser Volldepp hatte sich allen Ernstes zusammen mit Tupac und ein paar anderen Dawgs von einer Überwachungskamera dabei filmen lassen, als er irgendeinen Typen zusammentrat. Und obwohl das Opfer seine Aussage später völlig überraschend widerrufen hatte, musste dieser Wichser nun für ganze neun Jahre in den Bau. Es schien also wirklich eine Art Karma zu geben. Noch dazu hatte Snoop Doggy Dogg kürzlich in einer Fernsehshow das Kriegsbeil zwischen East Coast und West Coast medienwirksam begraben. Es war demnach weitaus angenehmer in Los Angeles, als Biggie ursprünglich erwartet hatte, als Elvis ihm ein paar Monate zuvor von seinen verrückten Plänen berichtete. Nun, da Knight hinter Gittern saß, fühlten sich Puffy und Biggie auf den Straßen wieder frei.

An diesem Abend waren die beiden zu Gast im *House of Blues* und hatten sich von der Tribüne ein Konzert von *Warren G* und *Nas* angesehen. Dass einige Einheimische ihnen noch immer böse Blicke zuwarfen, nahmen Puffy und Biggie gar nicht so recht ernst. Aber als die beiden das Konzert verließen, winkte sie einer der Türsteher beiseite. Er beobachtete die anderen Gäste aus dem Augenwinkel, während er leise mit den beiden *Bad Boys* sprach.

«Keine Sorge, ich bin ein Freund», sagte er. «Aber davon habt ihr in Los Angeles nicht viele.»

«Erzähl uns etwas Neues», sagte Biggie.

Doch der Türsteher sah Notorious eindringlich an. «Lasst mich euch einen Rat geben: Geht es besser ein bisschen langsamer an. Die Straßen beobachten euch. Und kommt bloß nicht zu diesen Riesenpartys. Ganz egal, wie viele Bodyguards ihr dabeihabt – hier könnte euch so ziemlich jeder erschießen. Und wahrscheinlich hat es jeder Zweite vor.»

Biggie sah Puffy an und grinste. Dann wendete er seinen Blick wieder zum Türsteher. «Hey, sei nicht so paranoid, Mann. Der Krieg ist vorbei. Wir kommen in Frieden.»

Der Türsteher zog Biggie zu sich heran und sagte: «Das hier ist immer noch Los Angeles, Dawg. Vergiss das nicht. Das hier ist Suges Stadt.»

Von einem Moment auf den anderen verschwand das Lächeln aus Biggies Gesicht. Doch dann winkte er ab und ließ den Türsteher türstehen.

Tupac war zu tot, um seinen Preis für das *R&B / Soul or Rap Album of the Year* persönlich abzuholen. Und auch Suge Knight konnte bei den diesjährigen *Soul Train Music Awards* in Los Angeles leider nicht anwesend sein. Zumindest aber gingen *The Fugees*, *R. Kelly* und *Outkast* an diesem Abend im *Shrine Auditorium* leer aus. Und der ganze Saal zollte Tupacs Geist stehende Ovationen.

Der gigantische Applaus für seinen Rivalen machte Biggie nur noch nervöser – auch wenn ihm das niemand anmerken sollte. Nachdem Notorious im vergangenen Jahr selbst ausgezeichnet worden war, sollte er diesmal als einer der Laudatoren eine Auszeichnung überreichen – für die beste weibliche R&B / Soul Single. Doch obwohl der Küstenkrieg offiziell längst vorbei war, verschlechterte sich die Stimmung im Publikum deutlich, als Notorious zusammen mit Puffy und der Gruppe *112* auf die Bühne ging. Von den billigen Plätzen ertönten laute Buhrufe, und eine ganze Reihe Zuschauer formte mit ihren Händen ein *W* für *Westside*. Vielleicht hatte dieser Türsteher mit seiner Warnung doch nicht so ganz unrecht gehabt. Aber Puff Daddy ließ sich nicht beirren.

«Hier kommen die Nominierten für die beste weibliche R&B / Soul Single.»

Und ein Mitglied von *112* ergänzte: «*Not Gon' Cry* von Mary J. Blige.»

Es folgte ein kurzer Ausschnitt aus dem Video, bevor das nächste Stück eingespielt wurde.

«*Sittin' Up in My Room* von Brandy.»

Die Menge jubelte, als daraufhin auch noch Toni Braxtons *You're Makin' Me High* und *Why I Love You So Much* von Monica vorgestellt wurden.

Der Laudator öffnete einen Umschlag, zückte eine Karte und sagte feierlich: «Und der *Soul Train Music Award* geht an ...»

Nun trat Biggie ans Mikrofon. Schwarzes Jackett, schwarzes T-Shirt, goldene Zukunft. Neben seiner beinahe saalfüllenden Sonnenbrille trug er eine Kette, die fast so viel auf die Waage brachte wie er selbst – daran baumelnd ein diamantverziertes Jesusbild. Sofort buhte das Publikum aus voller Kehle. Doch Notorious wollte sich seine Verwunderung darüber nicht anmerken lassen und sagte lässig: «Wie geht's, Kali?»

Allerdings hörte die Menge auch danach nicht auf, ihn auszupfeifen. Und so beließ es Biggie bei diesem einen Satz, bevor er wie ein getretener Hund wieder von der Bühne ging. Noch auf dem Weg in den Backstage-Bereich zückte er sein Mobiltelefon.

«Es wird höchste Zeit, Mister Presley. Diese Mutterficker sind völlig durchgeknallt. Sie hassen mich. Und eines ist mir mittlerweile klar: Sie werden niemals damit aufhören», sagte Notorious. «Also bitte ich Sie, Mister Presley – keine Fehler. Wenn das morgen nicht klappt, werden Sie nur noch einen Toten umbringen können.»

Auf den Kleiderbügeln im Zimmer des *Regent Beverly Wilshire* hingen drei vollständige *Bloods*-Outfits. Es wäre keine sonderlich gute Idee gewesen, sich schon hier drinnen umzuziehen – schließlich stiegen einfache Gangmitglieder eher selten in Luxushotels ab.

«Biggie möchte heute Abend noch eine letzte Party feiern», sagte Elvis. «Alles wie abgemacht. Es gibt nur eine Schwierigkeit: Notorious wollte uns keinen festen Termin nennen. Aber keine Sorge – ich werde ebenfalls auf der Feier sein und gebe euch Bescheid, sobald wir das Gebäude verlassen. Das Codewort ist *Ready to Die*.»

Genervt atmete Jason aus. «Ach ja? Und wie stellt sich dieser Typ das vor? Sollen wir die halbe Nacht in unseren Gangster-Outfits um den Block fahren? Und das auch noch mit der verfickten Waffe?»

Elvis zuckte mit den Schultern und zog die Augenbrauen hoch. «Der Kunde ist eben König. Das gilt selbst in unserer Branche», sagte er und hielt Tyler ein paar Kleidersäcke hin, die er über die Outfits ziehen sollte. «Es ist vielleicht nicht optimal, aber ich kann es nun mal nicht ändern.»

Jason schüttelte den Kopf. «Und was ist, wenn wir angehalten werden? Ich meine, so was an einem stinknormalen Tag in irgendeiner Seitenstraße durchzuziehen, ist eine Sache. Aber auf dieser Party wird so ziemlich jeder gottverdammte Prominente Amerikas sein. In der ganzen Gegend wird es von Bullen nur so wimmeln.»

«Jetzt beruhig dich mal, Jason. Wir machen alles ganz genauso, wie wir es besprochen haben», sagte Elvis. «Zwei weitere Fahrzeuge sind in der Nähe, der Krankenwagen kommt ebenfalls von uns – und wir hören den Polizeifunk ab. Bevor die Cops überhaupt nur ihren Donut aufgegessen haben, seid ihr längst über alle Berge.»

Jason massierte seine Schläfen. «Gott! Hätten wir ihn nicht einfach ganz gemütlich bei ihm zu Hause umbringen können?», fragte er. «Warum muss es ausgerechnet heute sein? Und warum ausgerechnet dort?»

«Hey», antwortete Elvis. «Das ist seine Record Release Party. Auf diese Weise wird sein Tod ein echtes Medienspektakel. Wahrscheinlich gibt es keinen besseren Abend, um zu sterben.»

David Mack und Nino Durden rollten sich ihre schwarzen Skimasken über den Kopf. In diesem Aufzug fiel es selbst Rafael *Ray* Pérez schwer, seine beiden Partner von der *Rampart*-Abteilung *Community Resources Against Street Hodlums* auseinanderzuhalten. Eigentlich war *CRASH* eine spezielle Anti-Gang-Einheit des *Los Angeles Police Department* – allerdings waren in diesem Falle die Cops selbst gefährlicher als die Gangmitglieder.

Dabei war David Mack offiziell ein echter Held. Er war sogar mit der *LAPD Medal for Heroism* ausgezeichnet worden, nachdem er einen Drogendealer erschossen hatte, der seinen Partner Pérez während eines Undercover-Einsatzes bedrohte. Eigentlich war Mack Langstreckenläufer gewesen – über achthundert Meter der fünfschnellste in der US-Geschichte. Im Jahre 1984 hatte er nur aufgrund einer Beinverletzung nicht an den Olympischen Sommerspielen teilnehmen können. Und heute Abend sollte der Fünfunddreißigjährige Notorious B. I. G. erschießen.

Nino Durden wiederum, der Zweite im Bunde, hielt sich für gewöhnlich eher im Hintergrund – und so würde er auch am heutigen Abend nur der Fahrer sein.

Pérez war der Einzige in dieser schummrigen Garage, der nicht von Kopf bis Fuß schwarz angezogen war. Der gebürtige

Puerto-Ricaner war ein Ex-Marine – weniger ein Undercover-Cop als ein vollwertiges Mitglied der *Bloods*. Er sprach fließend Spanisch und kannte sich mit den Gangs von L. A. bestens aus. Aber heute Abend sollte der Neunundzwanzigjährige eine völlig andere Rolle bekleiden. Auf der Rückseite seiner dunkelgrauen Jacke prangte in großen Lettern der Schriftzug *SECURITY*.

Dies sollte Biggies letzter Abend sein. Und sein erklärtes Ziel war es, heute die beste Party seines Lebens zu feiern. Die Voraussetzungen dafür waren geradezu perfekt. So ziemlich jeder Gast der Feier vom *Vibe Magazine* war berühmt, reich, schön oder Drogendealer. Oder alles zugleich. Schon allein die Location selbst war ein echtes Kunstwerk. Im *Petersen Automotive Museum* an der Ecke Fairfax und Wilshire feierten Biggie und seine Niggas zwischen den seltensten Fahrzeugen der Welt: Rennwagen, Oldtimer, Hot Rods, Motorräder und andere Liebhaberstücke, die einmal Stars gehört hatten oder in bekannten Filmen zum Einsatz gekommen waren. Zudem warteten neben achthundert Flaschen *Cristal* rund zehn Kilo Gras auf die zweitausend Gäste.

Biggie kriegte sich kaum noch ein, als die ersten Takte von *Hypnotize* aus den Boxen dröhnten. Noch nie zuvor hatte er seinen neuen Track auf einer Party gehört.

Biggie, Biggie, Biggie, can't you see
Sometimes your words just hypnotize me
And I just love your flashy ways
Guess that's why they broke, and you're so paid

Die Menge flippte völlig aus und strömte auf die Tanzfläche, als sei irgendwo ein Damm gebrochen. Alle waren sie da: Wesley Snipes, Chris Tucker, Whitney Houston, Bobby Brown – nur Puffy saß immer noch neben Notorious am Tisch, weil dieser ihn darum gebeten hatte, heute Abend nicht von seiner Seite zu weichen. Biggie war geradezu euphorisch. Alle dachten, er freue sich auf sein neues Album, auf Millionen von Dollar und auf eine Zukunft als Superstar. Abgesehen von Puffy und der Junior M.A.F.I.A. wusste niemand, dass Notorious schon in ein paar Stunden offiziell nicht mehr am Leben sein würde. Auch heute trug Notorious zu seinen blauen Jeans und dem schwarzen Veloursbemd wieder seine Jesuskette. Er hatte in seinem Krankenbett zu Gott gefunden. Erst ein paar Tage zuvor hatte er sich zusammen mit D-Roc den dreiundzwanzigsten Psalm auf den Unterarm tätowieren lassen.

Die Party wurde wilder und wilder. Von außen versuchten etwa zweihundert Leute, ebenfalls irgendwie ins Gebäude zu kommen. Irgendwann war es so voll, dass die Feuerwehr die Feier beendete. Biggie schaute auf die Uhr. Es war 0.35 Uhr. Zeit, zu sterben. Er gab Elvis ein Zeichen.

Der King zückte sein Telefon. Er sagte nur drei Wörter.

«Ready to Die.»

Für Jason, Tyler und Will kam der Anruf genau im richtigen Augenblick. Sie hatten es satt, in diesem Aufzug durch die Stadt zu fahren. Es war, als hätten sie Zielscheiben an. Die drei waren froh, nicht längst selbst in eine Schießerei mit irgendwelchen durchgeknallten Crips geraten zu sein. Außerdem wollten sie den Job endlich hinter sich bringen. Der nächste Kunde würde sich hoffentlich einfach für den Standard-Badewannentod entscheiden.

«Es geht los», sagte Jason.

Will lehnte sich nach vorne und klopfte ihm auf die Schulter. Tyler wendete den Wagen und fuhr über die Fairfax zum *Petersen Automotive Museum*. Leise sagte er: «Die Elefantenjagd ist eröffnet.»

Noch ahnten weder Biggie noch Elvis, dass auf der Party auch noch ein anderer Mann sein Mobiltelefon gezückt hatte: der vermeintliche Security-Mitarbeiter Rafael *Ray* Pérez. Er schaute sich immer wieder um, während er leise in sein Telefon sprach: «Hey David, die Party wurde aufgelöst. Das Ziel sitzt in einem grünen *GMC Chevy Suburban*, einem Mietwagen. Er fährt mit seinen Homies im Korso, vor ihm ein weißer *Suburban*, dahinter ein schwarzer *Chevy Blazer*.» Pérez schmunzelte. «Aber zur Not feuert ihr einfach irgendwohin. Diesen Fettsack kann man schließlich nur schwer verfehlen.»

David Mack grinste und steckte sein *Nokia NM101* wieder ein. «Es ist so weit», sagte er. «In einer guten halben Stunde werden wir Millionäre sein.»

Elvis nahm am Steuer des grünen *GMC Chevy Suburban* Platz und setzte seine Perücke ab. Biggie quetschte sich neben ihn auf den Beifahrersitz.

«Und Sie sind wirklich absolut sicher, dass diese Panzerung den Kugeln standhält?», fragte er.

«Wir haben das mehrfach getestet, Mister Wallace», antwortete Elvis. «Sie könnten aus Glas sein, und Ihnen würde nichts passieren.»

Es gelang dem King halbwegs, sich seine Nervosität nicht anmerken zu lassen. Er hoffte, dass auch ansonsten nichts schiefgehen würde. Aber er versuchte, sich zu beruhigen. Abgesehen davon, dass die Party aufgelöst worden war und nun unerwarteterweise eine noch größere Menschenmenge vor dem Museum stand, war alles perfekt organisiert. Der Krankenwagen war schon in der Gegend – und das *Cedars-Sinai Medical Center* hatte Biggies Todesurkunde bereits ausgestellt. Wenn alles nach Plan liefe, würde Notorious schon in einer Stunde im Flieger sitzen.

Elvis streckte Biggie das gleiche schwarze Oberteil entgegen, dass Notorious anhatte – nur war dieses Stück zerlöchert und blutgetränkt.

Der Dicke verzog das Gesicht. «Muss das sein?»

Der King zog seinen Mundwinkel hoch. «Man merkt, dass Sie noch nie erschossen wurden.»

Biggie schmunzelte und zog sein Oberteil aus.

Währenddessen setzte sich der Zug langsam in Bewegung. Puffy fuhr mit D-Roc, Lil' Cease, G und einem seiner Bodyguards in dem weißen *Suburban* vorneweg. Elvis' Wagen fuhr an zweiter Stelle. In dem schwarzen *Chevy Blazer* dahinter befanden sich ein weiterer Bodyguard und ein Polizist außer Dienst.

Allerdings bog Puffys Wagen gleich an der Ampel vor dem Gebäude gerade noch so auf den Wilshire Boulevard ab, bevor das Signal auf Rot umschaltete. Elvis musste also auf der Abbiegespur warten. Der King rümpfte die Nase. Biggie stank nach Gin, Gras und all den Sachen, die Elvis auf den Tod nicht ausstehen konnte. Doch gerade, als der King das Seitenfenster herunterließ, um ein bisschen frische Luft in den Wagen zu lassen, hielt direkt neben ihnen ein schwarzer *Chevrolet Impala SS*. Auch dieses Fahrzeug ließ das Fenster herunter. Und Elvis konnte kaum fassen, wer da am Steuer saß.

«Guten Abend», sagte der Mann mit triumphierender Stimme.

Biggie hatte nicht den Hauch einer Ahnung, wer dieser Typ überhaupt war. Aber Elvis sah den Mann einen Moment lang völlig fassungslos an. Er konnte kaum seinen Augen trauen. Der

Colonel? Wie in aller Welt hatte ihn dieser Wadenbeißer diesmal nur gefunden?

Tom Parker war längst ein alter Mann, mittlerweile ganze siebenundachtzig Jahre alt. In den letzten Jahren war es mit seiner Gesundheit noch weiter bergab gegangen. Seit ein paar Monaten konnte der Colonel kaum noch das Haus verlassen. Aber als ihm sein Privatdetektiv die Fotos präsentiert hatte, wusste er, dass dies vermutlich seine allerletzte Chance sein würde. Und nicht nur den damaligen Vertrauensbruch hatte er seinem ehemaligen Schützling noch immer nicht verziehen. Dieser Mistkerl hatte ihm die letzten zwei Jahrzehnte seines Lebens versaut. All die verschwendeten Jahre auf der Suche nach diesem Bastard, dazu sein eigener, geradezu lächerlicher Lebensstandard, der es ihm nicht mal mehr erlaubte, ordentlich Roulette zu spielen. Aber nun sollte Elvis endlich dafür büßen. Nur noch darum ging es ihm, um Buße. Schließlich war der Colonel viel zu alt, um noch irgendeine Art von Profit aus diesem Hurensohn zu schlagen.

«Wenn das nicht der Admiral ist», sagte Elvis schmunzelnd. Der Colonel fand diesen Witz allerdings immer noch genauso wenig lustig wie 1956. Währenddessen hatte Notorious absolut keine Ahnung, was vor sich ging – und sah abwechselnd Elvis und dann wieder diesen eigenartigen Unbekannten an. Der King lachte schallend.

«Du Spinner gibst auch niemals auf, oder?», fragte er amüsiert. «Warum lässt du mich nicht endlich in Ruhe tot sein?»

«Weißt du was, Junge? Genau dafür bin ich hergekommen», antwortete der Colonel ernst. «Du Schwanzlutscher wirst mich nicht überleben.»

Plötzlich zückte Tom Parker eine Pistole. Die Hände des alten Mannes zitterten, als er mit der vierzigkalibrigen Automatik auf Elvis zielte. Der Colonel kniff die Augen zusammen und drückte ab. Einmal, zweimal, dreimal, viermal, fünfmal, sechsmal, siebenmal.

Die Kugeln zischten durch die Luft und schlugen eine nach der anderen mitten in den Oberkörper ein. Der Getroffene röchelte und schaute ungläubig an sich herunter. Schlagartig wurde Tom Parker blass wie ein Vampir. Wie in Zeitlupe ließ er seine Waffe sinken und erstarrte. Was hatte er bloß getan? Nicht nur, dass er diesen Bastard verfehlt hatte – noch dazu hatte der Colonel so gezittert, dass er versehentlich einen völlig unschuldigen Mann getötet hatte.

Biggies Augen waren noch geöffnet, als er auf dem Beifahrersitz zusammensackte. Selbst im Tod konnte man ihm seine Überraschung immer noch ansehen.

Aufgebracht tastete Elvis seinen Beifahrer ab und rief: «Mister Wallace! Verdammt noch mal, Mister Wallace!»

Doch es war zu spät. Geistesgegenwärtig zog der King nun blitzschnell seine eigene Pistole und richtete sie auf den Colonel. Aber Tom Parker machte keine Anstalten, seine Waffe noch einmal zu erheben. Stattdessen rang er nach Luft. Erst hielt Elvis es für ein Ablenkungsmanöver, doch da fasste sich der Colonel an die Brust. Der alte Mann zuckte am ganzen Körper – und schließlich sank auch er in seinem Sitz zusammen.

Elvis sah den toten Notorious an, dann den vermutlich ebenfalls toten Colonel. Niemand rührte sich mehr. Nicht mal die Menschenmenge. Denn obwohl während der Schüsse kurzzeitig Panik ausgebrochen war, hatten sich mittlerweile auch die Partygäste vor dem Museum in Sicherheit gebracht. Eine seltsame Stille hatte sich über die Szenerie gelegt. Der King konnte nicht glauben, was gerade passiert war. Doch eines wusste er: Auf gar keinen Fall sollte der ehemalige Manager Elvis Presleys an diesem Tatort gefunden werden.

Hektisch stieg der King aus seinem Wagen, schob mit aller

Kraft den Colonel beiseite und setzte sich selbst ans Steuer von Tom Parkers Limousine. Mit quietschenden Reifen bog er um die nächste Ecke.

Ähnlich überstürzt fuhr nun auch der Wagen von Jason, Tyler und Will davon. Mit offenen Mündern hatten die drei das Geschehen aus der Ferne beobachtet.

Genauso machten sich David Mack und Nino Durden, die sich eben noch geduckt hatten, mit quietschenden Reifen aus dem Staub. Zwar hatten die beiden absolut keine Ahnung, was zur Hölle gerade passiert war – aber am meisten wunderten sie sich darüber, dass der Mann, der aus Biggies Wagen ausgestiegen war, ein bisschen so aussah wie Elvis Presley. Die beiden schüttelten fast synchron ihre Köpfe.

Elvis mutterfickend Presley.

Mitten im Frieden

Elvis saß auf seinem *Gheenoe*-Boot, hielt seine Angel in der Hand und sah hinaus auf das türkisfarbene Meer. In der Ferne waren die Insel und die Palmen am Ufer Islamoradas zu erkennen. Selbst nach zwanzig Jahren in dieser Gegend konnte sich der King an diesem Anblick immer noch nicht sattsehen.

Es war, als hätte er nun schon seit über siebentausend Tagen Urlaub. Ein bisschen Golf, Salsa zum Tanztee, kubanisches Essen – und selbst im Winter Temperaturen um die fünfundzwanzig Grad. Mit ziemlicher Sicherheit waren die Florida Keys der schönste Ort auf Erden. Und weil so viele Gleichgesinnte ihren Lebensabend hier verbrachten, wurde dieser Bundesstaat *God's waiting room* genannt. Oder *Rentnerparadies. Sonnenstaat.*

Auch Elvis war hier zum Rentner geworden – wenngleich dies eher unfreiwillig geschah. Denn eigentlich hatte der King nie aufgehört, darüber nachzudenken, was er als Nächstes anfangen könnte.

Seine Selbstmordagentur hatte er nach diesem schockierenden Erlebnis im Jahre 1997 noch am selben Abend offiziell geschlossen. Wobei seine ehemaligen Mitarbeiter das Geschäftsmodell aufgegriffen und in den folgenden Jahren einige spektakuläre Erfolge gefeiert hatten. Mittlerweile gehörten selbst eine englische Prinzessin, ein amerikanischer Prince und Elvis' ehemaliger Schwiegersohn zu ihrem illustren Kundenstamm.

Sowieso war seitdem eine ganze Menge passiert. Notorious' Album hatte sofort nach Erscheinen Platz eins der *Billboard Top 200* erreicht und sich weltweit über zehn Millionen Mal verkauft. Passend zu Biggies Vorlieben war es sogar mit einer Diamant-Schallplatte ausgezeichnet worden. Nur die *Hanson*-Brüder hatten es geschafft, sich mit *MMMBop* ganz kurz zwischen *Hypnotize* und *I'll Be Missing You* an die Spitze der Charts zu drängen, bevor Notorious seine Witwe Faith Evans und Puff Daddy mit *Mo Money Mo Problems* wieder ablöste. Dabei war das Lied, was Faith und Puffy zu seinen Ehren aufgenommen hatten, ganze elf Wochen Nummer eins gewesen – so lang wie kein anderer Rapsong jemals zuvor.

Als Biggies extragroßer, samtausgeschlagener, fünfzehntausend Dollar teurer Sarg aus Mahagoni in einem Prozessionszug durch Brooklyn gefahren worden war, hatte ganz New York seinen König ein letztes Mal gefeiert. Später war ein Team aus zweiundzwanzig Polizisten selbst nach jahrelangen Ermittlungen nicht in der Lage gewesen, Biggies rätselhaften Tod aufzuklären.

Elvis hingegen war noch immer quicklebendig. Und heute – an seinem vierzigsten Todestag – fühlte sich das ganz besonders eigenartig an. Nach wie vor erschienen in zuverlässiger Regelmäßigkeit Meldungen darüber, dass ihn irgendwer irgendwo gesehen hatte. Zuletzt sollte er in *Graceland* als Gärtner arbeiten. Die unscharfen Aufnahmen des Mannes wurden millionenfach auf YouTube angesehen. Zumindest aber gab es seit dem Tod des Colonels niemanden mehr, der ernsthaft hinter dem

King her war – und so hatte er sich endlich etwas dauerhafter einrichten können. Um ehrlich zu sein: sogar ziemlich dauerhaft. Schließlich hatte Elvis bereits in Florida gewohnt, als Bill Clinton damals eng mit Monica Lewinsky zusammengearbeitet hatte. Als Britney Spears noch null Stunden verheiratet gewesen war. Als die ganze Welt am 31. Dezember 1999 die Jahrtausendwende gefeiert hatte, obwohl das neue Jahrtausend rein rechnerisch erst am 1. Januar 2001 angefangen hatte. Hier war Elvis Zeuge geworden, wie die Dotcom-Blase selbst die hochgelobtesten Start-ups in End-ins verwandelt hatte. Und als diese beiden Flugzeuge in die Türme geflogen waren, hatte er in Florida genauso fassungslos vor dem Fernseher gesessen wie alle anderen auf diesem Globus.

Etwa zu jener Zeit war Steve Jobs nach einer zufälligen Begegnung mit Priscilla an den King herangetreten. Der Geschäftsführer von *Apple* hatte eine Idee gesucht, um den wachsenden Erfolg seiner Firma weiter auszubauen – und sich scherzhaft erkundigt, ob der King ihm nicht dabei helfen könne, da er ja wohl angeblich immer noch am Leben sei. Priscilla hatte Elvis davon erzählt. Und der hatte sich daraufhin wirklich bei Jobs gemeldet. Nur hatte Elvis dessen eigene Vorschläge ziemlich antiquiert gefunden. Nach seinem Empfinden war ein tragbarer Plattenspieler absolut nicht zeitgemäß. Und ein tragbarer Fernseher für Musikvideos erst recht nicht. Elvis hatte Jobs daraufhin stattdessen auf MP3-Player gebracht – und ihm von seiner Vision erzählt, alle Songs auf dieser Welt über eine Online-Musikbibliothek abrufbar zu machen. Es stellte sich heraus, dass dies nicht unbedingt Elvis' schlechteste Idee gewesen war.

Völlig unabhängig davon war der King im Jahre 2002 mit seinem Album *Elv1s – 30 #1 Hits* plötzlich fast überall auf der Welt wieder Nummer eins gewesen. Allerdings hatte sich in diesem Jahr auch eine ziemliche Katastrophe ereignet, für Elvis sogar eine noch viel größere als der elfte September: Seine Tochter heiratete Nicolas Cage. Glücklicherweise hatte sie sich aber nach nur vier Monaten unter mysteriösen Umständen wieder von ihm scheiden lassen.

Kurz darauf dann der nächste Schock: Ein Mann, dessen Lieblingsbuch *Die kleine Raupe Nimmersatt* war, wurde Präsident der Vereinigten Staaten. Klar, dass es da 2003 wenigstens mal wieder gute Nachrichten hatte geben müssen: Elvis entdeckte seine neue Lieblingssängerin. Mit ihrem Album *To Whom It May Concern* schaffte es eine gewisse Lisa Marie Presley bis auf Platz 5 der amerikanischen Albumcharts. Fast noch besser aber war, dass die Gebrüder Gibb etwa zur selben Zeit verkündeten, nie wieder unter dem Namen *Bee Gees* Musik zu machen. Elvis' Freude darüber hatte bis zum Tsunami im darauffolgenden Jahr angehalten.

Im Gegensatz dazu war 2005 geschichtlich nicht sonderlich erwähnenswert gewesen – abgesehen davon, dass seine Lieblingssängerin mit *Now What* noch einmal bis auf Platz 9 kletterte. Offenbar war sie nicht nur Elvis' Lieblingssängerin.

Das Jahr 2006 war wiederum für den King vor allem davon geprägt, dass die *Pittsburgh Steelers* zum ersten Mal seit 1980 den *Super Bowl* gewannen – und das ganz ohne Terry Bradshaw. Darauf hatte Elvis ziemlich lang hingefiebert. Wenngleich sechsundzwanzig Jahre in seinem Alter auch nicht mehr so wahnsinnig ausschlaggebend waren. Dass Lisa schon wieder geheiratet hatte, war hingegen weitaus weniger spektakulär. Gefühlt ehelichte sie schließlich alle paar Tage jemand anders. Und solange sie nicht den Sänger von *Nickelback* zum Mann nahm, waren dem King ihre Liebschaften mittlerweile herzlich egal.

Im Jahr 2007 war hingegen, abgesehen von Priscillas Scheidung und dem *iPhone*, kaum etwas passiert. Gut, da war dieses neue Nummer-eins-Album zu Elvis' angeblich dreißigstem

Todestag. Doch im Grunde genommen vereinten diese Scheiben ja immer nur die alten Lieder in anderer Reihenfolge. Das hätte selbst Paul McCartney hingekriegt.

Kurzzeitig hatte Elvis noch dieses *Facebook* ausprobiert, nur war ihm das alles ein wenig zu öffentlich und zu zeitintensiv. Wenn man nicht wusste, wie viel Zeit einem überhaupt noch blieb, wollte man diese schließlich nicht unbedingt damit verbringen, auf irgendwelche hochgestreckten Daumen zu warten.

2008 hatte es dann endlich mal wieder richtige Neuigkeiten gegeben: Barack Obama wurde zum ersten schwarzen Präsidenten in der Geschichte der Vereinigten Staaten gewählt. Über diesen Erfolg hatte sich Elvis wahrscheinlich noch mehr gefreut als Obama selbst. Nicht mal die Finanzkrise hatte die Freude der beiden wirklich trüben können. Auf Elvis' Seite war sie sogar noch mal gesteigert worden, als die *Pittsburgh Steelers* im Jahre 2009 ein weiteres Mal den *Super Bowl* gewannen. Und dann hatte auch noch Michael Jackson beschlossen, nach seinem über Jahre gestreckten Selbstmord nun schließlich offiziell zu sterben. Kurz darauf hatte kurioserweise sein größter Feind echten Selbstmord begangen: Evan Chandler. Zumindest hatte *Relife* seine Finger in diesem Falle wohl nicht im Spiel gehabt.

Neben zahlreichen anderen Katastrophen war ein paar Jahre später schließlich Donald Trump ins Weiße Haus eingezogen. Das war der Zeitpunkt gewesen, in dem Elvis kurzzeitig damit geliebäugelt hatte, selbst als Präsident zu kandidieren. Schließlich wäre das weitaus weniger skurril gewesen.

Aber der King saß immer noch hier auf seinem kleinen Ruderboot. Genüsslich biss er in seinen saftigen Todestagskuchen. Selbstverständlich war es *Key Lime Pie* – der leckere Kuchen aus diesen kleinen Limetten, die nur auf den Keys wuchsen. Doch Elvis legte den Kuchen gleich wieder beiseite, um noch einmal auszuwerfen. Langsam zog er den Blinker durch das Wasser.

Und diesmal hatte der King Glück. Plötzlich spürte er einen ruckartigen Widerstand. Die Angelschnur spannte sich, und die Rute zitterte. Oh, wie er dieses Zittern liebte! Es war, als würde seine Angel tanzen. Und es wurde ein ziemlich ausgiebiger Tanz. Denn Elvis musste eine ganze Weile kämpfen, bis sich der Fisch schließlich erschöpft seinem Schicksal hingab und der King ihn aus dem Wasser ziehen konnte. Es war ein echtes Prachtexemplar: ein Pfauenbarsch.

Elvis zog seinen Mundwinkel hoch. Da hatte er sein ganzes Leben damit verbracht, rund um den Globus sein Glück zu suchen – und niemals aufgehört, darüber nachzudenken, was er als Nächstes anstellen könnte. Aber wenn er es sich recht überlegte, war er eigentlich ziemlich glücklich dort, wo er gerade war. Hier auf diesem kleinen Bötchen. Vielleicht, dachte sich der King, vielleicht findet man das Glück ja am ehesten, wenn man gar nicht danach sucht. Elvis konnte sich jedenfalls kaum vorstellen, irgendwo anders irgendwann noch glücklicher sein zu können als in diesem Moment. Und das, das war das Beste: Wenn man, schon während es gerade stattfand, bemerkte, wie schön das Leben doch eigentlich war.

Nun kennen auch Sie die wahre Geschichte des vermeintlich toten Elvis Aaron Presley. Und wenn er nicht wieder gestorben ist, dann lebt er noch heute.

Editorische Notiz

Es liegt durchaus im Bereich des Möglichen, dass Teile dieser Geschichte frei erfunden sind. Der historische Rahmen sowie die biographischen Angaben zum offiziellen Leben Elvis Presleys und weiterer Personen der Zeitgeschichte sind jedoch bis in die letzte Paillette recherchiert. Es ist also ebenfalls denkbar, dass alles ganz genau so passiert ist, wie es hier geschrieben steht.

MIX
Papier aus verantwortungsvollen Quellen
FSC® C083411

Das für dieses Buch verwendete Papier ist FSC®-zertifiziert.